浙江省哲学社会科学规划课题（2

受浙江省省属高校基本科研业务费

外国文学研究丛书

当代非裔美国文学中的
母性书写

毛艳华 著

ZHEJIANG UNIVERSITY PRESS
浙江大学出版社

前　言

　　母性(motherhood)作为重要的文学主题,在当代非裔美国文学中有其特殊的种族内涵与表征形式。依据西方母性理论,母性包含"制度化母性""母亲主体性"与"母道经验"等多个层面的意义。那么,对于非裔美国母亲群体而言,作为一种制度,母性呈现出怎样的压制特征? 她们进行消解与反抗的方式是什么? 作为一种主体身份,母性是如何被剥离、被压制的? 非裔美国母亲又是如何努力彰显与重构自身主体性的? 而作为一种经验,母道是如何推动女性赋权(empowerment)、实现黑人子女成长发展以及促进社会变革的? 结合这些研究问题,本书选择了托尼·莫里森(Toni Morrison,1931—2019)、格洛丽亚·内勒(Gloria Naylor,1950—2016)、洛林·汉斯贝利(Lorraine Hansberry,1930—1965)、特瑞·麦克米兰(Terry McMillan,1951—)与奥古斯特·威尔逊(August Wilson,1945—2005)等 5 位作家及其 9 部文学作品来细致分析当代非裔美国文学中的母性主题。本书试图以文本细读、历史分析与理论探讨相结合的方式,再现母性书写、种族政治与性别文化之间的复杂关联,总结当代非裔美国人的母性书写在深化母性理论、指导母性认知实践等方面的突出贡献。

　　本书具体结合制度化母性(motherhood as institution/institutionalized motherhood)、母亲主体性(motherhood as subjectivity)与母道经验(mothering as agency)三大母性研究议题,分层递进阐释非裔美国人的母性问题困惑、建构策略与种族内涵。由于特殊的历史经历与生存现实,非裔美国母亲群体所遭遇的母性束缚呈现出明显的交互压制性,种族、性别、阶级甚至宗教共同作用,形成了极强的控制力量。本书的第一、二、三章分别以莫里森的《秀拉》(Sula,1973)、《宠儿》(Beloved,1987)与威尔逊的《篱笆》(Fences,1985)作为批评文本,渐次揭示制度化母性的不同所指,并以"弑母"与"杀婴"为分析切口,透视典型案例背后非裔美国母亲群体的生存困境,以及其为消解制度化母性所进行的抗争。当代非裔美国作家对制度化母性的多角度呈现不仅拓宽了概念外延,同时亦对母性兼具束缚与保护的双重内涵予以揭示,促进了母性议题的辩证发展。

关于母亲主体性的文本叙述是当代非裔美国作家母性书写的又一重要组成部分。本书第四、五、六章以内勒的《布鲁斯特街的女人们》(*The Women of Brewster Place*,1982)、麦克米兰的《妈妈》(*Mama*,1987)与汉斯贝利的《阳光下的葡萄干》(*A Raisin in the Sun*,1959)为重点展开文本批评,逐层探讨非裔美国母亲主体的迷失、彰显与重构话题。对非裔美国母亲群体而言,种族问题所引发的社会权利缺失使其转而在家庭,尤其在与子女的互动关系中找寻自我存在的价值,主体迷失现象尤为普遍。黑人母亲出于保护子女的目的经常变得情感粗糙、异常刚强,被白人主流社会命名为"女家长"(matriarch)。在控制性命名(controlling images)的影响下,黑人母亲的主体建构愈加艰难。由此,成为身体的主体、成为情感的主体、拆解命名等构成了黑人母亲重塑主体的典型策略。然而,成为主体是否意味着抛弃母性职责?如何达成母亲自我和母性职责之间的平衡?对该话题的发问与解答表明当代非裔美国作家对母性话题持有一贯的反思态度,在回应西方母性研究的理论创见的同时亦有所保留,思辨性明显。

母道经验的赋权能动性是当代非裔美国作家母性书写的突出特点与独特贡献,构成了21世纪西方母性研究理论深化的重要文本参照。本书的第七、八、九章分别以麦克米兰的《斯苔拉如何回到最佳状态》(*How Stella Got Her Groove Back*,1996)、内勒的《妈妈·戴》(*Mama Day*,1988)与莫里森的《慈悲》(*A Mercy*,2008)为解读文本,探讨母道经验的赋权性表征与多重意义。非裔美国母亲群体积极践行女性主义母道,利用包括替养母亲(other-mother)、社区母亲等非传统母亲身份赋权自我、引导子女发展以及营造社区文化,多元化呈现母道经验的赋权性。当代非裔美国作家在书写母道方面能够跳出种族与性别身份的限制,描述以母道为场域的母性重构与身份共建,彰显出宝贵的人文关怀意识与思辨精神。

缩略语对照

（本书引用以下小说作品内容时，直接用缩写和英文原著页码注明，具体版本信息见本书参考文献部分）

SL	*Sula*	《秀拉》
BL	*Beloved*	《宠儿》
FC	*Fences*	《篱笆》
WBP	*The Women of Brewster Place*	《布鲁斯特街的女人们》
MM	*Mama*	《妈妈》
ARS	*A Raisin in the Sun*	《阳光下的葡萄干》
HSG	*How Stella Got Her Groove Back*	《斯苔拉如何回到最佳状态》
MD	*Mama Day*	《妈妈·戴》
AM	*A Mercy*	《慈悲》

目　录

导论　西方母性研究与当代非裔美国文学 ……………………………………… 1

    第一节　非裔美国文学中母性书写的研究缘起 ………………………… 2

    第二节　西方母性研究综述 ………………………………………………… 7

    第三节　本书的结构与研究思路 ………………………………………… 20

上篇　制度化母性的压制性、悖论性与解构策略

第一章　《秀拉》中"弑母"文化对制度化母性的揭示与挑战 ……………… 29

    第一节　"弑母"文化的父权本质 ……………………………………… 30

    第二节　母性乌托邦的反父权表征 …………………………………… 33

    第三节　女性内部"弑母"的潜在危机 ………………………………… 37

第二章　《宠儿》中杀婴行为对制度化母性的双重解读 …………………… 43

    第一节　杀婴行为中的母性选择 ……………………………………… 44

    第二节　杀婴行为与制度化母性的概念延展 ……………………… 48

    第三节　杀婴行为与制度化母性的悖论特质 ……………………… 52

第三章　消解制度化母性的内外合力：《篱笆》 ……………………………… 59

    第一节　"篱笆"悖论：制度化母性的牢笼 …………………………… 60

    第二节　形同虚设的"篱笆"：反思制度化母性 …………………… 65

    第三节　重筑"篱笆"：母性赋权的内外合力 ……………………… 68

小　结 ………………………………………………………………………………… 74

中篇　母亲主体的湮没、彰显与重构

第四章　《布鲁斯特街的女人们》中的母性束缚与主体迷失 ············· 81

　　第一节　母性经历中的主体迷失 ················ 82

　　第二节　母亲欲望的否定与放弃 ················ 88

　　第三节　母性关怀与母亲主体意识觉醒 ················ 91

第五章　《妈妈》中的母亲欲望与主体彰显 ················ 97

　　第一节　成为身体主体的母亲 ················ 98

　　第二节　成为情感主体的母亲 ················ 102

　　第三节　主体欲望与母职之间的辩证关系 ················ 107

第六章　母亲主体的生成与重构:《阳光下的葡萄干》 ················ 112

　　第一节　"女家长"命名下的母亲主体缺失 ················ 113

　　第二节　命名消解中的母亲主体生成 ················ 118

　　第三节　操演与生成之辨 ················ 122

小　　结 ················ 126

下篇　母道经验的赋权能动性

第七章　《斯苔拉如何回到最佳状态》中女性主义母道的赋权表征 ··········· 134

　　第一节　女性主义母道中的自我实现 ················ 136

　　第二节　母子互动中的性别观念重塑 ················ 140

　　第三节　以母道取代母性的辐射性影响 ················ 145

第八章　《妈妈·戴》中的圣母文化与种族赋权性 ················ 149

　　第一节　黑人圣母形象的再现 ················ 150

　　第二节　黑人圣母与社区文化营造 ················ 156

　　第三节　圣母文化的种族政治潜能 ················ 161

第九章　流动的赋权性母道:《慈悲》 ················ 165

　　第一节　反母性行为中的母道赋权 ················ 166

第二节　非传统母道经验的赋权意义 …………………………… 170

　　第三节　母道的传承性影响 ……………………………………… 175

小　结 …………………………………………………………………… 182

余　论 …………………………………………………………………… 184

参考文献 ………………………………………………………………… 188

索　引 …………………………………………………………………… 199

导论　西方母性研究与当代非裔美国文学

在传统文化价值体系中,成为母亲对于所有女性来说是神圣召唤(sacred calling),是体现女性气质的关键所在。母亲在与他人的互动中无私奉献、任劳任怨、主体缺位。借助家庭这一片天空,母亲又通过教育子女、传播文化、传承价值等方式发挥自身的能动性。身份困惑与行为能动性构成了母性话题研究的重要维度,亦如母性研究(motherhood studies)奠基人物阿德里安·里奇(Adrienne Rich)所清晰指出的:"母性既是一种制度(institution),又是一种经历(experience)。"①作为制度,母性体现出性别、种族、阶级以及宗教等不同体制对母亲/女性的交互压制性,同时也为消解与改变各种制度提供了契机。作为经历,母性又是母亲/女性实现自我赋权与引导子女成长发展的重要场域。母性自身所兼具的压制与赋权内涵成为西方母性研究的起点与落脚点。

母性作为一个重要的文学主题,在当代非裔美国文学中有其特殊的种族内涵与表征形式,是非裔美国文学与世界文学进行对话、交流的重要平台,同时也是回应与反思母性研究理论的着力点。"黑人""母亲/女性"的多重身份常使非裔美国母亲群体身陷制度化母性(institutionalized motherhood)的钳制与束缚之中,主体危机尤为明显与典型。细察非裔美国族群的历史遭遇与生存现实,不难发现母性始终是种族身份建构、种族文化发展以及种族精神传承的核心力量。也就是说,当代非裔美国作家在呈现母性困惑的同时,亦对母性重构与母性价值等话题予以细致书写。当代非裔美国文学中的母性书写与西方母性理论之间形成了一种或显性或隐性的对话关系。由此,对"作为制度的母性在非裔美国母亲群体中产生了怎样复杂交互的压制性""母性如何引发母亲主体存在危机""作为

---

① Rich, Adrienne. *Of Woman Born: Motherhood as Experience and Institution*. 2nd ed. New York: W. W. Norton and Company Inc., 1986: 13.

经历的母性又是如何赋权母亲自我、引导子女发展与促进社会变革的”以及“基于不同的母性话题,当代非裔美国作家的母性书写与母性研究理论之间存在怎样的对话关系”等一系列话题的追问是本书的选题缘起,同时也是本书研究的重点。

第一节　非裔美国文学中母性书写的研究缘起

当代非裔美国文学中的母性书写具有多样性、复杂性与共通性等突出特点,对其进行系统研究主要出于以下几个方面的具体观察与综合考量。

1. 母性与非裔美国女性身份话题紧密相连

对非裔美国人而言,最棘手、最关键的问题当属身份定位问题。非裔美国女性把如何定义黑人女性气质(black womanhood)作为首要任务,而母性相应地也成为关键话题。从词源学的角度来讲,母性具有“母亲身份”“母性气质”“母性制度”等多重概念指向。根据在线的《英语词源词典》的解释,后缀“-hood”蕴含两层含义:一是身份/资格(the character or status of);二是状态/性质(the state or quality of being)。在表示身份/资格时,该后缀经常出现在 manhood、womanhood、fatherhood、motherhood、brotherhood、sisterhood 等词语中。[①] 可见,母性的基本内涵主要包括“成为母亲”与“母亲身份”。“母亲气质”“母性制度”等其他含义则是随着女性主义运动的发展而逐步得以挖掘的。“母亲气质”概念衍生于“女性气质”,而“女性气质”相对于“男性气质”,涉及对女性的一系列行为描述和规范约束。从性别研究的视角来看,“气质”属于建构性概念,兼具保护性与控制性的双重特点,而且“女性气质”比“男性气质”的压制性与规约性更强。由此,不少女性主义学者,包括西蒙·德·波伏娃(Simone de Beauvoir)、凯特·米利特(Kate Millett)、伊莱恩·肖瓦尔特(Elaine Showalter)等都对“女性气质”进行过系统分析,批判“女性气质”对女性的束缚与控制。母性作为重要的女性身份在赋予女性一定权利的同时,还蕴含着对母亲行为的规约与束缚,构成

_____

① https://www.etymonline.com/search? q=-hood.

母亲/女性实现自我的羁绊。波伏娃就曾对母性的规约性进行过阐述："只有通过获得身为母亲的经验,女性才能实现自己的人生价值;这是她的自然'召唤',因为她整个的有机结构是为繁衍种族而设计的。"[①]波伏娃一语中的,直接揭示出把母性等同于女性气质的危险所在。女性的生理与身体特点经过文化和社会性的定义之后就确定了女性必然充当母亲角色的事实。女性身份与母亲身份紧密相连:在父权文化中,"做母亲"是女性一生的归宿,只有"成为母亲"才更容易被社会接纳,尽管她们的家庭与社会权力地位依旧缺失。

在美国社会,学者们以往多采用主流人类学或社会学的研究视角剖析非裔美国人的种族身份,因而偏离了非裔美国人的真实存在。关于这一点,不少非裔美国学者随着种族意识的增强,开始摆脱欧洲中心论的研究范式,着力还原非裔美国人的真实身份。其中,拉尔夫·埃里森(Ralph Ellison)、左拉·赫斯顿(Zora Hurston)、托尼·莫里森等小说家选择以文学创作的方式呈现非裔美国人的真实生活,而伊莉莎·巴克利(Elisa Barkley)、帕特里夏·H.科林斯(Patricia H. Collins)、贝尔·胡克斯(Bell Hooks)等学者也开始采取不同于主流人类学的视角剖析非裔美国人的独特性。在这个过程中,许多关乎非裔美国人真实性的问题浮出水面,其中就包括"什么是黑人女性气质"。由此,非裔美国女性作家和学者逐渐意识到西方白人女性主义者所批评或追求的女性气质并不适用于非裔美国女性。在这种意识转变的过程中,非裔美国母亲群体发挥了举足轻重的作用。非裔美国母亲们坚韧的生活态度和朴实的生存智慧直接影响到了女性学者关于族群女性气质的真实定位。

在非裔美国人的家庭中,母亲一直处于核心位置。奴隶制时期,美国黑人女性因具有生育能力而被赋予高于黑人男性的利用价值,成为维持与扩大奴隶主经济利益的重要保证。美国黑人得到解放后的 75 年里,大多数黑人仍然生活在美国南方,而田间劳动和保姆工作是黑人女性的主要生活内容。[②]尽管收入菲薄,黑人女性对家庭的贡献还是在男性之上,"很多黑人女性不想外出劳作,但是

① Beauvoir, Simone de. *The Second Sex*. Trans. H. M. Parshley. Harmondsworth: Penguin Books Ltd., 1972: 501.

② Jones, Jacqueline. *Labor of Love, Labor of Sorrow: Black Women, Work, and the Family from Slavery to the Present*. New York: Basic Books, 2009: 123.

黑人男性的工作机会少且收入低,因此,她们不得不继续工作以维持家庭的日常生活"①。在此历史背景下,非裔美国人的家庭里,母亲的角色得到凸显与强化。19世纪后期,相比于黑人男性,黑人女性的工作机会更多。到1880年,据统计,市场上黑人女性劳动力是黑人男性的三倍之多。② 进入20世纪后,大量的非裔美国人家庭从美国南方迁往北方,随之出现的是以非裔美国母亲为主导的家庭模式的建立。然而,非裔美国母亲在家庭中处于重要地位并不意味着其拥有绝对的权力,因为"在更广阔的社会环境中,她是没有权力的,是被压迫的"③。此外,民权运动以来,非裔美国群体中日益暴露出的性别问题与阶级问题使得非裔美国母亲在遭遇种族问题之外,还面临着男权文化与阶级偏见的多重困扰。总之,母性与非裔美国女性的身份问题始终密不可分。

2. 母性是当代非裔美国文学中的重要创作主题

当代非裔美国文学继承传统,立足当下,结合种族政治、性别问题、阶级分层、黑人文化、身份认同等话题立体呈现非裔美国人的生活境遇。母性话题成为当代非裔美国作家回顾历史、关注现实以及预示未来的一个重要切入口。总体而言,当代非裔美国作家主要从以下几个方面进行母性书写,描绘非裔美国母亲群体的生活图景,展示其所遭遇的身份困惑以及拥有的生存智慧与情感力量。

(1)奴隶制度对母亲身份的剥离。非裔美国作家由于特殊的种族身份,对族群的历史极为关注,以历史反观现实,以历史警示未来。以尤为关注母性话题的莫里森为例,她在多部小说(比如《宠儿》和《慈悲》)中书写了奴隶制度对母性的压制与对美国黑人母亲④身份的剥离。奴隶制时期,黑人母亲不具有"做家长"的权利,却被迫履行生育义务,为奴隶主生产更多奴隶,是"免费的再生产的财

---

① Collins, Patricia Hill. *Black Feminist Thought*, *Knowledge*, *Consciousness*, *and the Politics of Empowerment*. New York: Routledge, 2000: 54.

② Staples, Robert. *Black Families at the Crossroads*: *Challenges and Prospects*. San Francisco: Jossey-Bass, 1993: 21.

③ David, Angela. "Reflections on the Black Woman's Role". *The Black Scholar*, 1970 (3): 199.

④ 笔者在行文中,为了避免表述的重复,会交替使用"非裔美国母亲"与"美国黑人母亲"两种表达,但其所指是同一人群。

产"(BL 291)①。被物化、被异化的母性经历成为黑人女性挥之不去的噩梦,是种族创伤的重要表征。非裔美国作家以现实主义的叙事手法还原奴隶制时期黑人母亲的悲惨命运,呈现黑人女奴对母亲身份的本能渴望。莫里森采用魔幻现实主义的创作手法描述了手刃亲生女儿、卖女为奴等一系列触目惊心的反母性行为,以此对奴隶制度进行最有力的控诉与消解。

(2)种族偏见对非裔美国母亲群体的刻板化形塑。奴隶制度被废除后的很长一段时间内,非裔美国母亲的权利仍然得不到保障。由于种族偏见与种族歧视的普遍存在,非裔美国母亲常被冠以刻板化与污名化的命名,包括"保姆妈妈"(mammy)、"女家长"与"福利皇后"(welfare queen)。② 这些控制性命名是白人主流社会对黑人母亲进行压迫与控制的表征。与此同时,挑战与解构这些命名是非裔美国母亲实现自我赋权的重要策略。当代非裔美国作家通过塑造情感丰富、坚韧自强、独立自尊的母亲形象对这些命名予以消解。《阳光下的葡萄干》《秀拉》《妈妈·戴》等都是属于此类主题的优秀文本。

(3)性别话题对母性的渗透影响。民权运动期间及之后,非裔美国族群内部的性别问题日益暴露,成为母亲群体所面临的主要生存困惑。受白人男权文化的强势影响,黑人男性在获得一定的社会权利后,对族群女性表现出不满情绪,对母性职责的期望值加大。黑人母亲除了被约定俗成地赋予了"全心奉献、自我牺牲、无私爱护(原型母亲的特质)"③以及任劳任怨、安分守己、完全以家庭为中心等特质外,她们在身体与情感方面的欲求遭到了严重忽略和压抑。尽管男性愿意把母亲推上圣坛,膜拜和歌颂她们,但在实际生活中却不愿或不能为她们分担赚钱养家、教育子女的责任,同时也不会尊重和理解她们的身体与情感需求。麦克米兰的小说《妈妈》描述了黑人母亲所经受的性别歧视与束缚。莫里森的小说《家》(Home,2012)则对民权运动时期黑人男性要求黑人女性为了种族斗争而放弃生育权利的现象予以揭示,对性别问题进行了有力批判。

---

① 本书中涉及小说 Beloved 的译文参考了以下版本(部分文字做了更改):莫里森. 宠儿. 潘岳,雷格,译. 海口:南海出版公司,2006.

② Collins, Patricia Hill. *Black Feminist Thought，Knowledge，Consciousness，and the Politics of Empowerment*. New York：Routledge, 2000：71.

③ Collins, Patricia Hill. *Black Feminist Thought，Knowledge，Consciousness，and the Politics of Empowerment*. New York：Routledge, 2000：174.

(4)时代变迁对母性的新挑战。后民权时代,非裔美国母亲遭遇新挑战,阶级分层与社会文化转向成为她们必须应对的崭新问题。麦克米兰作为后民权时代的作家代表在多部小说中对非裔美国人内部的阶级问题予以书写,通过讲述黑人母亲跨越阶级壁垒成就自我、引导子女成长发展的母性经历,高度赞扬了黑人母亲坚韧自强的宝贵精神。此外,一直密切关注美国黑人女性生存现实的莫里森在其第11部小说《上帝救助孩子》(*God Help the Child*,2015)中对美国种族文化转向带给美国黑人母亲的生存困惑进行了描述,通过聚焦母女伦理关系来重新定位非裔美国人的母性,展现出这位伟大作家浓厚且持久的人文关怀意识。

3. 母性是非裔美国文学与世界文学进行交流对话的重要平台

在20世纪80年代美国女性运动风起云涌之际,莫里森在其作品《宠儿》(之后获诺贝尔文学奖)的序中曾发出这样的感慨:

> 我回头想,是思想解放的冲击令我想去探究"自由"可以对女人意味着什么。20世纪80年代,辩论风起云涌:同工同酬,同等待遇,进入职场、学校……以及没有耻辱的选择。是否结婚。是否生育。这些想法不可避免地令我关注这个国家的黑人妇女不同寻常的历史——在这段历史中,婚姻曾经是被阻挠的、不可能的或非法的;而生育则是必须有的,但是"拥有"孩子,对他们负责——换句话说,做他们的家长——就像自由一样不可思议。在奴隶制度的特殊逻辑下,想做家长都是犯罪。(*BL* ii)

生存自由是女性主义者为之奋斗的永恒目标,然而,对于西方白人女性与非裔美国女性而言,自由的寓意则由于历史、社会与种族等多种因素的影响而有显著不同。对非裔美国女性而言,生育子女、为人父母这种看似天经地义的行为却"像自由一样不可思议",是"犯罪"行为。莫里森以非裔美国女性的独特立场反思西方女性主义运动思潮,这是非裔美国女性主义与西方白人女性主义思想交锋的一个例证。作为白人女性的盟友,非裔美国女性却经常被边缘化与他者化。鉴于这种微妙且复杂的关系,非裔美国女性始终与白人女性运动保持一定的距离,拥有反思西方白人女性主义激进观点的宝贵机会。其中,母性成为非裔美国作家与学者进行反思的一个基点,也是非裔美国文学与世界文学进行交流对话的重要平台。

综上,母性是当代非裔美国文学书写的重要主题,与非裔美国人的身份政治、性别文化、家庭伦理、历史变革以及未来发展等都有紧密关联,对之展开系统研究具有不可忽视的理论价值与现实意义。此外,本书立足于文本细读与作家分析,探讨非裔美国人的母性之独特性、多样性与复杂性,同时在论证当代非裔美国作家与西方母性研究学者之间对话关系的过程中也会阐释非裔美国人的母性与其他族群母性之间的相似性与共通性。

第二节　西方母性研究综述

学界普遍认为,母性在现代化晚期(late modernity)才逐步发展成为一种显学。在 19 世纪中期以前,女性的母性地位得不到任何保障,只有父性才是被法律承认的(only fathers, and hence fatherhood existed in law)。随着女性主义运动的深入开展和女性权利的逐层获取,母亲身份/权利才被社会认可。离异母亲获得子女的抚养权是母亲权利确立的表现之一。然而,无论是父性还是母性,都既是一种基于生理结构的重要经历,又是建构性的概念表征,在为男女两性赋权的同时也呈现出一定的行为规约性,甚至是压制性。20 世纪后期,后现代主义思潮全面冲击西方学界,后现代主义哲学话语渗透在女性主义理论的发展与批评实践中。母性话题,作为女性主义的一个重要分支,在 20 世纪 70 年代末引起了广泛热议和深度剖析,逐步形成了后现代母性研究体系,而母性研究的学科独立性在 2010 年出版的《母性百科全书》①中得以最终确立。总体上,西方母性研究致力于解构菲勒斯中心主义(phallocentrism),倡导母亲/女性解放;反对宏

---

① O'Reilly, Andrea. *Encyclopedia of Motherhood*（1—3）. Los Angeles: SAGE, 2010.《母性百科全书》由当代加拿大母性研究学者安德里亚·欧瑞利（Andrea O'Reilly）负责编撰,该书以词语条目罗列的形式介绍了母性研究的诸多子话题,涉及面广,详略得当,是开展母性研究的重要参考书。

大叙事(grand narrative),关注微观的母性体验,包括身体、情感、伦理关系等等;坚持多元、开放的后现代姿态,借助跨学科的研究方法,审视非传统的母性体验。

虽然西方母性研究具有相对一致的理论旨趣和目标定位,然而,由于深受后现代大语境的影响,也呈现出了多元化、开放化的研究态势,并形成了不同的研究流派,其中以法国精神分析学派与以跨学科研究为特征的美国学派为主要代表。不同流派之间既有相通之处,又有不同的关注焦点,使得母性研究视域愈加开阔,议题更为丰富。本章在梳理西方母性理论发展演变的基础上,重点介绍母性研究的关键议题:制度化母性、母亲主体性与母道经验,进而肯定母性研究的理论价值与实践意义。本书选择这三个议题作为西方母性研究的核心议题主要有两个依据。其一,笔者综合梳理西方母性研究的不同流派观点后发现,这三大议题是探讨的焦点所在,具有研究代表性。其二,笔者参照了安德里亚·欧瑞利在《母性百科全书》绪论中对母性议题的归纳总结。欧瑞利指出,母性研究发展至今,所探讨的议题集中在作为制度的母性、作为经历的母性、作为身份的母性以及母道经验的能动性。笔者在这里把前两者结合而论,源于两者在束缚母性方面的同构性,也旨在使分析话题时更加聚焦化、集中化。① 这些关键议题是本书分析非裔美国人的母性问题困惑、建构策略与文化内涵的重要切入口,同时也是审视当代非裔美国文学在母性议题上与白人母性研究之间对话关系的主要落脚点。

1. 西方母性研究的发展演变

1976年,美国女性主义学者阿德里安·里奇出版了母性研究的奠基之作《生于女性:经历与制度化的母性》②(以下简称《生于女性》,该书于1986年再版)。自此,母性作为一种理论被正式提出,得到了广泛讨论,至今仍备受关注。然而,母性研究的起源并不始于里奇,而是作为女性主义的重要组成部分,始终与女性主义的发展保持着同步关系。由此,我们有必要沿着女性主义的发展轨

---

① 需要交代的是,笔者没有选择自行提炼母性议题,一方面是因为西方学术界对母性研究议题已有相对统一的界定,另一方面是由于本书的写作意图在于以议题为支点探讨当代非裔美国文学中的母性书写与母性理论之间的对话互动关系。

② Rich, Adrienne. *Of Woman Born: Motherhood as Experience and Institution*. New York: W. W. Norton and Company Inc., 1976.

迹系统梳理母性研究的来龙去脉、发展现状以及未来走向。

法国女性主义学者波伏娃的《第二性》(*The Second Sex*,1949)被学界认为是"女性主义的圣经""女性解放运动的宣言书"。在《第二性》中,波伏娃曾专门谈及母亲角色,指出成为母亲是所有女性的宿命,是由女性的生理结构所决定的。女性的生理与身体特点经过了社会文化的诠释,也确定了女性必然要充当母亲的角色,母亲身份是社会建构的产物。而且,在父权文化中,母亲/女性被排斥在文明与主体性之外,不被认作完整的主体。[1] 把母亲/女性看作建构性、制度性的存在,并把生理特征与社会建构区别开来是波伏娃突出的理论贡献。然而,波伏娃却否定了母亲/女性身体的能动力量,认为母亲/女性主体身份的建构要在超越身体的基础上完成,并以自身的实际行为表示出对母亲身份的摒弃。

虽然有着包括贝蒂·弗里丹(Betty Friedan)在内的不少追随者,波伏娃的母性观在母性理论正式提出之后遭到了不少质疑。母性研究学者转而辩证地看待母亲身份与生理结构之间的关系。里奇就把母性视为一种制度与一种经历,通过对母亲复杂情感的认可与对母亲人性的展示来接纳母亲的存在,强调要突破制度化母性的束缚,重构女性主义的母性观。里奇在《生于女性》的再版前言中明确指出:"该书并非对家庭或母职(mothering)的攻击(除非这一母职受到父权制度的定义与限制)。"[2] 在里奇首次出版《生于女性》两年后,美国社会学家、心理学家南希·乔德罗(Nancy Chodorow)编写的《母道的再生:精神分析与性别的社会学》一书面世。乔德罗在该书中运用心理学领域的客体关系理论,讨论母道/母职如何在各种社会文化力量作用下在女性身上代代复制,指出"角色训练、认同与强化都与某种性别角色的获得有着密切关系"[3]。在重申母性建构性的基础上,乔德罗还强调要改变旧的性别分工制度,让男性也参与到母职工作中是结束性别不平等的重要途径。可见,乔德罗的母性观进一步扩展了母性的内涵,在重新肯定母性力量的同时,暗合关怀伦理观(ethics of care)的相关主张,

---

① 刘岩. 差异之美:伊里加蕾的女性主义理论研究. 北京:北京大学出版社,2010:74.

② Rich, Adrienne. *Of Woman Born: Motherhood as Experience and Institution*. 2nd ed. New York: W. W. Norton and Company Inc., 1986:14.

③ Chodorow, Nancy. *The Reproduction of Mothering: Psychoanalysis and the Sociology of Gender*. Berkeley: University of California Press, 1978:33.

推进了母性研究的向前发展。美国母性学者林恩·哈弗(Lynne Huffer)在《母性的过去,女性主义的未来:怀旧、伦理学以及差异问题》一书中,把母亲视为"一个强有力的文化象征",强调"这一象征足以决定西方思想的主体结构"。①

法国精神分析学派的女性主义学者,包括被称为"法国女性主义三驾马车"②的露西·伊里加蕾(Luce Irigaray)、朱丽娅·克里斯蒂娃(Julia Kristeva)与埃莱娜·西苏(Hélène Cixous)在母性研究上同样洞见频出,贡献卓越。法国学派以精神分析为研究立足点,对弗洛伊德与拉康的理论进行批评,指出传统精神分析学说的男性立场,在强调性别差异的同时,重申母亲/女性身体的积极力量。伊里加蕾在《非一之性》③与《他者女性的内视镜》④中对女性身体性征进行了正面描述,论证女性愉悦(jouissance)与主体建构之间的关系。克里斯蒂娃在《恐怖的权力:论卑污》中提出了"卑污"(abject)概念,认为母亲/女性的身体因具有深不可测的子宫而成为男性恐惧、贬斥与否定的对象,由此,必须重新肯定女性身体,赋予女性自我言说的机会。⑤ 西苏更是提出"女性书写"(female writing)来为女性身体正名。她在《美杜莎的笑声》中写道:"书写你的自我。你的身体必须被听见。唯有那时你潜意识中无穷的资源才会奔涌而出。"⑥尽管法国学派在提倡性别差异、重申女性身体时容易滑入本质主义,由此而遭受诟病,但其理论主张显然有助于打破传统菲勒斯中心主义,赋予母亲/女性重新审视自我的机会。

随着后现代哲学的进一步渗透,西方母性研究在20世纪90年代转而关注

① Huffer, Lynne. *Maternal Pasts, Feminist Futures: Nostalgia, Ethics, and the Question of Difference*. Stanford: Stanford University Press, 1998: 7.

② Huffer, Lynne. *Maternal Pasts, Feminist Futures: Nostalgia, Ethics, and the Question of Difference*. Stanford: Stanford University Press, 1998: 21.

③ Irigaray, Luce. *This Sex Which Is Not One*. Trans. Catherine Porter & Carolyn Burke. Ithaca: Cornell University Press, 1985.

④ Irigaray, Luce. *Speculum of the Other Woman*. Trans. Gillian C. Gill. Ithaca: Cornell University Press, 1985.

⑤ Kristeva, Julia. *Powers of Horror: An Essay on Abjection*. Trans. Leon S. Roudiez. New York: Columbia University Press, 1982.

⑥ Cixous, Hélène. "The Laugh of the Medusa". Trans. Keith Cohen & Paula Cohen. *Signs: Journal of Women in Culture and Society*, 1976(Summer): 875.

多元、开放的母性体验,对"何为合法的母亲身份"[1]提出质疑,旨在打破传统、固定的母性标准。生育技术的介入,同性恋母亲、单身母亲、代孕母亲等的出现拓宽了母亲身份的建构疆域,母性话题变得愈加多元、开放。受当代美国女性主义哲学家朱迪斯·巴特勒(Judith Butler)的性别操演(gender performativity)与身体物质化(materialization of body)理论[2],以及物质女性主义(material feminism)[3]的影响,美国母性研究学者开始关注生育技术与母亲身份之间的关联。安妮·唐钦(Anne Donchin)、伊莲娜·瑞平(Elayne Rapping)以及多萝西·E.罗伯茨(Dorothy E. Roberts)等学者从分析生育技术与母性的关系入手,探讨了非传统母性体验的可能及其带来的问题。唐钦结合生育技术在美国的开发和使用的时代背景,探讨了女性主义对生育技术变革的回应。[4] 瑞平认为不能对生育技术持简单的批评与否定态度,应看到技术对人类社会所具备的潜在的促进与改善作用。[5] 罗伯茨则探讨了生育技术介入后所带来的新的种族不平等。[6]

母性研究专家欧瑞利在其主编的《母性百科全书》中指出:"兴起于20世纪70年代末的母性研究经过几十年的蓬勃发展,已经成为一个独立的学术领域。"[7]国内学者李芳对西方母性研究进行了时间段的划分,认为西方女性主义

① Rich, Adrienne. *Of Woman Born: Motherhood as Experience and Institution*. 2nd ed. New York: W. W. Norton and Company Inc., 1986: 72.

② Butler, Judith. *Bodies That Matter: On the Discursive Limits of Sex*. London: Routledge, 1993.

③ Alaimo, Stacy & Suan Hekman. *Material Feminisms*. Bloomington: Indiana University Press, 2008.

④ Donchin, Anne. "The Future of Mothering: Reproductive Technology and Feminist Theory". *Hypatia*, 1986(Fall): 121-137.

⑤ Rapping, Elayne. "The Future of Motherhood: Some Unfashionably Visionary Thoughts". In Karen V. Hansen & Ilene J. Philipson (eds.). *Women, Class, and the Feminist Imagination: A Socialist-Feminist Reader*. Philadelphia: Temple University Press, 1990: 537-548.

⑥ Roberts, Dorothy E. *Killing the Black Body: Race, Reproduction and the Meaning of Liberty*. New York: Pantheon Books, 1997.

⑦ O'Reilly, Andrea. *Encyclopedia of Motherhood* (1—3). Los Angeles: SAGE, 2010: vii.

学者的"母性建构大体上经历了抵制母亲身份的 60 年代、寻找母性力量的 70 年代、转向身体与伦理的 80 年代、走向多声部的 90 年代这四个阶段"①。"多声部"、多元化是当下母性研究的主要特征,然而,纷繁复杂、新潮迭出的后现代语境也对母性研究提出了极大的挑战。母性研究需要在完善理论的同时,对时代新话题做出回应,调整研究思路,扩大研究视域,进而提升自身的理论价值与实践生命力。

2. 西方母性研究的主要内容

正如上文所述,母性具有"母亲身份""母性气质""母性制度"等多重概念指向。母性气质、母性制度是基于身份概念的派生能指,与母亲身份一起构成母性的丰富内涵。母亲身份既是母亲作为个人存在的标识,又是对母亲行为的规范与约束。母性气质用以描述、表征一系列母性行为规范,而母性制度则主要强调对母亲行为的约束性。由此,作为后现代语境中一个重要的性别研究话题,母性研究在厘清"母亲身份""母性气质"与"母性制度"等具体概念指向的基础上,形成了一系列核心议题,包括制度化母性、母亲主体性、母道经验等。下面结合母性理论学者的相关论点对这些议题进行介绍与分析,总结母性研究的理论意义与实践价值。

(1)制度化母性

在西方母性研究学者看来,"做母亲"是父权社会所有女性的最终归宿。里奇、乔德罗、哈弗等都曾结合父权制度对母亲身份的塑造以及影响进行过鞭辟入里的剖析,认为"在父权制度下,做女人就意味着做母亲"②,而做母亲就必须接受父权文化的角色规约,接受母亲/女性主体性被压制与被湮没的可能。由此,制度化母性成为母性研究学者重点剖析的对象,旨在为重塑母亲/女性主体性寻找出路。然而,与西方第二波女性主义摒弃母亲身份的主张有所不同的是,后现代母性理论学者对制度化母性,即母亲身份的建构性展开了辩证式的认知解读,强调重塑母亲主体性的前提是冲破制度束缚、拓宽母性内涵以及提防生理本

① 李芳. 当代西方女性批评与女性文学的母性建构. 西南大学学报(社会科学版),2016(2):147.

② Huffer, Lynne. *Maternal Pasts, Feminist Futures: Nostalgia, Ethics, and the Question of Difference*. Stanford: Stanford University Press, 1998: 15.

质论。

　　"制度化母性"一词由里奇首次提出,她在《生于女性》中强调母性既是一种人生经历,又是一种制度,并与其他体制(包括种族、宗教以及阶级等)具有互动关系。把母性视为一种制度,揭示其背后的压迫逻辑显然有助于把母亲从制度化的牢笼中解放出来,释放母性力量,使重构母亲/女性主体成为可能。这是母性研究的突出理论贡献之一。然而,虽然里奇提出"制度化母性"这一概念,也把母性视为社会文化的制度化产物,呼吁推翻制度化母性,但不同于波伏娃的是,里奇并不主张放弃母亲身份,而是鲜明地提出"摧毁这一制度并非要废除母亲身份"①。此外,里奇还把作为经历与作为制度的母性并置讨论,肯定作为经历的母性对母亲/女性自身的赋权意义,这种提法显然与波伏娃的母性观大相径庭。

　　乔德罗从心理学角度以"母道的再生"为核心话题审视制度化母性的形成过程,指出制度化母性的观念顽固性,即母亲/女性的被动地位在母女的代际影响中保留并持续下去。乔德罗倡导男女两性共同承担母职,逐渐把母亲/女性从各种制度的束缚中解放出来,并以此拓宽母性内涵。乔德罗对母职的重提同样表明她不主张放弃母亲身份。可以说,里奇与乔德罗的母性观都从一定程度上规避了波伏娃因主张放弃母亲身份而跌入的本质论陷阱。以后现代哲学为思想武装的母性理论家辩证地审视母性的制度性,延续女性主义前辈对制度化母性的批判,同时指出反母亲做法的危险所在,进而重新强调母性的积极力量,肯定母性经历的价值。

　　(2)母亲主体性

　　如果说美国母性理论家通过强调母性经历肯定母亲存在价值的话,法国精神分析学派母性研究学者的理论贡献则在于探讨如何以母亲身体与母亲情感为基点重构母亲/女性的主体性。母亲主体性是西方母性研究的另一核心话题。伊里加蕾的"女性愉悦"、克里斯蒂娃的"卑污"以及西苏的"女性书写"都旨在强调母亲/女性身体与情感的积极力量,在致力于解构西方二元对立逻辑的过程中,积极赋予母亲/女性以身体与情感为基点的重构主体性的权利。

　　伊里加蕾通过回顾希腊神话与《圣经》故事,提出了一个震惊西方哲学话语

---

　　①　Rich, Adrienne. *Of Woman Born: Motherhood as Experience and Institution*. 2nd ed. New York: W. W. Norton and Company Inc., 1986: 14.

界的观点,即整个西方文化基于弑母(matricide)。① 然而,这里的"弑母"并不是消灭物质意义上的母亲,而是把母亲从权力中心驱除,使母亲的话语无法表达,母亲的欲望受到压制。② 由此,恢复母亲主体性成为母性研究的目标朝向。在伊里加蕾看来,还原母亲的主体地位需要重新审视母亲自身的价值与欲望,"我们必须给她追求快乐的权利,享受愉悦的权利,拥有激情的权利,我们必须恢复她讲话的权利,甚至间或哭泣和愤怒的权利"③。克里斯蒂娃认为母亲被"放在社会—象征区域的边缘,以父亲的名义生育子女"④,母亲的身体愉悦完全被否定。在还原母亲/女性主体地位的策略选择上,克里斯蒂娃同样以身体为切入点,围绕"卑污"概念揭示父权文化对女性身体/子宫的恐惧以及抵制,对母亲主体性的否定。她重新肯定了母性在个体主体性形成中的重要作用,并认为母亲是一个有话语能力的主体。为证明母性的力量,克里斯蒂娃选择对怀孕的身体进行描绘,认为怀孕的身体恰恰代表了合二为一、一个包含另一个的主体关系模式。母子/母女主体间性(inter-subjectivity)的关系揭示出个体的独立性与依存性。

西苏从剖析西方二元对立价值体系的源头——逻各斯中心主义出发,指出母亲/女性的身体无法在语言体系中得以表现与书写。她强调要摆脱控制女性的话语体系的束缚,就必须书写身体,进而打破二元对立的逻辑体系。她高喊"女性必须书写身体""女性必须书写女性"的口号,呼吁重塑母女纽带,并以此凸显母亲的主体身份。她强调因为女性受母亲乳汁的滋养,体内又都具有"母亲"的成分,因此"女性用白色墨水书写"。⑤ 在倡导女性书写的过程中,西苏同样格外强调恢复母亲身份与释放母亲/女性欲望的重要性。法国精神分析学派对母

---

① Irigaray, Luce. "Women-Mothers, the Silent Substratum of the Social Order". Trans. David Macey. In Margaret Whitford (ed.). *The Irigaray Reader*. Cambridge: Blackwell, 1991: 181-192.

② 刘岩. 差异之美:伊里加蕾的女性主义理论研究. 北京:北京大学出版社,2010:74.

③ Irigaray, Luce. "The Bodily Encounter with the Mother". Trans. David Macey. In Margaret Whitford (ed.). *The Irigaray Reader*. Cambridge: Blackwell, 1991: 34-36.

④ Kristeva, Julia. *About Chinese Women*. Trans. Anita Barrows. New York: Marion Boyars Publishers, 1977: 26.

⑤ Cixous, Hélène. "The Laugh of the Medusa". Trans. Keith Cohen & Paula Cohen. *Signs: Journal of Women in Culture and Society*, 1976(Summer): 875.

性研究的理论主张显然有助于使母亲成为身体的主体、情感的主体，进而使重构母亲/女性的主体身份成为可能。

（3）母道经验

在里奇出版《生于女性》之后 30 年左右的时间里，西方母性研究学者多集中探讨制度化母性与母亲主体性，而在 20 世纪，母性研究的焦点则开始转向作为经历的母性之于母亲/女性的赋权意义。在强调母性的赋权性时，母性研究学者多使用 mothering 一词，而笔者选择"母道经验"予以回应。① 作为经验，母道以关注母亲—子女关系为核心，那么问题是，如何利用母道经验实现女性的自我赋权？什么样的母道经验才能够为女性赋权？不具备合法母亲身份的女性（包括未婚妈妈、替养母亲②、同性恋母亲等等）在养育子女的过程中能否享受母亲权利？在后现代性别研究的启发下，母性研究学者在辩证审视母性力量的基础上，积极倡导多元、开放的母道经验，消解对母道经验的传统定位，进而赋权母亲。

母性研究学者强调生养子女、教育子女以及引导子女走向社会的母道经验能够赋予母亲存在的价值，具有解构与超越父权文化束缚母性的力量。里奇在分析母亲合法身份时指出，"当时的财产法规定，一个女人与她的孩子必须在法律上属于某个男人，如果他们不属于某个男人，他们肯定就是无足轻重的人，法律上规定的每一条条款都将对他们非常不利"③。也就是说，只有后代是"合法的"，母性才是"神圣的"。挑战与消解这种对母亲身份的父权制规约成为后现代母性研究的又一主要关注点。借助后现代主义对多元文化的强调，以及性别研

---

① 关于把 mothering 翻译为"母道"的理由有二。一是《说文》中"道"被解释为："所行，道也。从辵从首。一达谓之道。""所行，事也，运动；道即是事，相对于物。所行，谓也；道即是谓，相对于名。""道"多强调相对于事情的具体行动，与英语中的-ing 具有相同的动词功能。二是西方母性研究学者倾向于使用 mothering 来强调母性的赋权意义，empowered mothering、feminist mothering 等词组中皆蕴含此种含义，而"道"同样可以强调行为主体的自主能动性，以此来暗合 mothering 的赋权特质比较合适。此外，笔者认为"经验"一词的含义中也具有积极意义，与"母道"并置使用可以强化本书所强调的母道赋权性。

② "替养母亲"是非裔美国母亲群体中一种尤为重要的身份存在，关于其背后的文化内涵以及对非裔美国母亲的影响将在第九章第二节予以细致探讨。

③ Rich, Adrienne. *Of Woman Born: Motherhood as Experience and Institution*. 2nd ed. New York: W. W. Norton and Company Inc., 1986: 122.

究跨学科走向的深入,母性研究转向了探讨生育技术与母亲身份之间的关系,并关注替养母亲、社区母亲等一些非传统的母亲身份的建构方式。

毋庸置疑,生育技术的变革对传统性别观与母性观提出了极大的挑战,对后现代女性主义以及母性研究而言也是一个崭新的探讨空间。那些渴望成为母亲的单身女性、同性恋女性会受益于生育技术的介入,获得"做母亲"的权利。同时,通过倡导赋予替养母亲、社区母亲等非生物学母亲人群以母性权利,并使之合法化,母性研究的实践意义得以彰显。从理论层面上讲,这种变革也构成对生物学母亲身份的挑战,打破对母亲身份的传统定位,并有助于提倡多元、开放的母亲身份,为更多不具备合法母亲身份却践行着母道的女性赋权。

西方母性研究经过近40年的发展与演变,至今仍广受关注,得益于其所处的后现代文化语境。借助后现代哲学的解构之力,西方母性研究把批评的首要对象指向父权文化所滋生的制度化母性,强调冲破制度束缚,重构母亲的主体身份。同时,在对第一波、第二波女性主义浪潮所暴露出的矛盾与问题进行反思的基础上,母性研究重新肯定女性/母亲身体的价值以及母性经验对女性自身的赋权意义。西方母性研究对母亲身份的多元化定位极大地挑战了父权文化,推进了母亲/女性解放事业。然而,不容忽视的是,西方母性研究的白人本位以及后现代多元化、不确定的特性也带给母性研究一些不可避免的问题。其中,本质化、同一化便是一些突出的理论症结。举例而言,里奇、乔德罗等学者尽管能够识别出波伏娃等前辈母性研究学者所持有的反母亲思想的危险所在,却又经常落入"做母亲/不做母亲""无权/有权"等新的二元对立陷阱之中。此外,法国精神分析学派的母性研究更是由于对母亲/女性身体的过度强调而遭受本质化的诟病。进入21世纪,当代加拿大母性研究学者欧瑞利则借助非欧美主流母亲群体(以非裔美国母亲群体为主)的生存之道总结出了跳出母性研究固化定式的路径与对策。①

综上,笔者认为,在西方母性研究保持其独特的理论优势的同时,在消解制度化母性、强调母亲主体性方面也需秉持审慎、辩证的态度,规避本质论的倾向,关注不同族裔与不同群体女性对母亲身份的不同诉求。同时,母性研究也不可

---

① 欧瑞利在分析20世纪70年代以来的母性研究成果的基础上,颇有创见地指出了母性研究的未来发展趋势。

一味地强调多元、开放的母性经验,而忽视其对社会伦理关系的破坏,即在考虑母道赋权的过程中不应片面采取权力导向的斗争模式,而应把关注点转向具体的情感导向的母道经验之上。针对此,对当代非裔美国文学中的母性书写进行系统研究便具有一定的理论补充与参照价值。

3.当代非裔美国文学中的母性研究综述

在当代非裔美国文学研究领域,母性主题尤其受到学界重视。学者科林斯、贝尔·胡克斯(Bell Hooks)、帕特里夏·贝尔-司各特(Patricia Bell-Scott)以及欧瑞利都曾对非裔美国人的母性话题进行过细致探讨。科林斯在《黑人女性主义思想:知识、意识以及赋权政治》①和《黑人性别政治:非裔美国人、性别与新种族主义》②两部著作中结合黑人历史发展简要介绍了非裔美国人的母性特征与内涵,并提出各种控制性命名构成黑人母亲的生存障碍和主体重塑的羁绊。贝尔-司各特主编的《双重缝制:黑人女性作家笔下的母亲们与女儿们》③是一本专门阐释黑人母女关系的论文集,为解读黑人母性提供了一个重要参照。胡克斯的《都是关于爱:新视野》④重点探讨爱,尤其是母爱对重塑黑人身份与建构和谐人际关系的重要意义。

虽然这些著作已经谈及非裔美国人的母性特征内涵与发展演变,但多是从社会学、历史学与政治学的角度进行阐释,而对当代非裔美国文学中的母性书写缺乏系统的人文解读。欧瑞利的著作《托尼·莫里森与母性:心灵的政治》⑤剖析和论证了莫里森作品中的母性所具备的养育、保存、文化传承以及治愈等功能,属于为数不多的母性书写批评。截至目前,关于众多知名非裔美国作家作品

①　Collins, Patricia Hill. *Black Feminist Thought: Knowledge, Consciousness, and the Politics of Empowerment*. New York: Routledge, 2000.

②　Collins, Patricia Hill. *Black Sexual Politics: African Americans, Gender and the New Racism*. New York: Routledge, 2004.

③　Bell-Scott, Patricia, et al. *Double Stitch: Black Women Write about Mothers and Daughters*. New York: Harper Perennial, 1993.

④　Hooks, Bell. *All about Love: New Visions*. New York: William Morrow & Company, 2000.

⑤　O'Reilly, Andrea. *Toni Morrison and Motherhood: A Politics of the Heart*. Albany: State University of New York, 2004.

的母性研究仍不够深入与宽泛。

此外,学者德西蕾·刘易斯(Desiree Lewis)①、简·怀亚特(Jean Wyatt)②、史蒂夫·H. 蒙克(Steve H. Monk)③以及阿曼达·普特南(Amanda Putnam)④等撰文解读了非裔美国文学中的单部或多部作品,剖析美国黑人母亲的历史遭遇与现实困惑。这些研究虽具有一定的前瞻性与侧重性,但并未明确、系统地从母性话题中透视非裔美国作家的对话意识、反思主张和超越精神。事实上,当代非裔美国作家通过文本叙述立体呈现了非裔美国女性在认知、建构母性的过程中遭遇的问题困惑与症结所在,与上述母性研究学者构成互补性的对话关系;与此同时,作家们也结合母性书写对诸如性别文化、种族问题以及人类伦理等话题进行了反思与诠释,彰显出宝贵的超越意识与人文关怀。

近年来,中国学界在母性研究方面也取得了可喜成绩,以评介、翻译、文本批评等形式对母性理论进行了介绍、评价与运用。刘岩的《母亲身份研究读本》⑤逐章介绍了国外主要母性研究学者的理论观点,起到了很好的导读作用。其另外一部关于母性研究的专著为《西方现代戏剧中的母亲身份研究》⑥,该书以西方母性研究理论为参照,解读易卜生、奥尼尔与品特等作家的戏剧作品中的母亲形象,在国内母性研究领域起到了引领作用。张亚婷的《中世纪英国文学中的母性研究》⑦属于国家社科基金后期资助项目,是关于中世纪英国文学中母性再现的专题研究,很有参考价值。李芳在其博士论文《美国当代女性小说家的母性书

---

① Lewis, Desiree. "Myths of Motherhood and Power: The Construction of 'Black Woman' in Literature". *English in Africa*, 1992(1): 35-51.

② Wyatt, Jean. "Giving Body to the Word: The Maternal Symbolic in Toni Morrison's *Beloved*". *PMLA*, 1993(3): 474-488.

③ Monk, Steve H. "What Is the Literary Function of the Motherhood Motif in Toni Morrison's *A Mercy*?". *Humanities and Social Sciences*, 2013(9): 1-6.

④ Putnam, Amanda. "Mothering Violence: Ferocious Female Resistance in Toni Morrison's *The Bluest Eye*, *Sula*, *Beloved* and *A Mercy*". *Black Women*, *Gender* + *Families*, 2015(5): 25-43.

⑤ 刘岩. 母亲身份研究读本. 武汉:武汉大学出版社, 2007.

⑥ 刘岩. 西方现代戏剧中的母亲身份研究. 北京:中国书籍出版社, 2004.

⑦ 张亚婷. 中世纪英国文学中的母性研究. 北京:中央编译出版社, 2014.

写》①中重点对当代美国女性文学中的母性话题进行了梳理与归纳,结合不同文本探讨母亲主体性问题。孙麟的博士论文《基于当代(后现代)黑人女性主义视角再论黑人母亲身份》②从文化角度审视了美国黑人母亲的身份问题。截至目前,以当代非裔美国文学中的母性书写为研究对象的专著在国内学界仍未出现,而公开发表的非裔美国文学母性研究论文又多集中选择莫里森的作品进行分析。国内的外国文学研究学者尚必武③、孟庆梅和姚玉杰④、张慧云⑤、李芳⑥、王守仁和吴新云⑦、庞好农⑧、王蕾⑨、毛艳华⑩等曾结合莫里森作品中的母爱异化、母性缺失、母性重塑等话题进行批评解读,为读者理解非裔美国文学中的母性话题提供了有利参照。

除莫里森之外,其他当代非裔美国作家的母性书写得到的关注相对较少。

①　李芳. 美国当代女性小说家的母性书写. 北京:北京外国语大学,2013.

②　孙麟. 基于当代(后现代)黑人女性主义视角再论黑人母亲身份. 上海:上海外国语大学,2012.

③　尚必武. 被误读的母爱:莫里森《慈悲》中的叙事判断. 外国文学研究,2010(4):60-69.

④　孟庆梅,姚玉杰. 历史语境下的莫里森母性诉说之文化解析. 西北大学学报(哲学社会科学版),2012(3):192-194.

⑤　张慧云. 莫里森对"母亲"及"母亲身份"的非裔美国文化诠释. 社科纵横,2015(2):114-116. 在该论文中,作者把 motherhood 翻译为"母亲身份",重点剖析母亲身份背后的种族文化内涵.

⑥　李芳是国内近几年母性研究学者中成果较为丰硕的一位,对母性话题进行着持续性研究。其发表的有关莫里森小说中母性书写的论文有:(a)李芳.《宠儿》中的母性伦理思想. 外国文学,2018(1):52-58. (b)李芳. 母性空间的呼唤——托妮·莫里森的母性书写. 上海对外经贸大学学报,2015(6):73-81. (c)李芳. 母亲的主体性——《秀拉》的女性主义伦理思想. 外国文学,2013(3):69-75.

⑦　王守仁与吴新云是国内莫里森研究领域的重要学者,其多篇论文虽不是以母性或母亲身份为主题,但多涉及对母亲形象的分析以及对母爱的阐释,具体可参见:(a)王守仁,吴新云. 超越种族:莫里森新作《慈悲》中的"奴役"解析. 当代外国文学,2009(2):35-44. (b)王守仁,吴新云. 国家·社区·房子——莫里森小说《家》对美国黑人生存空间的想象. 当代外国文学,2013(1):111-119. (c)王守仁,吴新云. 走出童年创伤的阴影,获得心灵的自由和安宁——读莫里森新作《上帝救助孩子》. 当代外国文学,2016(1):107-113. (d)吴新云. 压抑的符码　权力的文本——美国黑人妇女刻板形象分析. 妇女研究论丛,2009(1):61-70.

⑧　庞好农. 从《家》探析莫里森笔下的心理创伤书写. 山东外语教学,2016(6):66-72.

⑨　王蕾. 托尼·莫里森文学视野中的黑人母性书写. 妇女研究论丛,2017(2):104-111.

⑩　毛艳华. 流动的母性——莫里森《慈悲》对母亲身份的反思. 国外文学,2018(2):92-98.

学者隋红升和毛艳华[1]曾结合麦克米兰的小说《妈妈》探讨黑人母性的重构策略;黄坚和张亮亮[2]对威尔逊戏剧中的母性形象进行了解读与批评;李敏[3]通过对内勒小说的解读,探讨了美国黑人灵性书写中的母性力量。此外,孙麟[4]从文化研究的角度对黑人母性的历史演变进行了分析诠释。

整体上,国内关于当代非裔美国文学中的母性的研究仍存在雷同化现象,在研究的宽度与深度上都有所欠缺,对当代非裔美国文学关于母性的反思式书写阐释不足,同时在概述非裔美国人的母性的总体特征、建构策略以及文化内涵方面还有进一步提升的空间。

第三节　本书的结构与研究思路

本书选择当代非裔美国文学中的母性书写作为研究对象,重点探讨非裔美国人的母性的多元特征与丰富内涵,以期达成两个目标。一是选择当代非裔美国作家以母性书写为重心的代表性作品展开文本研究,概括非裔美国文学中母性的建构模式、书写特征以及文化内涵。二是以西方母性理论为参照,聚焦制度化母性、母亲主体性与母道经验[5]这三大母性研究关键议题,总结当代非裔美国文学中的母性书写的理论价值与实践意义,并以此审视作家们关于母性话题的

---

① 隋红升,毛艳华. 麦克米兰《妈妈》中黑人母性的重构策略. 浙江工商大学学报,2017(2):24-31.

② 黄坚,张亮亮. 奥古斯特·威尔逊戏剧中的母亲形象解读. 戏剧之家,2014(3):67-69.

③ 李敏. "新时代运动"背景下的美国黑人女性灵性书写——以《寡妇颂歌》与《布鲁斯特街的女人们》为例. 东岳论丛,2016(4):133-138.

④ 孙麟. 美国黑人母亲的身份变迁——基于黑人女性主义视角. 世界民族,2018(3):55-63.

⑤ 本书中会时常出现"母性经历"与"母道经验"这两个既有联系又有区别的概念术语,这里进行简单的概念辨析。前者是里奇所使用的词语,意指 motherhood 的两面,即作为制度的母性以及作为经历的母性,而后者则是 mothering 的汉语翻译,多指母道经验的积极赋权性。尽管里奇意义上的母性经历也包括赋权的含义,却不够明晰与肯定。由此,以欧瑞利为代表的当代母性研究学者使用 mothering 来重新强调赋权性并使里奇关于母道赋权的提法清晰化。本书中使用"母性经历"时所强调的是作为经历的母性对母亲主体的隐性束缚性,而采用"母道经验"时则为彰显母性能量。

对话意识、反思态度与超越精神。

基于上述研究目标,本书选择当代非裔美国作家群与多部文学作品进行母性专题研究。① 具体而言,本书所研究的作家主要包括托尼·莫里森、格洛丽亚·内勒、洛林·汉斯贝利、特瑞·麦克米兰以及奥古斯特·威尔逊;研究的作品主要有《秀拉》《宠儿》《篱笆》《布鲁斯特街的女人们》《妈妈》《阳光下的葡萄干》《斯苔拉如何回到最佳状态》《妈妈·戴》以及《慈悲》。当代非裔美国文学创作成绩斐然、成果丰富,其中以母性为话题的作品不在少数,而本书之所以选择上述5位作家及其9部作品作为研究对象有两个重要依据。一是所选作家皆属当代作家,包括男女两性,其文本叙述多关注非裔美国母亲群体的生存困惑、现实选择与身份诉求等,且其关注点具有明显的辨识度与区别度,涵盖种族文化、阶级、性别与宗教等等。二是所选文本包括小说与戏剧,或以母亲视角讲述故事(比如《宠儿》《妈妈》《妈妈·戴》与《斯苔拉如何回到最佳状态》),或以子女视角反写母亲故事(比如《秀拉》《布鲁斯特街的女人们》与《慈悲》),或聚焦家庭矛盾呈现母性话题(比如《篱笆》与《阳光下的葡萄干》),具有一定的文本代表性与典型性。

在研究思路上,本书采取"理论探讨—文本细读(互文本解读)—对话分析—阐释论证"的具体路径。具体而言,本书首先分析西方母性研究的生发语境与思想内涵,总结母性研究的理论价值与现实意义。然后,以西方母性理论为参照,结合文本细读与互文本解读,探讨当代非裔美国文学中母性的书写模式、建构策略及其蕴含的政治、历史与社会文化内涵,强调非裔美国人的母性研究的典型性与突出性。接着再通过分析文本与理论之间的对话关系,审视当代非裔美国作家在定义母性、反思母性以及重塑母性等方面的处理模式与独特态度,以此论证

---

① 本书选择当代非裔美国作家群以及多部文本作品展开研究,主要出于以下三个方面的考虑。首先,母性话题涉及历史、文化、社会、心理、情感、伦理等多个方面,研究单个作家不容易涵盖母性话题中的诸多子命题,无法全面展现当代非裔美国作家关于母性的多维度思考。其次,当代非裔美国文学中的母性书写与西方母性理论的发展保持着明显的同步关系,选择当代非裔美国文学作品进行母性研究更有助于审视作家们在母性话题上与欧美母性研究学者之间积极的互动与对话关系。再次,本书所选择研究的作品从不同侧面切入,对非裔美国人的母性进行了独到且深入的剖析与诠释。对其进行系统研究可以展示非裔美国人的母性历史演进的基本特征,呈现非裔美国母亲的现实困惑以及审视作家们对如何重构母性所做的深刻思考。

作家们在书写母性的过程中所彰显出的反思意识、超越精神与人文关怀。在母性研究议题的选择上，本书沿循西方母性研究的发展走向，聚焦制度化母性、母亲主体性与母道经验三大主题，并以其作为本书上、中、下三篇的主题，分层递进式论证非裔美国文学中的母性主题。本书期待在勾勒非裔美国人的母性的独特表征的同时，阐释和论证母性话题的共通特征。本书整体结构如下。

本书主要分为三大部分：导论、正文（上、中、下三篇，每篇三章，共九章）与余论。导论介绍研究的缘起、研究现状与思路结构，为后文的展开勾勒必要的框架背景。正文部分分别以制度化母性、母亲主体性与母道经验来展开，递进地探讨当代非裔美国文学中的母性主题，以及文本书写与母性理论之间的对话关系。余论部分对本书的主要内容进行总结，并肯定非裔美国文学中母性书写的文学价值与实践意义。

上篇由第一章、第二章与第三章构成，以母性研究中的"制度化母性"为讨论议题，结合《秀拉》《宠儿》与《篱笆》三部文学作品，细致探讨制度化母性之于非裔美国母亲群体的具体所指与深远影响。由于特殊的历史经历，非裔美国母亲群体遭遇性别、种族与阶级等多重制度的交互影响，制度化母性的束缚性与控制性更为典型与突出。莫里森的《秀拉》以两对母女家族群中所暴露出的母亲/女性存在危机，呈现"弑母"现象的复杂成因与影响，回应并扩充了西方母性研究学者关于制度化母性的观点主张。此外，莫里森《宠儿》中的黑人母亲杀婴行为直接揭示出了制度化母性的悖论特质，即兼具保护与束缚的双重属性。作家的辩证态度直指西方主流母性研究学者关于简单消解制度化母性的弊端所在。威尔逊的《篱笆》以具体的母性叙述层层揭示冲破制度化母性束缚的内在与外在要素，即不仅要消解多重制度对母性的压制，还要发挥母性情感与母性伦理等内在能动性。当代非裔美国文学中的母性书写显然与西方母性研究理论之间保持着积极的对话关系。

中篇包括第四章、第五章与第六章，主要以"母亲主体性"为话题，聚焦母亲主体与母亲身份之间的抵牾关系，阐释非裔美国母亲群体在重构母亲主体过程中所遭遇的诸种困惑以及所做出的不懈努力。在西方母性研究学者看来，母亲主体经常湮没于与他人的互动关系之中，母亲个人的身体与情感欲望被压制是最为典型的表征方式。内勒的《布鲁斯特街的女人们》描述了忽视与否定母亲身体与情感欲望的危险所在,所践行的母性行为也成为剥离母亲主体的隐性成因。麦克米兰《妈妈》中的黑人母亲能够正视母亲的身体欲望与情感需求,以此寻找母亲主体重塑的有效路径,即成为身体与情感的主体。麦克米兰对母亲主体重构的思考还体现在如何达成母亲主体与母性职责之间的平衡关系之上,表现出非裔美国作家一贯坚持的思辨态度。《阳光下的葡萄干》所描述的母性经历则具象化地呈现了母亲主体的生成过程。黑人母亲在解构"女家长"控制性命名的过程中,逆势操演种族与性别规约下的母性行为,逐渐勾勒出母亲的主体性。其作者汉斯贝利的文本叙述具有突出的理论思辨性。

　　第七章、第八章与第九章共同构成本书的下篇内容,该篇紧跟西方母性研究理论的最新议题——"母道的能动性与赋权性",总结当代非裔美国文学中的母性书写对该话题的具象化呈现与深刻思考。麦克米兰的小说《斯苔拉如何回到最佳状态》主要探讨了新时代语境下女性主义母道之于母亲/女性自我实现与子女成长的价值意义。内勒的《妈妈·戴》则展现了黑人圣母(Black Madonna)文化语境中母道经验的赋权能动性,这种能动性不仅能够肯定母亲的存在价值,同时还具有营造社区文化并促进社会变革的政治潜能。莫里森小说《慈悲》中的母道赋权性具有流动性与多样性。其中,不同种族母亲群体的反母性经验构成对母性制度性的揭示与消解,而以未婚生育与成为替养母亲为主要形式的非传统母道经验则有力消解了传统单一、本质化的母性建构模式。莫里森对母道经验的多元呈现与深刻思考具有较高的理论价值。当代非裔美国文学以其特有的方式呈现多元、动态、开放的母道经验,以此拓宽了西方母性研究对母道经验赋权本质的探讨。

　　本书正文最后一部分是余论。母性话题内涵丰富,且对不同族群的母亲而言所指有异。作为较为特殊的母亲群体,非裔美国母亲所遭遇的母性困惑更为典型,其重构母性的决心与毅力也更为坚定。本书的研究自足于非裔美国人的母性话题的典型性,力求概括母性的共通性内涵与重构之道。从具体到一般、从文本到现实是本书研究的初衷与目标。

上篇　制度化母性的压制性、悖论性与解构策略

制度化母性，即作为制度的母性是西方母性研究学者探讨最多、剖析最深入的母性研究维度之一。把母性视为一种制度，揭示其背后的压迫逻辑有助于把母亲从制度化的牢笼中解放出来，释放母性力量，使重构母亲主体成为可能。然而，白人母性研究学者在谈论制度化母性时，更多关注父权文化对母性的束缚与压制(patriarchal institution of motherhood)，而对种族、阶级甚至宗教等其他社会体制所引发的母性剥离剖析不够。当代非裔美国作家立足于本种族母亲群体的历史遭遇与生存现实，立体呈现影响非裔美国母亲身份建构的多重体制，以此拓宽了母性研究学者关于制度化母性的概念疆界。

　　鉴于西方母性研究的白人本位特征，制度化母性的研究模式与解构策略均存在单一化、本质化的倾向。在母性研究学者看来，制度化母性是重构母亲主体的羁绊所在，解构制度化母性或言消解母亲身份是解放母亲的关键一步，由此，母性的控制性得到最大化的强调，而母性（母亲身份）的保护性则常被忽视。对此，莫里森曾在小说《宠儿》的序言中强调"在奴隶制度的特殊逻辑下，想做家长都是犯罪"(BL ii)，以此回应激进女性主义学者完全否定母亲身份的做法，提醒母性研究学者关注母亲群体的存在多样性以及制度化母性兼具束缚与保护的双重特质。以莫里森为代表的当代非裔美国作家通过讲述黑人母亲群体的生活经历，辩证审视制度化母性的本质，并积极寻找冲破母性束缚的有效策略。

　　本书上篇部分以制度化母性为批评重点，借助母性研究学者的相关论点，结合莫里森的《秀拉》《宠儿》与威尔逊的《篱笆》三部文学作品对制度化母性的压制性内涵、悖论特质以及消解策略进行逐层剖析，审视当代非裔美国作家在制度化母性议题上与西方母性研究学者之间积极的对话关系。莫里森是一位深具思辨意识的伟大作家,在西方母性研究迅猛发展的 20 世纪 70—80 年代,聚焦"弑母"话题,通过小说《秀拉》直指制度化母性的父权影响,揭示父权文化对母性的想象塑造,提倡在父权文化之外重塑母性,建构反父权的母性乌托邦,以此回应里奇、乔德罗等母性研究学者最具价值的观点主张。然而,莫里森又通过呈现女性内部的"弑母"现象对单纯依赖推翻制度化母性来重构母亲身份的做法予以反思,留给读者继续思考的空间。小说《宠儿》则是莫里森深入探讨制度化母性种族内涵与悖论特质的重要文本,以黑人母亲塞丝杀婴为典型案例揭示父权文化与奴隶制度交互作用下制度化母性所兼具保护与束缚的双层内涵,以此对西方母性研究学者关于消解制度化母性的本质论倾向进行颇具价值的反思,并积极拓展制度化母性的外延所指。当代非裔美国剧作家威尔逊的《篱笆》通过描述化解家庭危机中的母性关怀伦理,强调消解制度化母性、重塑母亲身份需要内外两方面的努力:一方面需要消解制度化母性的外在束缚;另一方面需要在肯定母亲身份的同时,发挥母亲/女性的情感能动性。当代非裔美国作家紧跟西方母性研究的发展思潮,并及时做出回应,表现出了对母性话题的高度关注与深刻思考。

第一章 《秀拉》中"弑母"文化对制度化
母性的揭示与挑战

　　"弑母"是西方母性研究的一个重要话题,是探讨制度化母性与母亲主体性之间矛盾关系的理论起点。在母性研究学者看来,由于"弑母"文化的长期存在,制度化母性得以形成,并产生了复杂深远的影响,如母亲话语权被剥夺,母亲主体性被压制,母子/母女关系问题重重,等等。在"弑母"文化的语境下,女儿从母亲的经历中发现女性低下的社会地位以及女性主体性的匮乏,由此在选择是否追随母亲的脚步时态度迟疑。"母亲的生存状态让女儿担心、焦虑,想到自己不久后会步母亲的后尘,女儿不免感到'窒息',这使得女儿不得不考虑离开母亲。"①而离开母亲,即象征意义上的"弑母",则意味着母女纽带的断裂,女儿将不可避免地陷入两难境地:失去母性的滋养,同时又无法被父权文化所接纳。可以说,由父权制度所产生的"弑母"文化让母亲长期处于失语状态,并致使母女纽带出现断裂。这种女性主义分析逻辑不仅为解释文学世界以及现实生活中诸多的母女关系断裂现象提供了理论参照,同时也有助于剖析制度化母性的生发机制与多重影响。

　　本章主要借助伊里加蕾、里奇、哈弗等母性研究学者关于制度化母性与"弑母"文化的独到观点,以小说《秀拉》为解读文本,剖析制度化母性的形成机制、深远影响以及消解制度化母性的策略与路径。《秀拉》以罗谢尔、海伦娜、奈尔三代女性为叙述线,揭示父权制度所滋生的"弑母"文化对母亲/女性的束缚与压制,以及由此引发的女性存在危机与母女之间的紧张关系。与此同时,小说中伊娃、

---

　　① Irigaray, Luce. "And the One Doesn't Stir Without the Other". Trans. Hélène Vivienne Wenzel. *Signs: Journal of Women in Culture and Society*, 1981(7): 63.

汉娜、秀拉三代女性所建构的母性乌托邦可被视为挑战制度化母性的女权范式，并回应着上述理论家的批评主张。然而，通过细察可发现莫里森的文本叙述虽与西方母性研究学者具有观点上的一致性，但也对其本质化论调进行了文本反思。莫里森通过描述女性内部的"弑母"现象揭示出单纯依靠否定父权文化并不能彻底消除制度化母性的束缚与压制，极具思辨意识。小说中频繁出现"弑母"现象，其背后的成因不仅直指父权文化、种族制度等外在体制，还包括女性内部的情感疏离与矛盾冲突。可以说，对"弑母"文化的多维度解读成为莫里森回应与反思西方母性理论，尤其是制度化母性的重要切入口。

第一节　"弑母"文化的父权本质①

在《秀拉》中，莫里森以罗谢尔、海伦娜、奈尔，以及伊娃、汉娜、秀拉两个母女关系群为叙述对象，交代导致母女纽带断裂与母亲生存危机的内外成因，呈现"弑母"文化的多样性与复杂性。在罗谢尔家族，女儿发现母亲缺乏自我主体，长期处于"失语"状态，便切断了与母亲的联系而选择追随父权律法，然而，她们在父权世界中更是无法被认可与接纳，故而遭遇了严重的女性存在危机，由此深刻揭示出"弑母"文化的父权本质。

故事中，海伦娜离开母亲罗谢尔是在外祖母的引导下完成的，是父权文化作用的结果。罗谢尔是一个有着克里奥尔血统的妓女，是男性消费的对象，是不洁与卑贱的化身。为了切断海伦娜与母亲之间的联系，"外祖母把海伦娜从有着柔和灯光和花卉图案地毯的'日落楼'带走，让她成长在一座色彩缤纷的圣母雕像哀伤的注视下，并劝告她时刻要警惕自己可能会从母亲那里遗传到的野性血液"（SL 17）②。经过圣母文化的洗礼，海伦娜彻底撇清了与母亲的联系，选择投靠

---

① 本节以罗谢尔家族为批评主线，剖析"弑母"文化的父权本质。在文本批评过程中略掉了种族文化对母性的影响，其原因在于本节意在强调"弑母"文化的共通性，以及非裔美国人的母性与其他族群的母性的特征一致性。

② 本书中涉及小说 Sula 的译文参考了以下版本（部分文字做了更改）：莫里森. 秀拉. 胡允桓，译. 海口：南海出版公司，2014.

父权社会。海伦娜 16 岁时嫁给一名海员，9 年后生下女儿奈尔。她严格信奉
"男主外、女主内"的主流性别模式，满足于作为妻子和母亲的生活。她举止端
庄，令人难忘，"一头浓密的头发盘成髻，一双乌黑的眼睛总是眯着审视他人的举
止行为。她凭着强烈的存在感和对自身权威合法性的自信而赢得了一切人际斗
争"(SL 18)。海伦娜以对传统家庭模式的坚守获得了自信，并以父权文化对女
性的严格要求养育女儿。童年时代的奈尔一直生活在海伦娜的认真教导之中，
按照母亲所奉行的价值观认真行事，直到一次旅行的经历让奈尔选择了反抗以
及与母亲决裂。

　　10 岁的小奈尔随海伦娜一起乘坐火车南下至新奥尔良参加曾外祖母的葬
礼，途中因匆忙慌乱上错车厢而遭到白人男性的训斥。当时母亲的"反常"回应
对小奈尔触动很大，"海伦娜笑了。就像刚刚被一脚踢出来的流浪狗在肉铺门口
摇着尾巴一样，她冲着那鲑粉色面孔的列车员露出了挑逗的微笑"(SL 21)。面
对白人男性，海伦娜献出谄媚而讨好的笑，而车厢里的黑人男性不但没有提供帮
助，反而投来带有恨意的目光。为此，作为女儿的奈尔产生了极大的心理挫败
感，"母亲的自我憎恨与自卑情绪成为女儿心理健康发展的障碍"[①]。回到家后
的奈尔在晚上久久不能入眠，最后起床对着镜子激动地说："我就是我。我不是
他们的女儿。我不是奈尔。我就是我。我。"(SL 28)"我不是他们的女儿"表明
奈尔意欲切断与家庭，尤其是与母亲之间的联系。面对缺乏自我主体性的母亲，
奈尔几经纠结与困惑，最后还是选择了追随父权文化。法国女性主义研究学者
伊里加蕾曾表示：

　　　　女孩在遵从现存社会秩序之前，她的原初本能是朝向母亲的。但
　　是，女人无法解决与起源的关系，无法解决与母亲的关系，无法解决与
　　同性的关系，这些都将影响到她的恋爱关系，她的第一次婚姻。这是可
　　以想象的。女性要想逃离这些真实生活的故事，避免她所经历的所有

———————

　　① Rich，Adrienne. *Of Woman Born：Motherhood as Experience and Institution*. 2nd
ed. New York：W. W. Norton and Company Inc.，1986：243.

斗争,唯一的方法显然就是怀有一个男性的、自恋式的理想。①

　　长大后,奈尔嫁给了需要有人"护理他的伤痛,深深爱着他"并使他成为"一家之主"(SL 81)的小镇青年裘德,追随男性的脚步,最终把自我迷失在对男性文化的依附之中。她开始否定自己的欲望,把自己伪装起来,"在裘德提到她的脖子之前,她甚至不知道它的存在;而在裘德把她的微笑看作一个小小的奇迹之前,她也从未意识到除了咧开嘴唇之外,它还意味着什么"(SL 89)。可以说,罗谢尔家族母女纽带的层层断裂表明父权文化对女性的强势影响:罗谢尔的妓女身份不符合社会对女性的身份期待,基督教的圣母文化引导海伦娜去追随父权的律法。然而,在父权的律法里,女性只代表着一种"缺乏",是反映男性欲望的平面镜,女性的主体性不可能成功建构。正如伊里加蕾所言:"为了参与男人的欲望,女人不得不放弃她自己的欲望,并把自己伪装起来。伪装是对女性身体欲望的否定,先验存在的本体的女性特质无法被菲勒斯中心主义再现。"②弗洛伊德关于女性缺失的观点更具代表性:"女孩一开始总是把阉割视为灾难,后来才认识到,阉割也发生在其他孩子身上,甚至某些成年人身上。当女孩明白这一点时,女性特征连同母亲本人的价值就大打折扣了。"③结果,海伦娜主体性的缺乏又深深刺激了奈尔,让奈尔最终选择与母亲分离,而母女分离又让奈尔迷失在对父权文化的追随之中,自我主体被严重剥离。

　　可以说,罗谢尔家族的"弑母"现象主要在于男权文化对女性的排斥以及对母性的压制性塑造。里奇曾表示:"制度化的母性束缚并贬低了女性的潜能……要求女性具有母亲的'本能'而不具有智慧,要求她们无私而不是自我实现,要求她们建立同他人的关系而不是创建自我。"④这种压制母性情感和母亲主体性的

　　① Irigaray, Luce. *Speculum of the Other Woman*. Trans. Gillian C. Gill. Ithaca: Cornell University Press, 1985:106.

　　② Irigaray, Luce. *An Ethics of Sexual Difference*. Trans. Carolyn Burke & Gillian C. Gill. London: The Athlone Press, 1993:125.

　　③ Freud, Sigmund. *The Standard Edition of the Complete Psychological Works of Sigmund Freud*. Trans. James Strachey. London: Hogarth Press, 1964:226.

　　④ Rich, Adrienne. *Of Woman Born: Motherhood as Experience and Institution*. 2nd ed. New York: W. W. Norton and Company Inc., 1986:48.

制度化母性剥夺了海伦娜的女性自主性,作为母亲的她无法提供女儿渴望效仿的主体性,导致女儿被迫选择离开母亲。此外,缺乏自主性的母亲往往会选择控制女儿以获取母亲权力,而不把女儿看成具有独立人格的实体,致使母女纽带出现层层断裂。缺乏母爱滋养而又不被父权文化所接受,罗谢尔家族的女性遭遇了严重的存在危机。

如果结合20世纪70—80年代美国女性主义的运动氛围来看,奈尔之所以与母亲海伦娜产生情感隔阂,与父权文化、女性独立等多种因素分割不开。正如美国女性心理学者葆拉·J.卡普兰(Paula J. Caplan)所言,"真正破坏母女关系的是父权文化,让父权文化深感恐惧的是女性之间会形成过于亲密的关系,而这种亲密关系又会促进女性产生独立意识和团结精神"①。生活在美国的黑人女性不仅深受种族问题的困扰,同时也被父权文化所束缚。罗谢尔家族的女性被父权文化所同化,选择与母亲分道扬镳,切断与母辈的联系,而在选择依靠男性成就自我身份的过程中又被父权文化所完全排斥,失去建构女性主体性的机会与力量。"弑母"文化让罗谢尔家族的女性深陷制度化母性的牢笼之中,女性存在遭遇危机。总体上,制度化母性呈现出明显的压迫性与控制性,重塑女性主体性需要冲破与消解父权文化的束缚影响。下面一节将以"母性乌托邦"为话题展开探讨,审视反父权条件下的母性力量与女性存在。

第二节 母性乌托邦的反父权表征

《秀拉》中,与罗谢尔、海伦娜、奈尔并置存在的另外一个母女关系群是伊娃、汉娜、秀拉,她们独立、坚强、自主,建构起远离男权文化的母性乌托邦世界。②从居住环境到言行举止,从两性关系到代际影响,伊娃家族的女性处处表现出对

---

① Caplan, Paula J. "Making Mother-Blaming Visible: The Emperor's New Clothes". In Jane Price Knowles & Ellen Cole (eds.). *Woman-Defined Motherhood*. New York: Routledge, 2013: 73-74.

② 这里所探讨的"母性乌托邦"主要是指远离父权文化,即剥夺男性存在,以女性作为主导者的女性世界。其字面概念与实际所指是完全一致的。

父权文化的蔑视与否定,以及对女性自我的尊重。外祖母伊娃作为母性王国的灵魂人物,身体力行,引导女儿建构属于自己的女性存在,汉娜与秀拉的自主身份得益于伊娃的母性影响。她们以居住空间与女性身体为据点对传统的性别文化发起挑战,释放解构父权文化的母性能量。

伊娃一生坎坷,饱尝19世纪末美国黑人生活的种种艰辛,并深受父权文化所害。懦弱而薄情的丈夫抛妻弃子,毫无家庭责任感。为了养活孩子,伊娃无奈之下选择牺牲自己的一条腿来获取保险金。低贱的女性身体被利用,成为维持一家人生活的主要经济来源。生活好转后,她建立起自己的"匹斯王国"①,接纳、收养无家可归、生活困顿的下层人群。伊娃在梅德林镇的权威建立在自己的独立与坚强之上:"在他们的印象中,自己总是抬头看着她:仰望着她两眼间宽宽的距离,仰望着她软而黑的鼻翼,仰望着她的下巴尖。"(SL 35)生活中的伊娃也以自己的方式消解西方传统的性别观念。她的"匹斯王国"的管理者中没有男性,男性(如"柏油男孩")成为"王国"的被救济方;她无视三个所收养的男孩的差异而将其统一取名为杜威。此外,伊娃的女性王国挑战男权文化所推崇的秩序与理性,杂乱自由的建筑风格便是最为明显的例证:"……有的房间开了三个门,有的房间又只有朝着门廊的一个门,与住房的其他地方无门相通,而有的房间要想进去就只得穿过别人的卧室。"(SL 33)正如学者李芳所分析的,"莫里森在《秀拉》中利用房子的这一意象,并通过夏娃②建构的房子拆解了这一空间的原始意义,使母亲的空间在流动中呈现能量"③。

居住空间成为伊娃家族女性挑战父权文化的据点所在,是彰显母性能量的重要场域。伊娃的王国里到处杂乱无章,自由开放,毫不具备父权文化所推崇的理性与秩序:"里面歪七扭八地充塞着物品、人群,还有嘈杂的话音和摔门声。"(SL 40)女性松散、自由的空间让受困于父权规约的奈尔羡慕不已:"这里没有母亲的训斥与命令,只有炉子上热气腾腾的水和各种各样来访的人……"(SL 32)这种放松的状态与里奇所谈及的理想母性的状态极为一致,母亲连同女儿成为

---

① 匹斯(Peace)是伊娃的姓。

② 即伊娃。

③ 李芳. 母亲的主体性——《秀拉》的女性主义伦理思想. 外国文学,2013(3):72.

逃离父权世界的"非法分子"(outlaws)。① 远离父权文化规约的母性空间是流动的、延展的,有助于女性建构独立的自我存在。

除了居住空间,身体也是伊娃家族女性所积极利用的反父权据点。在父权律法的规范下,女性、黑人、同性恋者等的身体被认定为"卑贱的、不合法的身体"②,无法成为建构主体的基础所在,而伊娃家族的女性则能正视身体的能动力量,挑战父权律法。伊娃虽然已经失去一条腿,却从不刻意隐瞒,相反,她能随时保持女性的优雅,"不管她失去的那条腿的命运如何,剩下的那条倒令人印象深刻。那条腿上总是穿着长筒袜,套着鞋,无论什么时间和季节"(SL 34)。伊娃不仅借助身体维持一家人的生活,同时能正视、尊重并欣赏自己的女性身体,身体在引导其修正性别规范以及凸显女性主体方面起到了至关重要的作用。

伊娃的女儿汉娜同样能够肯定并利用女性身体的价值。在两性关系中,汉娜的行为修正了传统的性别规范模式,借机展现女性主体。波伏娃认为传统妇女存在的方式是由男人确定的,男人是主体,是定义者,而女人是客体,是依据男人的定义来行动、思考和看待自己的。③ 然而,汉娜却从不特意去迎合男性,"她从来不会先去梳理一下头发,跑去换换衣服或是抹一点化妆品,也不会做些这样那样的姿态"(SL 165)。她视男女性爱为一种自我愉悦的方式而非讨好男性的被动行为,而且她从未企图拴住任何一个男性而再次屈从地建构女性的依附性主体。可以说,"汉娜对性的态度使她的身体从父权制建构的女性身体的所属关系中解放出来。她没有使身体委身于父权话语下的伦理牢笼,而是给身体享乐空间"④。汉娜的行为也从某种程度上解构了传统的男女性别定位,并还原女性身体的自身欲望。

相比于伊娃和汉娜,新一代女性秀拉的性别操演行为则更为积极主动,反抗意味更浓,以身体的逆势操演赢得重构女性主体的机会。秀拉独立自主、勇于尝

① Rich, Adrienne. Of Woman Born: Motherhood as Experience and Institution. 2nd ed. New York: W. W. Norton and Company Inc., 1986: 195.

② Butler, Judith. Bodies That Matter: On the Discursive Limits of Sex. London: Routledge, 1993: 16.

③ Beauvoir, Simone de. The Second Sex. Trans. H. M. Parshley. Harmondsworth: Penguin Books Ltd., 1972: 416.

④ 李芳. 母亲的主体性——《秀拉》的女性主义伦理思想. 外国文学, 2013(3): 71.

试,以一系列冲破传统性别规范的试验性行动为如何重构女性主体身份提供了一种颇具价值的实践参照,即积极利用女性身体,挑战命名背后的压迫性逻辑,以及改变传统意识哲学对主体建构的僵化定位。她的经历说明"女性自身是一个过程中的术语、一种生成。作为一个进展中的话语实践,它对介入和重新意指是开放的"①。

对秀拉而言,主体化的过程通过身体发生,身体反抗是她获得女性主体身份的重要途径。身体在操演社会规范的过程中不断被驯化、风格化,形成男女两种对立的社会性别。但是,一旦性别的操演特点被识别出,并且"当生理性别从其自然化的内在和表面解放后,它可以成为展现对性别化的意义进行戏拟增衍以及颠覆游戏的一个场域"②。小说中,秀拉颠覆传统性别规约的身体体验主要表现在她对性爱活动的控制权上,"在性爱过程中,她发现了优势所在。当她停止用身体迎合对方,开始坚持自己在这一行为中的权利时,力量的分子便在她体内聚集起来,像钢屑般被吸引到一个巨大的磁场中心,形成任何东西都无法打破的一团"(SL 132)。她通过身体的性体验去发现、认识自我。女性主义认为,女性对身体的认知是"界定自己的身份、掌握自己的命运、实现自我赋权"③的重要途径和组成部分。秀拉正是在充分利用女性身体的过程中逐渐明确自主身份,成为自己命运的主宰的。而且,比起伊娃和汉娜,秀拉对女性身体的力量具有更为自觉与更为深层的理解和把握。伊娃自残身体获取生存希望是被迫的,汉娜与男人私会也只为愉悦身体,而秀拉则是通过自觉主动地支配身体去寻找自我和发现自我。对于秀拉,性(身体)的体验不仅仅是自我愉悦的方式,还是张扬女性生命力量的途径,通过凸显女性的直觉感受与非理性状态达成解构男权理性话语体系的目的。

伊娃家族积极传承母性文化,建构起远离父权文化的母性乌托邦世界,并以女性的直觉思维、身体力量以及流动的空间解构父权文化,这揭示出作者莫里森

① Butler, Judith. *Bodies That Matter*: *On the Discursive Limits of Sex*. London: Routledge, 1993: 13.

② 都岚岚. 朱迪斯·巴特勒的性别操演理论探幽//王宁. 文学理论前沿. 北京:北京大学出版社,2010:208.

③ 苏红军,柏棣. 西方后学语境中的女权主义. 桂林:广西师范大学出版社,2006:81.

对母亲/女性存在的反思，并回应着西方第三波女性主义浪潮学者的先进观点。以波伏娃为代表的早期女性主义学者否定身体的能动性，认为女性主体身份的建构要在超越身体的基础上完成。当代美国女性主义哲学家巴特勒对波伏娃的女性观进行了重新审视，肯定了女性身体的能动力量以及建构女性主体的多元可能性。伊娃家族的女性汲取母性文化营养，积极释放女性的身体能量，重构女性空间秩序，可被视为母性乌托邦的反父权表征。可以说，伊娃家族摆脱了制度化母性对女性的外在束缚，以女性的自由独立赢取重塑女性主体性的宝贵机会。然而，值得思考的是，冲破制度化母性是否意味着单纯地远离父权世界？远离父权世界又是否就是重塑母性的必要条件呢？莫里森以伊娃家族内部的悲剧为叙述主线对此予以回应，表现出其对女性主义与母性研究激进观点的审慎态度。而且，耐人寻味的是，莫里森把文本叙述的落脚点放在了女性内部的"弑母"现象之上。

第三节　女性内部"弑母"的潜在危机

在莫里森的小说世界中，秀拉是新女性的典型代表。她敢于冲破性别禁锢，挑战男权文化，正视女性身体的积极力量。然而，莫里森却以秀拉红颜薄命的故事设计引发读者思考女性主体建构失败的多维成因。细读文本，可发现伊娃家族内部同样存在"弑母"现象，家族女性虽然对父权文化持鲜明的对抗态度，却因对母爱的理解错位而产生母女关系隔阂，由爱生恨的情感变化使母女纽带断裂的现象进一步加剧。母女纽带的断裂导致母亲/女性存在的种种危机以及主体身份的不完整，同时也揭示出对制度化母性的表面解构无助于母性文化的真正重塑与有效传承。

罗谢尔家族的母女纽带断裂源自父权文化的强势影响，暴露出断裂的外在原因，而伊娃家族之所以遭遇母女纽带断裂则主要是因为女性内部的误解与矛盾。伊娃家族是一个以女性为主导的反传统家庭，三代女性都能勇敢地对抗父权文化，追求女性自主性。然而，家族悲剧却一再发生：伊娃被秀拉送进养老院，孤独终老；汉娜被大火烧死，秀拉则冷眼旁观；秀拉最终年纪轻轻染上重病而孤独死去。可以说，仇恨促成了来自女性内部的"弑母"行为。拒绝、否定母亲的秀拉成为孤独的浮萍，她对女性自我的追求也注定是要失败的，"当你杀死祖先时，你也就杀死了你自己"①。那么，杀死祖先、杀死母亲的理由除了反抗父权制度还有其他什么呢？细察伊娃家族的母女关系，可以看出伊娃、汉娜、秀拉虽皆具有较强的女性自主性，但对母爱的错位理解使得母女间的沟通出现问题，由对爱的极度渴望转变成激烈的母女愁恨，引发女性内部的"弑母"现象。

伊娃家族的女主人伊娃坚强、独立，却似乎对子女关怀不够，由此，在伊娃与汉娜之间出现了关于母爱的理解错位。一次，汉娜走进母亲的房间，看似随便地问起："妈妈，你有没有爱过我们？"(SL 67)伊娃对此很是不解，反问道："你活蹦乱跳地坐在这儿，还问我爱没爱过你们？我要是没爱过你们，你脑袋上那两只大眼睛早就成了两个长满蛆的大洞了。"(SL 68)汉娜谨慎地追问："我不是那个意思，妈妈。我知道是您把我们拉扯大的。我是指别的。喜欢。喜欢。跟我们一起玩。你有没有，就是说，陪我们一起玩过？"(SL 68)伊娃则生硬地回答："没有那种时候。没空。一点空也没有。我刚刚打发走白天，夜晚就来了。你们三个人全都在咳嗽，我整夜守着，怕肺病要了你们的命。"(SL 69)从这段母女对话中可以看出，伊娃所坚持的母爱是养育子女与传授坚强，汉娜则把母爱理解成了对子女的情感关爱。正是对母爱的不同理解导致她们母女的情感产生了严重隔阂。

正如有学者所言，"汉娜未能从伊娃那里得到她所想要的爱，汉娜在养育孩子方面出现了问题"②。一天，汉娜和女友关于抚养子女的闲谈被秀拉偶然听到。

　　"闭上嘴巴吧。你连她撒尿的地方都喜欢。"

　　"那倒是真的。可是她还是让人头疼。你没办法不爱自己的孩子。

不管他们干了什么。"

---

　　① Morrison, Toni. *What Moves at the Margin: Selected Nonfiction*. Jackson: Mississippi University Press, 2008: 64.

　　② Wilfred, Samuels & Clenora Hudson-Weems. *Toni Morrison*. Boston: Twayne, 1990: 36.

"唉,赫斯特现在大了,我觉得光说爱已经不够了。"

　　"当然啦。你爱他,就像我爱秀拉一样。但我不喜欢她。区别就在这儿。"

　　"我也这么想。喜欢他们可是另一码事。"(SL 57)

　　秀拉被汉娜的一句不喜欢自己的言语所震惊,从此"她没有一个中心,也没有一个支点可以让她围绕其生长"(SL 119)。关于这个细节,学者欧瑞利从母亲汉娜的角度进行了解释:爱自己的女儿是母亲的本能,而不喜欢则可能是由于秀拉的淘气行为让汉娜产生了养育子女的烦恼,而这种烦恼又是非常普遍的。[①]然而笔者认为,结合前文伊娃和汉娜间的谈话则可以给出更为深刻的解释。和母亲交谈之后,汉娜认为伊娃所说的爱是一种本能的母爱,汉娜对此并非不能接受,但她更愿意把母爱等同于喜欢和孩子一起玩,即一种情感表达。正是因为汉娜对"爱"与"喜欢"有自己的定义,才会说出"我爱秀拉……但我不喜欢她"的话。而且,从她的话中可以推测出两点:一是汉娜没有从伊娃那里继承下关于"爱"的积极理解,而仅把母爱视为一种不含情感的本能;二是汉娜虽然内心推崇有别于伊娃的母爱表达方式——"喜欢",但却没有习得"喜欢"孩子的方法。结果,由于汉娜不经意的一句话,12岁的秀拉从此与母亲产生了情感决裂,甚至有了某种恨。

　　年迈、残疾的伊娃为救大火烧身的汉娜不顾个人生命安危,纵身从二楼跳下,而秀拉却只是无动于衷地躲在窗帘后看着。如果说伊娃救汉娜是出于母爱的本能,那么秀拉连母女间本能的爱都没能继承下来。秀拉不仅对汉娜心生恨意,对伊娃同样毫无祖孙情感。离家10多年后返乡的秀拉,一进家门就和伊娃发生争执。后来,她把伊娃送进养老院,自己独占木匠路上的房子。秀拉可能会被读者认为是忘恩负义、罪恶至极,然而,在与奈尔的一段对话中,她对自己的行

---

　　① O'Reilly, Andrea. *Toni Morrison and Motherhood*: *A Politics of the Heart*. Albany: State University of New York Press, 2004: 124.

为进行了解释。原来,秀拉也知晓伊娃火烧李子①的事情,所以她说:"我只知道我害怕。可我又没有别的地方可以去。就剩下我们俩了,伊娃和我。"(SL 101)秀拉担心伊娃下次烧死的人就是她自己,于是,她先发制人,把伊娃送进了养老院。倘若说汉娜对于伊娃式的母爱只是片面理解的话,那么秀拉则是完全曲解甚至憎恨这种母爱,她认为伊娃的爱过于专制和浓厚。这种关于母爱理解的代际错位使得伊娃家族的女性之间严重缺乏沟通,她们的母女关系是疏离的,甚至是仇恨的。仇恨使得女性内部的"弑母"悲剧频繁上演。

伊娃家族的女性经历表明,仅仅依靠推翻父权制度并不一定能够成功恢复母亲主体性以及重塑健康的母女关系。莫里森关于母亲主体性与制度化母性关系的反思构成了对西方母性研究的有益补充。母性研究学者里奇在《生于女性》中把制度化母性与母性经历并提,认为只有摆脱父权制度的母性经历才能赋权女性/母亲,使建构母亲主体性成为可能。然而,遗憾的是,里奇并没有提供实质性的可行建议,甚至不自觉地落入了本质论的理论陷阱之中。里奇不断强调在父权文化之外重塑母性,似乎表明先天存在一种真实的、理想的母性行为模式。也就是说,里奇的观点虽然有助于揭示父权文化对母亲的束缚与压制,却也忽略了母亲复杂的心理构成,以及母性与社会制度之间的互动关系。对此,学者艾米莉·杰里迈亚(Emily Jeremiah)曾指出,"囿于其特定的生活经历和阶层身份,里奇还是犯了与激进女性主义学者类似的本质化错误。后结构女性主义学者就此给予了纠正与拓展,要求重新审视制度化母性与母亲主体性之间的关系,呼吁两者都要有所改进"②。笔者认为,通过分析《秀拉》中的母性书写,可以发现母性研究学者在消解制度化母性方面存在简单化倾向。伊娃、汉娜、秀拉三位女性所建构起的女性家族是一个母性乌托邦的世界,家族中没有男性主导者,然而,她们的生活经历表明如果母亲缺乏自我主体意识,母女之间存在交流问题,里奇理

---

① 李子是伊娃家族唯一的男性,是汉娜的弟弟。他从战场返乡之后,始终精神不振,最后死于母亲伊娃亲手制造的火灾之中。这也侧面说明了伊娃情感粗糙、行为武断的性格特点。

② Jeremiah, Emily. "Murderous Mothers: Adrienne Rich's *Of Woman Born* and Toni Morrison's *Beloved*". In Andrea O'Reilly (ed.). *From Motherhood to Mothering: The Legacy of Adrienne Rich's "Of Woman Born"*. Albany: State University of New York Press, 2004: 60.

想世界的真实母性则无从实现。也就是说,仅靠单纯地越出制度化母性的藩篱,不足以建构健康、理想的母性模式。

回到"弑母"话题,我们可以发现,"弑母"悲剧的产生不仅源于父权制度,同时也可能源于女性内部的问题。《秀拉》中,罗谢尔家族中的女性受制于父权文化的深远影响,母亲的主体身份被压制,母女关系出现断裂。然而,对于伊娃家族而言,"弑母"的不再是父权制度,而在于女性本身。这种现象的后果则更为严重,正如伊里加蕾所呼吁的,"一定不能再谋杀母亲了,因为她已经为我们文化的起源牺牲过一次了。我们必须赋予她新的生命,赋予母亲以新生命,赋予我们内心的母亲以新的生命"①。赋予母亲以新的生命不仅需要摆脱父权文化的束缚影响,还需要在母女之间开展积极有效的沟通。恢复母亲讲话的权利,多一些对母亲的理解才是重塑母女关系、建构女性谱系以及女性主体性的前提所在。

莫里森的母性书写不仅揭示出制度化母性对母亲存在的束缚影响,同时还通过讲述复杂的母女情感探讨消解制度化母性的有效策略。以"弑母"文化为突出表征的制度化母性构成母亲存在的外在束缚。罗谢尔家族出现代代逃离母性世界却同遭女性主体危机的现象有力表明了"弑母"文化的深远影响。然而,伊娃家族的女性经历又反过来说明如若只强调通过逃离父权制度来重构母亲主体性,同样也有片面之嫌,极易引发女性内部的"弑母"惨剧。"弑母"现象的普遍性进一步说明重塑母性需要外在与内在的共同改进。莫里森以《秀拉》的文本叙述,借助两个家族的母性经历强调消解制度化母性的必要性以及实现女性内部变革的重要性,一方面呼吁拆解制度化母性的外在束缚,另一方面提倡建构和谐的、具有主体间性②的母女关系以及加强女性之间的情感交流。

如果说《秀拉》在揭示制度化母性外在束缚的同时,对如何真正冲破制度化母性的束缚进行了反思的话,小说《宠儿》则对制度化母性的双重意蕴进行了辩证呈现,这表明莫里森对该话题进行着持续与辩证的思考。对母性话题始终持

---

① Irigaray, Luce. *Sexes and Genealogies*. Trans. Gillian C. Gill. New York：Columbia University Press, 1993：192.

② 主体间性强调人与人之间的相处模式与交互影响。母性研究学者伊里加蕾借助社会学者杰西卡·本杰明(Jessica Benjamin)的相关论点指出母子/母女关系中尤其需要这种相互独立又相互依赖的良性互动,这有助于成就双方的主体身份。

有浓厚兴趣的莫里森不仅批判制度化母性的父权逻辑,还聚焦影响黑人母亲生存的奴隶制度与种族文化,直面揭示制度化母性对黑人母亲的多重控制,以此拓宽了制度化母性的外延所指,并辩证地审视了制度化母性的悖论特质。

第二章　《宠儿》中杀婴行为对制度化母性的双重解读

在母性研究话题中,"弑母"对应的是"杀婴",两者彼此呼应,揭示出母性话题的复杂性与伦理性。前文所探讨的"弑母"话题主要从隐喻与象征层面剖析制度化母性对母亲主体性的否定与压制以及对母女关系的严重破坏。小说《秀拉》不仅揭示出制度化母性的深远影响,还交代了挑战与消解制度化母性的相应对策。本章选择《宠儿》作为研读文本,聚焦"杀婴"话题,分析这种极端的、具象化的反母性行为中母亲对制度化母性的挑战以及对自主选择权的渴求,并挖掘其中所暴露出的制度化母性的悖论式特质,进一步探讨制度化母性与母亲主体性之间复杂动态的矛盾关系,并审视莫里森对制度化母性持续性的反思式书写与审慎式处理。

《宠儿》是莫里森的诺贝尔文学奖获奖作品,以美国奴隶制时期黑人母亲玛格丽特·加纳(Margaret Garner)亲手杀婴的真实故事为原型,揭示奴隶制度对人性的严重压制与无情剥夺。黑人母亲塞丝杀死亲生女儿是《宠儿》中最为令人震撼的一个故事情节。以往的分析多从种族的角度剖析黑人母爱遭遇异化的成因所在,而少有从母性,尤其是制度化母性的视角深入探讨杀婴情节的动因与影响。具体而言,本章将讨论西方母性研究学者与莫里森同样极为关注的杀婴行为,总结莫里森借此话题对西方母性研究学者理论观点的回应与反思。首先,杀婴行为构成对父权文化强加的"母爱是无私的、天生的"等刻板定位的有力解构,并以此宣布母亲的自主选择权,和里奇对制度化母性的批判目标一致;其次,莫里森笔下的杀婴行为所指向的不仅是束缚母亲行为的父权制度,还包括泯灭人性的奴隶制度,由此拓宽了制度化母性的概念外延。此外,莫里森虽然把杀婴事件置于奴隶制时期,却意在回应 20 世纪 80 年代女性主义运动所大力宣扬的"反母亲"的激进观点。① 总体上,莫里森对母性的反思式书写有力地揭示出了制度化母性的悖论本质与辩证内涵,即制度化母性一方面剥夺了母亲的选择权,体现出较强的规约性与压制性,另一方面又在赋权母亲的同时,使解构身份定位成为可能。

第一节　杀婴行为中的母性选择

从历史发展的角度来看,母性作为一种制度、一种经历以及一种身份,对很多女性而言,并不是可供选择的,也不是一定能够拥有的。里奇在关于母性的阐述中,格外强调"选择"(choice)的重要性,"历史上,很多女性是在不具备选择权的情况下成为母亲的",也就是说,成为母亲并不由女性的主观意愿而定,由此,"剥夺女性自主权与选择权的制度化母性很容易让女性陷入无法掌握命运的境地"。②有所不同的是,莫里森笔下所探讨的黑人母亲同样被剥夺了选择权,但黑人母亲所失去的是"成为母亲"的选择权,而非"不做母亲"的权利。尽管里奇和莫里森所指涉的人群以及选择权的具体所指有所不同,却都揭示出杀婴行为背后所隐藏的母亲对自主选择权的执着追求。

杀婴行为在人类历史上并不罕见。法国女性主义哲学家伊丽莎白·巴丹德(Elisabeth Badinter)通过分析 17—18 世纪法国社会的杀婴事件指出:"所谓的母性本能是一个十分可疑、极其不可靠的话题。"③里奇也曾对多个杀婴案例进行分

---

① 莫里森在小说《宠儿》的序言中直接回应了 20 世纪 80 年代美国女性主义思潮的影响,以回溯非裔美国母亲群体所遭遇的非人性对待经历的方式提醒人们要辩证审视母性兼具保护与束缚的双重内涵。莫里森对制度化母性的审慎态度构成对西方母性研究的有益补充与拓展。西方白人母性研究学者多从白人中产阶级母亲群体的生存现实出发,批判制度化母性对母亲存在的束缚作用,而极少关注非裔美国母亲等少数族群的生存诉求与困惑,由此,莫里森的文学思辨力与理论贡献度不容忽视。

② Rich, Adrienne. *Of Woman Born: Motherhood as Experience and Institution*. 2nd ed. New York: W. W. Norton and Company Inc., 1986: 264.

③ Badinter, Elisabeth. *The Myth of Motherhood: A Historical View of the Maternal Instinct*. Trans. Roger DeGaris. London: Souvenir, 1981: 32.

析,并将其语境化,审视杀婴行为背后的社会文化成因。1974 年美国白人母亲乔安·米赫斯基(Joanne Michulski)亲手杀死两个子女的真实案例成为里奇分析的事实起点。[①] 结合真实案例,里奇总结出,在制度化母性的影响下,母亲没有任何自主权与选择权,"对一切都毫无掌控的权利"[②],结果引发了诸多不可控的暴力事件,比如虐婴、弃婴,甚至杀婴等等。然而,这些暴力行为的起源并不在于母亲的行为自身,而是在于父权文化所引发的制度化母性对母亲的控制与压迫。正如学者杰里迈亚所言的,"制度化母性的压迫性极强,且影响深远,导致诸多母性暴力行为的产生"[③]。美国母性研究学者萨拉·拉迪克(Sara Ruddick)在《母性思维:迈向和平的政治》中也指出,"无论在何种文化中,母性职责(maternal commitment)远非人们所想象的那样是母亲乐意接受与承担的"[④]。

在《宠儿》中,黑人母亲塞丝杀死亲生女儿的一幕令人触目惊心,寓意深刻。塞丝的母性行为看似有违常理,却充分彰显出母亲对自主选择权的渴求。这种渴求一方面与里奇等西方母性学者关于获取母亲自主选择权的主张相一致,另一方面也结合黑人母亲的生存遭遇拓展了制度化母性的外延所指。

> 六七个黑人从大路上向房子走来:猎奴者的左边来了两个男孩,右边来了几个女人。他用枪指住他们,于是他们就原地站着。那个侄子向房子里面偷看了一番,回来时手指碰了一下嘴唇示意安静,然后用拇指告诉他们,要找的人在后面。猎奴者于是下了马,跟其他人站到一

---

① Rich, Adrienne. *Of Woman Born*: *Motherhood as Experience and Institution*. 2nd ed. New York: W. W. Norton and Company Inc., 1986: 257-258. 米赫斯基杀婴案轰动一时,其行为遭到主流媒体的严厉抨击,被定义为诸如母熊、恶狗式的暴力行为,而里奇则结合母亲选择权的分析,指出杀婴行为背后的父权压迫。

② Rich, Adrienne. *Of Woman Born*: *Motherhood as Experience and Institution*. 2nd ed. New York: W. W. Norton and Company Inc., 1986: 264.

③ Jeremiah, Emily. "Murderous Mothers: Adrienne Rich's *Of Woman Born* and Toni Morrison's *Beloved*". In Andrea O'Reilly (ed.). *From Motherhood to Mothering*: *The Legacy of Adrienne Rich's "Of Woman Born"*. Albany: State University of New York Press, 2004: 60.

④ Ruddick, Sara. *Maternal Thinking*: *Towards a Politics of Peace*. Boston: Beacon Press, 1989: 22.

起。"学校老师"和侄子向房子的左边挪去;他自己和警官在右边⋯⋯
侄子向那个老黑鬼走去,从他手里拿下斧子。然后四个人一起向棚屋
走去。

里面,两个男孩在一个女黑鬼脚下的锯末和尘土里流血,女黑鬼用
一只手将一个血淋淋的孩子搂在胸前,另一只手抓着一个婴儿的脚跟。
她根本不看他们,只顾把婴儿摔向墙板,没撞着,又在做第二次尝试。
这时,不知从什么地方——就在这群人紧盯着面前的一切的当儿——
那个仍在低吼的老黑鬼从他们身后的屋门冲进来,将婴儿从她妈妈抢
起的弧线中夺走。(BL 189)

"血淋淋的孩子""抓着脚跟""摔向墙板"等一系列描述表明塞丝杀婴的决心
之大,行为之果断。当时的塞丝"看上去就像她没有眼睛似的。眼白消失了,于
是她的眼睛有如她皮肤一般黑,她像个瞎子"(BL 191)。塞丝的杀婴行为看似
是非理性、冲动性的疯狂举动,却有力揭示出奴隶制度对黑人人权的无情剥离。
塞丝清楚地懂得奴隶制度对美国黑人的戕害,故采取反母性行为对奴隶制度予
以揭示与反抗,同时也表达出对母亲自主选择权的渴求。塞丝杀婴与上文所提
及的米赫斯基的杀婴行为具有目标一致性,也就是说,无论杀婴的出发点是选择
成为母亲,还是选择不做母亲,都在某种程度上赋予母亲一定的选择自主权。

在父权制度的文化规约下,母亲关爱子女、保护子女的生命被认为是母亲的
本能。然而,在母性研究学者看来,这种本能实为父权文化的强加之物,是对母
亲选择权的剥离,最终可能导致杀婴等惨烈事件的发生。正如拉迪克所言,"在
不少社会群体中,母性都是制度化、压迫性的。在制度化母性的要求下,母职意
味着全身心服务于孩子的生命安全,而不能考虑母亲的需要,包括身体健康、心
理欲望等等"[1]。里奇也曾表示,"母亲代表着我们自身之内的那个受害者,那个
不自由的人,那个殉道者"[2]。莎朗·海斯(Sharon Hays)指出,"那些试图强调

---

① Ruddick, Sara. *Maternal Thinking*: *Towards a Politics of Peace*. Boston: Beacon
Press, 1989: 29.

② Rich, Adrienne. *Of Woman Born*: *Motherhood as Experience and Institution*. 2nd
ed. New York: W. W. Norton and Company Inc., 1986: 287.

女性在承担母职上有天赋的观点忽视了环境、权力关系以及使女性成为母职的主要承担者的利益关系"①。

由此，母亲的杀婴行为可被视为挑战与消解父权文化的母性举动，一方面推翻了母爱是本能的、先天的本质论观点，另一方面也彰显出母亲穷尽全力获取自主选择权的努力与抗衡。在《宠儿》中，塞丝的杀婴行为引发了种种非议：社区的人认为她"出了毛病"；信仰上帝的婆婆贝比对一切产生了怀疑；而最具代表性的评论当属保罗·D的指责，他把塞丝的极端行为称为"四条腿动物才会做的事情"（BL 191）。显然，保罗·D深受父权文化的影响，认为塞丝的杀婴行为有违人伦，更有悖于母性是先天的、本能的社会认知。在父权文化的观测镜下，塞丝的杀婴行为是反母性的，然而，正是这种反母性行为让制度化母性的本质昭然若揭："制度化的母性束缚并贬低了女性的潜能……要求女性具有母亲的'本能'而不具有智慧。"②

塞丝的杀婴行为看似非理性，甚至反人伦，但同时也冲破了制度化母性的外在束缚，她以反母性本能的方式追求母亲的自主选择权。这里暂且不论塞丝母性行为的动因所在，仅从其影响而言，可以看出母亲对获得自主权的决心。在父权制度的文化规约下，"做母亲"是所有女性的宿命所在。里奇曾鲜明地指出："母亲从来不是创造者（maker），也不是言说者（sayer），而生育者（childbearer）却是其永远无法否定的角色。一位无生育能力或无子女的女性几乎丧失了所有其他身份的可能性。"③生育、抚养子女被视为母亲的天职与义务，由是观之，杀婴式的极端母性行为构成了对父权规约下的母性职责的天然解构。黑人社区与保罗·D都无法理解塞丝的母性行为，遑论白人社会。可见，塞丝的母性行为挑战了母亲/女性的宿命规约，以实际举动获得了母亲的自主选择权。此外，塞丝的黑人母亲身份又使其杀婴行为的解构意蕴更为丰富，拓展了制度化母性的外延所指，勾连出制度化母性的另一层面——奴隶制度，这可被视为莫里森作为非

---

①　Hays，Sharon．*The Cultural Contradictions of Motherhood*．New Haven：Yale University Press，1996：156．

②　Rich，Adrienne．*Of Woman Born：Motherhood as Experience and Institution*．2nd ed．New York：W. W. Norton and Company Inc．，1986：48．

③　Rich，Adrienne．*Of Woman Born：Motherhood as Experience and Institution*．2nd ed．New York：W. W. Norton and Company Inc．，1986：12．

裔美国作家对西方母性研究的独特贡献。

第二节　杀婴行为与制度化母性的概念延展

在美国历史上,奴隶制度对整个社会的发展产生了巨大影响。对美国黑人而言,奴隶制度曾让他们一度失去做人的资格。奴隶制时期,黑人女奴作为白人奴隶主的私有财产,不仅要提供无偿的劳动,还是"免费的再生产的财产"(BL 291)。也就是说,黑人女性只具有生育的义务,却不拥有做母亲的基本权利。为了避免骨肉分离,黑人母亲会采取杀子、弃子、卖子等多种看似极端实则无奈的反母性手段,以对抗奴隶制度对黑人母亲/女性的戕害。由此,当父权文化、奴隶制度与种族制度产生交互影响时,制度化母性便呈现出更为强烈的压制特征。莫里森以《宠儿》的文本叙述拓展了制度化母性的外延所指,把奴隶制度纳入批判范畴,回应并补充了西方母性研究的相关论点。

《宠儿》中,塞丝清楚地知道,在奴隶主"学校老师"(schoolteacher)的眼中,自己是一个难得的奴隶,"他说她做得一手好墨水,熬得一手好汤,按他喜欢的方式给他熨衣领,而且至少还剩十年能繁殖"(BL 190)。繁殖(生育)是白人奴隶主从黑人女奴身上获取经济利益的主要途径。然而,对黑人女性来说,生育则是保持生存尊严,确立自我身份的前提保障。奴隶主与奴隶的对立关系让塞丝陷入了无比艰辛的生活困境之中,同时也激发了其反抗的决心与斗志。塞丝受尽白人奴隶主的凌辱与压榨,依然坚持自己做母亲的权利。"学校老师"和他的侄子把黑人视为动物,拿塞丝的身体做实验。两个侄子甚至去吸吮塞丝的奶水,全然不顾当时的塞丝已经怀上第四个孩子。塞丝拼命反抗,强忍白人奴隶主的残酷鞭打,誓死保护肚子里的孩子以及留给小女儿的奶水。结果,塞丝的后背被抽打得皮开肉绽,留下一道道永久的伤疤,活像一棵"苦樱树"(BL 101)。经受毒打之后,塞丝意识到"甜蜜之家"庄园不再能提供任何庇护,而她的子女也将遭遇更多奴役与不公。所以,塞丝决定逃跑,投奔居住在北方自由城市的婆婆贝比。塞丝的逃亡之途危险丛生、惊心动魄。幸运的是,她成功了。

我很大，保罗·D，又深又宽，一伸开胳膊就能把我所有的孩子都揽进怀里。我是那么宽。看来我到了这儿以后更爱他们。也许是因为我在肯塔基不能正当地爱他们，他们不是让我爱的。可是等我到了这里，等我从那辆大车上跳下来——只要我愿意，世界上没有谁我不能爱。你明白我的意思吗？(BL 205)

逃亡之旅让塞丝更加坚信作为母亲的生命潜力与存在价值。"在肯塔基不能正当地爱他们（子女）"表明奴隶制度下黑人女性不具备做母亲的资格。塞丝的逃亡与途中自救式的生育活动都说明其为了做母亲所付出的沉重代价，以及对获取身份保护的强烈诉求。来到北方后，塞丝与她的4个孩子一起度过了28天的幸福时光，尽情享受爱子女与被子女爱的权利。然而，"甜蜜之家"庄园的奴隶主一路追到北方，要把塞丝和她的子女带回昔日的噩梦生活。情急之下，塞丝采取极端的反母性行为对奴隶主的恶行进行了最有力的控诉，最终出现了上述所引用的杀婴一幕。塞丝母性行为指向的正是剥夺黑人女性母亲身份的奴隶制度，表达出黑人女性对"做母亲"的强烈诉求。

任何一个白人，都能因为他脑子里突然闪过的一个什么念头，而夺走你的整个自我。不只是奴役、杀戮或者残害你，还要玷污你。玷污得如此彻底，让你都不可能喜欢你自己。玷污得如此彻底，能让你忘记了自己是谁，而且再也不能回想起来。尽管她和另一些人挺了过来，但是她永远不能允许它再次在她孩子身上发生。她最宝贵的东西，是她的孩子。白人尽可以玷污她，却别想玷污她最宝贵的东西，她的美丽而神奇的、最宝贵的东西——她最干净的部分。(BL 318)

学者谢丽尔·迈耶(Cheryl Meyer)和米歇尔·奥伯曼(Michelle Oberman)强调，杀子"是当孩子的母亲在某些特殊时间与地点的情况下，无法照顾自己的孩子时做出的极端行为"①。塞丝声声控诉的是奴隶制度对黑人人性的否定与

---

①　Meyer, Cheryl & Michelle Oberman. *Mothers Who Kill Their Children*. New York: New York University Press, 2001: 2.

剥离,并以自己的实际行动去揭示它,挑战它。奴隶制度剥夺了黑人最基本的人权,母亲身份成为可望而不可即之物。以《宠儿》中的塞丝、《慈悲》中的无名黑人母亲为代表的黑人女奴被迫履行生育的义务,却不具备做母亲的基本资格。黑人母亲经常陷入母爱被剥夺以及骨肉分离的困境,对此,塞丝发出了"不浓的爱根本不算是爱"的呐喊,并以浓烈的母爱表达出对母亲身份得到保护的强烈诉求。母亲身份在黑人母亲所发出的强烈诉求声中得以深刻与立体呈现,正如非裔美国女性主义学者胡克斯所强调的,"在充满种族歧视的环境中,黑人的生命不被重视,奴隶母亲为了保护孩子会不惜一切代价对奴隶制度进行反抗"[1]。

黑人母亲选择杀婴表明其对"做母亲"权利的追求,说到底也是对基本人权的强烈诉求。莫里森曾分析道:"在奴隶制环境中,如果黑人做出了某种声明,某种不会被人听到的声明——她是那些孩子的母亲,对于一位奴隶母亲来说,这种声明是令人吃惊的。一旦她敢确定自己是母亲,就意味着她在一个本来自己不被当作人的环境下确定自己是一个人。"[2]尤为值得注意的是,故事中的塞丝与现实生活中的加纳都不曾因杀婴行为而受到法律的制裁。然而,这并非源于白人社会的怜悯,而是因为奴隶制时期的黑奴并不被视为合法的"人"。正如莫里森本人在谈论加纳杀婴案时所言,"加纳最终被裁决为不具备人权与相关义务,包括母性,而仅仅被视为可被出售的奶牛罢了"[3]。可以说,塞丝以杀婴的极端行为透露出她要"做母亲"甚至"做人"的决心,就此,莫里森的文本叙述拓宽了制度化母性的外延所指,即"制度"不仅包括父权文化,同时还涵盖奴隶制度与种族主义。

此外,塞丝的母性反抗行为还直指剥夺奴隶主体的现代理性制度,是对主体身份的宣告。英国黑人学者保罗·吉尔罗伊(Paul Gilroy)把塞丝的人物原型加纳的杀婴事件视为奴隶反抗的范本:"加纳的故事和道格拉斯作品最为契合之处,在于她也拒绝给予奴隶制任何合法地位……和道格拉斯的一样,她的故事也

---

① Hooks, Bell. *Yearning: Race, Gender, and Cultural Politics*. Boston: South End Press, 1990: 44.

② Taylor-Guthrie, Danille. *Conversations with Toni Morrison*. Jackson: University Press of Mississippi, 1994: 134.

③ Morrison, Toni. *The Origin of Others*. Cambridge, MA: Harvard University Press, 2017: 91.

将奴隶建构为主体。"①塞丝与加纳的母性行为从根源上挑战了西方现代性的理性思维:"不断选择死亡而非奴役,有力地表达了一种消极性原则,对立于黑格尔式奴隶对奴役而非死亡的向往中所表现出的现代西方思想特有的形式逻辑和理性计算。"②

西方母性研究学者认为,母性不仅是一种经历,还是一种制度。作为制度,母性体现出性别、种族、宗教以及阶级等不同体制对母亲/女性的交互压制性,同时也为消解与改变各种制度提供了契机。塞丝的母性行为既挑战了父权文化对母性的规约,也揭示出奴隶制对母性的压制。学者玛丽·韦恩·麦卡廷(Mary Wearn McCartin)还指出:"奴隶制度在剥夺黑人母亲母性权利的同时,也使其不受制于白人女性行为规约,并使发挥女性权力成为可能。"③也就是说,塞丝所特有的黑人与女性的双重身份剥夺了她做人与做母亲的基本权利,与此同时,也赋予了其挑战与消解制度化母性的机会与力量。至此,塞丝杀婴行为的积极意义得以充分呈现,即挑战并消解了父权文化与奴隶制度对黑人母亲的外在束缚与刻板化定位。

然而,通过细察可见,这种直线性的分析虽然有助于揭示制度化母性的束缚本质,并且拓展了母性制度的内涵所指,却也暴露出一些问题,即采取杀婴等极端方式的母性抗争行为是否能够真正赋权母亲仍是个值得商榷与反思的命题。在父权文化与奴隶制度的双重管控下,黑人母亲不具备自主选择权,"无权""无能""无为"是黑人母亲的生存状态。那么,如何获取母性权利是莫里森《宠儿》所拷问和反思的话题。塞丝选择杀婴来揭示奴隶制度对黑人母亲权利的无情剥离,与白人母亲杀婴来获取女性自主权具有相似的功能意义,均为彰显母亲的自主能动性。然而,这种由"无权"(powerless)到"有权"(powerful)的简单逆转策略却也让杀婴行为的意义陡增了几分可疑,因为这种做法不仅陷入了女性主义/母性研究备受诟病的二元对立的思维逻辑,与此同时,也涉及伦理失范的问题。

---

① Gilroy, Paul. *The Black Atlantic*: *Modernity and Double Consciousness*. Cambridge, MA: Harvard University Press, 1993: 68.

② Gilroy, Paul. *The Black Atlantic*: *Modernity and Double Consciousness*. Cambridge, MA: Harvard University Press, 1993: 68.

③ McCartin, Mary Wearn. *Negotiating Motherhood in Nineteenth-Century American Literature*. New York: Routledge, 2007: 47.

对此,继续细读《宠儿》文本可以发现,以杀婴来获得自主权的塞丝却遭遇亡女借体还魂的魔幻事件,自觉选择身陷制度化母性的束缚之中。塞丝的选择疑点重重,悖论明显,却体现出作者莫里森极高的思辨能力,这种思辨恰是莫里森与西方母性研究学者之间交流对话的焦点所在。下一节将深入解读制度化母性的悖论性特质,以此突显当代非裔美国文学在母性话题上的思辨意识与超越精神。

第三节　杀婴行为与制度化母性的悖论特质

尽管《宠儿》中的杀婴行为和里奇所分析的杀婴案例具有不同的人群指向,然而,这种不同却深刻揭示出母亲自主权与制度化母性之间的辩证关系。里奇所强调的杀婴是白人母亲不堪忍受制度化母性对女性自我的压制而采取的反抗行为,"成为母亲"并非她们的自我意愿,为此,里奇指出杀婴是母亲为获得个体自由而采取的极端反抗方式。莫里森所描述的杀婴却暗示出黑人母亲同样因丧失选择权而被迫成为母亲,可是,她们的母亲资格却被屈辱地剥夺,为渴求制度化母性的保护抑或宣布自身"做母亲"的权利而选择杀婴。对黑人母亲而言,杀婴行为的动因反讽、复杂,对此进行细读分析,可归纳出当代非裔美国文学中的母性书写与西方母性理论之间又一层的对话互动关系。

奴隶制时期,黑人女性是为白人奴隶主生产更多奴隶的孵化器,而"做母亲"却成为一种奢望,用莫里森的话讲,就"像自由一样不可思议",是种"犯罪"行为(BL ii)。可以说,莫里森通过对杀婴行为的生动刻画从某种程度上回应着里奇的观点,同时亦有辩证思考与拓展:解放母亲/女性不能以简单地依靠推翻父权制度或奴隶制度为前提,而应辩证审视制度化母性兼具保护与束缚的双重意义,即需在母亲身份得到切实保证之后再谈消解制度化母性的方式与路径;此外,还应警惕"制度—无制度"与"无权—有权"的二元论陷阱,寻找建构母亲主体性的第三条道路,即在消解具有压制性的母性制度之外成就真实的母亲主体。

里奇所强调的母亲群体主要指向白人女性。她们因为被剥夺了选择权而不得不成为母亲,沦为制度化母性的牺牲品。里奇认为杀婴行为的动机便是冲破制度化母性的束缚,以杀婴宣布对"不做母亲"的立场态度。对母亲选择自主权的强调是里奇的重要观点,然而,这种提法显然具有白人本位的倾向,而未能考虑非欧美白人母亲群体的母性困惑。学者芭芭拉·阿蒙德(Barbara Almond)在分析塞丝的杀婴行为时指出:"这似乎是一个出于浓烈的母爱,使得母亲对孩子充满了占有欲和控制欲的故事。实际上,塞丝无法面对的是她无法拥有孩子的一切,哪怕是在普通的层面上,只有自由的母亲才能拥有孩子的一切。"[①]可见,里奇对杀婴动因与后果的阐释都存在一定的漏洞。对此,拉迪克曾表示:"只有意识到种族差异的存在,才能恰当理解黑人母亲的生活抉择。"[②]里奇也强调:"只有当女性/母亲被赋予应有的社会地位时,她们才能拥有把握自我身体的权利,才能真正拥有自我的'选择权'。"[③]拉迪克与里奇关于制度化母性的发展性认识恰与莫里森在《宠儿》序言中发表感慨的初衷一致。当代非裔美国女性主义学者与女性作家对西方女性主义的理论与实践贡献就在于,及时为白人女性主义学者所忽略的女性群体发声。具体到小说《宠儿》,其对西方母性研究,尤其是制度化母性议题所提供的完善性贡献表现在生动的文本叙述不仅拓展了制度化母性的外延所指,同时还揭示出制度化母性兼具赋权与控制的双重意蕴。

　　制度化母性具有压制与束缚母亲自主权的一面,同时也兼具保护与赋权的特质。制度化母性也可被视为确定母亲身份的前提保障,因为唯有制度的保护,母亲的合法地位才能确立,母亲们才能行使"做母亲"的基本权利,进而通过母道经验实现自我赋权。对于奴隶制时期的黑人母亲而言,她们无比渴望拥有"成为母亲"的权利,正如前文所分析的,"成为母亲"还意味着"做人"的尊严的确立。在《宠儿》中,塞丝以杀婴的极端行为宣布对子女的拥有权,即"做母亲"的资格。在奴隶制度语境下,黑人的命运被白人所操纵,骨肉分离现象随处可见。为了确保家人的生存尊严,塞丝拖着临盆在即、遍体鳞伤的身躯逃离南方农场。然而,残忍的奴隶主追到北方要把塞丝一家带回庄园,以便继续压榨来获取经济利益。出于对奴隶制度的反抗、对母亲权利的强烈诉求,塞丝在情急之下杀死了亲生女

① Almond, Barbara. *The Monster Within: The Hidden Side of Motherhood*. Berkeley: University of California Press, 2010: 198.

② Ruddick, Sara. *Maternal Thinking: Towards a Politics of Peace*. Boston: Beacon Press, 1989: xvi.

③ Rich, Adrienne. *Of Woman Born: Motherhood as Experience and Institution*. 2nd ed. New York: W. W. Norton and Company Inc., 1986: 11.

儿,"我止住了他,我把我的宝贝儿带到了安全的地方"(BL 207)。"做母亲"成为黑人女性维护尊严、获取人权的重要路径。正如科林斯所论述的,"虽然母性对一些女性而言意味着压迫之源,但对其他女性人群而言,不管在个人还是集体意义上,都是一条通向自我实现之路。母性可被看作一个场域:在那里,女人可以行使表达自我、定义自我的权利,还可以引导他人成就自我,找到确认自我、赢得黑人社区信任以及参加社区活动的基石"①。被剥夺人权的黑人女性把母亲身份视为重要依赖,为此不惜牺牲自己抑或子女的生命。

可以说,塞丝的杀婴行为一方面揭示出奴隶制度泯灭人性的罪恶,另一方面也揭示出黑人母亲对"做母亲"的诉求,对得到制度化母性保护的渴望。由此,我们有必要对制度化母性的双重意蕴进行审视与诠释,进而总结莫里森对西方母性研究的反思态度和理论贡献。回到母性概念本身,母性包含"母亲身份""母性气质"以及"母性制度"等多层含义。而从词源学上看,母性的首要含义则是"母亲身份"。学界普遍认为,母性研究在现代化晚期才逐步发展成为一种显学。在19世纪中期以前,女性的母性地位得不到任何保障。从历史发展的角度讲,母亲身份的确立与形成经历了一个相对漫长的过程。这从另外一个侧面也揭示出母亲身份对女性具有一定的保护作用,是女性权利的象征。由此,在审视母性内涵时,我们有必要对母性的最初所指进行反思,意识到母性作为一种身份的双刃剑作用。聂珍钊认为,"人的身份是一个人在社会中存在的标识,人需要承担身份所赋予的责任与义务"②。作为存在的标识,身份赋予身份主体相应的权利与保护,而作为责任与义务,身份则对其提出一定的行为要求,甚至是束缚。莫里森借助塞丝的母性经历展开了对制度化母性双重意蕴的揭示与考量。

另外,值得探讨的是,莫里森在《宠儿》中以魔幻的叙述手法,让塞丝亲手杀死的女儿借体还魂,重新赋予塞丝母亲身份。塞丝与宠儿的母女关系互动,层层呈现出里奇所强调的制度化母性束缚母亲主体的一面。然而,母性束缚的背后却仍是黑人女性对母亲身份的坚守、对制度化母性赋权意义的追求,这种悖论式的文本处理正是莫里森对西方母性研究的反思与贡献。在宠儿归来之后,塞丝

---

① Collins, Patricia Hill. *Black Feminist Thought, Knowledge, Consciousness, and the Politics of Empowerment*. New York: Routledge, 2000: 46.

② 聂珍钊. 文学伦理学批评导论. 北京:北京大学出版社,2014:253.

完全沉浸于母女互动关系之中，因过度珍惜"做母亲"的机会而不可避免地陷入自我主体迷失的状态之中。每当宠儿不停地责备母亲抛弃自己的行为时，塞丝就会以忏悔式的解释乞求女儿的谅解：

> 塞丝乞求着饶恕，一遍遍历数着，罗列着她的原因：说什么宠儿更重要，对她来说，比她自己的生命更珍贵。她随时都愿意交换位置。放弃她的生命，生命中的每一分钟、每一个小时，只为换回宠儿的一滴眼泪。她知道蚊子咬她的小宝贝时她痛苦不堪吗？知道她把她放在地上，而自己跑进大房子时心急如焚吗？知道离开"甜蜜之家"之前的每天夜里，宠儿不是睡在她胸脯上，就是蜷在她后背上吗？（BL 306）

可见，塞丝完全牺牲自我的母性补偿行为，亦如当年的亲手杀婴举动，让读者感到匪夷所思。然而，如若结合奴隶制时期美国黑人母亲的生活现实，则能体察出制度化母性之于黑人母亲的悖论式影响。奴隶制时期，黑人母亲被迫履行生育的义务，但无法享受做母亲的权利。科林斯曾强调为了赢取做母亲的权利，黑人女性需要进行三方面的抗争："首先是控制自己的身体——行使做母亲的权利；其次，保护子女，以免遭骨肉分离之苦；再者，努力不让子女受白人主流价值观的控制。"[①]由此，对于经常被剥夺母性权利的黑人母亲而言，能够享受母子/女亲情，拥有做母亲的机会是无比珍贵的，也是确立自我身份的体现。塞丝受尽肉体与精神上的凌辱，拖着即将临盆的身体逃亡至北方，为自己做母亲的基本人权而艰苦抗争，最后还以杀婴的疯狂方式向白人宣战，以自主使用母亲的权利而成就黑人女性"做母亲"以及"做人"的资格。然而，随着宠儿的离开，塞丝的母性权利再次被剥夺，她的斗争演变为荒诞的悖论行为。这份荒诞不断破坏着塞丝一家人的正常生活：婆婆贝比失去了对上帝的信仰；儿子们离家出走；小女儿丹芙一度失语，性格孤僻。这一切随着宠儿的重归发生了彻底的反转。塞丝重获母亲权利，无比珍惜，加倍偿还对女儿的母爱，不惜完全失去自我，直至出现上述

---

① Collins, Patricia Hill. "Shifting the Center: Race, Class and Feminist Theorizing about Motherhood". In Barbara Katz Rothma, et al. (eds.). *Representations of Motherhood*. New Haven: Yale University Press, 1994: 63.

母女地位交换的一幕。

　　归根结底,塞丝不仅把与宠儿之间的母女关系视为一种母爱的补偿,同时也将其看作确立母亲身份的保障。这种潜意识里的决定让塞丝陷入了母亲主体被完全剥离的境地之中,她全身心地照顾起失而复得的女儿:"宠儿,她是我的女儿。她是我的。看哪,她自己心甘情愿地回到我身边了,而我什么都不用解释……我会伺候她,别的母亲都不能这样伺候一个孩子,一个女儿。除了我自己的孩子,谁也不能得到我的奶水。"(BL 254)塞丝看似迷失在养育子女的母性职责中,然而,结合黑人母亲的实际生活来看,她对母亲主体的无奈抛弃实则是为了得到母亲身份的保障。在当时的生活语境中,塞丝最为渴望的是做母亲的权利与资格。由此,关于黑人母亲所遭遇的制度化母性束缚不可直接援用里奇等母性研究学者的观点进行剖析。在里奇看来,是制度化母性,即"做母亲"的规约让众多母亲/女性迷失了自我,失去了建构自我主体的机会与能力。塞丝所受到的制度化束缚则并非里奇意义上的控制,而是"做母亲"的渴望让其不自觉地被湮没在束缚之中。黑人母亲对制度化母性保护的渴求与制度化母性的天然压制性构成了一种不可调和的冲突。显然,莫里森的母性叙述深化了对制度化母性的辩证认知。

　　莫里森借助塞丝的母性行为揭示出奴隶制度对黑人女性母亲权利的强势剥离,又以魔幻的、超现实的手法描述由过度渴望母亲身份到迷失于母亲身份的悲剧。同时,莫里森又让塞丝以再次失去做母亲的资格为契机,重新审视自我的主体存在。塞丝在保罗·D的情感启发与感召下①,逐渐意识到自身存在的价值,以及自己拥有"做母亲"之外建构自主身份的可能性。

　　　"保罗·D?"

　　　"什么,宝贝?"

　　　"她离开我了。"

―――――――――――

　　① 在《宠儿》中,保罗·D得知塞丝当年杀死亲生女儿的行为后选择离开,并把塞丝的杀婴举动视为动物性行为。其后,保罗·D开始反思之前对美国黑人悲惨历史的逃避态度,重新审视塞丝极端行为背后的种族成因。他最终选择理解塞丝当初所发出的"不浓的爱根本不算是爱"呐喊中的情感态度,并决定帮助备受"宠儿"折磨的塞丝重新活出自我。

"噢,姑娘。别哭。"

"她是我最宝贵的东西。"

……

"塞丝,"他说道,"我和你,我们拥有的昨天比谁都多。我们需要一种明天。"

他俯下身,攥住她的手。他又用另一只手抚摸着她的脸颊。"你才是最宝贵的,塞丝。你才是呢。"他有力的手指紧紧握住她的手指。

(*BL* 345-346)

"你才是最宝贵的,塞丝"成为唤醒塞丝自我意识的催化剂,促使其开始思考制度化母性的辩证影响。莫里森再次以高超的叙事手法揭示了制度化母性之于黑人母亲的悖论特质:一方面,黑人母亲极为渴望得到制度化母性的身份保护,以免遭骨肉分离的生存悲剧;另一方面,由于极度渴求身份保障,黑人母亲往往把自我主体迷失在对母亲身份的坚守之中,因此丧失建构母亲主体的机会。黑人母亲塞丝的杀婴行为赋予其母亲的自主选择权,彰显出母亲坚强、果敢的一面,而后来赎罪式的母性行为则表明她已然放弃母亲的权利,把母亲的主体湮没在无我的母性经验之中。然而,看似相悖的两个场景却透露出黑人母亲塞丝对母亲身份的持续追求与誓死般的坚守。莫里森以高超的叙事技巧让悖论层层叠加,高潮迭起,并在其中渗透自身对母性话题的独特思考。

莫里森本人曾强调,"只要条件准许,女性就有潜能在身为母亲的情况下同时保全其个体性"[1]。这里所讲的"条件准许"暗指对黑人女性的母亲身份的承认以及制度化母性对黑人母亲的保护,同时也表示如何在制度化母性之外真正建构起母亲主体性。塞丝在宠儿神秘消失后开始思考母亲身份与母亲自我之间的关系,逐渐意识到母亲主体的存在意义,努力寻求母性职责与母亲主体之间的平衡关系。正如上文所谈论的,制度本身是把双刃剑,既是保护,又是压制。那么,如何有效对待制度化母性的影响便成为莫里森反思母性的重要落脚点。

---

① Ghasemi, Parvin & Hajizadeh Rasool. "Demystifying the Myth of Motherhood: Toni Morrison's Revision of African-American Mother Stereotypes". *International Journal of Social Science and Humanity*, 2012(6): 478.

在莫里森的多部小说中,黑人母亲采取极端的反母性行为对剥夺她们母亲身份的奴隶制度与种族歧视进行了有力控诉。《宠儿》中塞丝杀死亲生女儿与《慈悲》中无名黑人母亲卖女为奴等反母性行为皆有力地揭示出制度化母性带来的束缚控制。正如里奇所言,"压迫不会产生顺从与德性"[1],相反只会带来暴力,甚至是不惧牺牲的反抗。在揭示制度化母性压制人性,引发诸多暴力性的反抗行为方面,莫里森与里奇的观点一致,而在审视制度化母性兼具保护与束缚的双面特性上,莫里森的思考的确比里奇的反思更深入一层。里奇之所以呼吁推翻制度化母性,与她相对激进的女性主义主张有着密切联系。里奇对母性的分析建立于"男性/女性""父权/母权""无权/有权"的二元对立思维逻辑之上。莫里森则基于非裔美国女性的独特身份,以及文学家的人文关怀与思辨意识,跳出了西方女性主义的本质论思维范式,对女性主义所激烈批判的对象给予重新审视,并呼吁在制度化母性之外重塑母亲的主体性。莫里森的母性书写所要消解的"制度化母性"主要指代具有压迫性的制度,而非发挥保护作用的制度。毫无疑问,莫里森的深度反思对于西方母性研究而言具有重要的理论参照价值。

然而,莫里森在《秀拉》与《宠儿》中并没有以具体的故事叙述澄清在制度化母性之外重塑母亲主体性的实际路径,而仅以秀拉的死暗示重构母性的重要意义,以及让塞丝最终意识到自己"才是最宝贵的"而突显母亲主体重塑的可能。可以说,莫里森与母性研究学者都未能清晰阐明消解制度化母性的具体路径。由此,下文将继续结合制度化母性的话题,深入探讨消解制度化母性的内、外因素与母性实践。下文将借助威尔逊的《篱笆》文本,以具体的母道经验为研读重点,勾勒消解制度化母性的逃逸路径,进一步审视当代非裔美国文学文本与西方母性研究理论之间的对话关系。

---

① Rich, Adrienne. *Of Woman Born: Motherhood as Experience and Institution*. 2nd ed. New York: W. W. Norton and Company Inc., 1986: 27.

第三章　消解制度化母性的内外合力:《篱笆》

作为母性批评的典型话题,"弑母"与"杀婴"分别揭示了制度化母性的根深蒂固以及母亲群体挑战制度化母性的决心。如何有效解构制度化母性始终是母性研究学者热议的话题。在强调冲破母性的制度限制时,"做母亲/不做母亲""无权/有权"以及"母亲失声/母亲专断"等简单逆转策略在母性研究逐渐成熟的过程中暴露出弊端,影响力减弱。当代母性研究学者欧瑞利曾指出:"远在母性理论完整建构之前,作家们已经在文学叙事中书写消解制度、赋权母亲的生动案例。"[①]莫里森的文学创作便属于此类颇具理论建构意义的母性书写实践,而当代非裔美国剧作家奥古斯特·威尔逊则以男性的他者眼光,结合非裔美国母亲群体的生活现实,细致呈现了黑人母亲解构制度化母性的具体路径,即有效的母亲逃逸路径。

本章以威尔逊的剧作《篱笆》为批评文本,以剧中"篱笆"意象的隐喻所指为解读切入点,审视黑人母亲罗斯关于制度化母性的解构之旅。故事的前半部分,罗斯一厢情愿构筑篱笆,却不自觉地陷入制度化母性的牢笼之中。在制度化母性的规约下,罗斯无私奉献、任劳任怨,却换来丈夫特洛伊·马克森的婚外情,以及儿子科里因与父亲冲突激化而愤然离家,由此篱笆变得形同虚设,其悖论性展露无遗。丈夫的私生女瑞奈尔的到来赋予了罗斯重新审视母性的机会,在重新践行母道的过程中罗斯积极为自我赋权,同时利用母道经验引导子女健康成长,并帮助特洛伊实现情感归位,至此,篱笆的理想价值得以实现。不同于《秀拉》中迷失自我的母亲们,罗斯选择正视母亲身份,以母性关怀化解家庭危机(父子矛盾、婚姻问题),并以此积极成就自我。此外,相较于塞丝,罗斯对母亲的自我意

---

① O'Reilly, Andrea. *Feminist Mothering*. Albany: State University of New York Press, 2008: 2.

识具有较强的认知与把控能力。可以说,威尔逊以男性的他者目光与务实的思考,对制度化母性话题进行关照与审视,不仅回应了里奇等西方母性研究学者的观点主张,还对如何真正消解制度化母性的控制性影响提出了反思式的对策:单纯地否定父权文化,甚至母亲身份并不是恢复母亲权利的理想路径;冲破父权文化对母性话语权的限制,发挥母亲自身的能动性(比如母性关怀、母性情感)以突显母性价值,内外合力,才是消解制度化母性的必要条件。

第一节 "篱笆"悖论:制度化母性的牢笼

在《篱笆》中,黑人母亲罗斯起初身陷制度化母性的牢笼而不自知,甚至可以说,"篱笆"式的牢笼是她亲手所制的。构筑篱笆的期许和初衷与实际后果形成了强烈反差,让罗斯的母性存在问题重重,却极具现实意义。在整个故事中,缘何构筑篱笆?构筑篱笆是谁的主张?这些关键问题在该剧作第二幕中才予以揭晓。母亲罗斯坚持要构筑篱笆,让丈夫特洛伊与儿子科里深感迷惑与不解,而特洛伊的挚友波诺却读懂了罗斯的意图所在:"有人构筑篱笆是为了拒他人于千里之外,而有些人则是为了接纳别人,但罗斯是为了让你们一家人永远在一起。她爱你们大家。"(FC 59)①对于罗斯而言,篱笆是家庭凝聚力的象征,同时也是实现其个人价值的外在保障。但是,随着故事的展开,篱笆的反讽性逐渐展露,丈夫出轨,儿子因父子冲突而离家出走,篱笆的保护性不复存在。家人间的情感疏离使罗斯的母性存在严重变形与扭曲,罗斯本人也深陷制度化母性的牢笼之中而遭遇存在危机。

从《英语词源词典》的解释来看,"篱笆"(fence)一词衍生于 defense,其原初含义包括"守护,抵制,保护,设防"。②对于剧中的黑人母亲罗斯而言,篱笆意味着安全感与凝聚力。唯有在篱笆内部,罗斯才能感到安全,因为外面的世界充满了危险:"粗鲁的男人、颠沛流离的生活以及无法忍痛的孤独等。"(FC 12)丈夫

---

① Wilson, August. *Fences*. New York: Theatre Communications Group, 2007. 本书中该剧作的中文均为笔者所译。

② https://www.etymonline.com/search? q=fence.

特洛伊凭借弟弟的战争抚恤金购置了一套位于匹兹堡市希尔区（黑人聚集的贫民区）的旧房子，那里成为罗斯一心守护的港湾。罗斯心存感念，尽心照顾家人，并希望通过构筑篱笆让一家人团结、相爱。如果要再进一步分析，我们可以发现，篱笆象征着家庭，而只有在家庭内，母亲/女性才具有存在的价值。正如里奇所言，"父权社会中不具有任何权利的女性会把展现母性视为行使权力的途径……"①罗斯作为非裔美国女性尤其缺乏社会权利，而家庭自然而然地成为其能够抓住的唯一生命支柱。弗洛伊德更是认为："男人进入了以阶级为主导的历史结构，而女人……则需要借助社会组织中的亲属关系模式来定义。"②

母亲身份成为女性生存的外在保护罩，对此女性主义学者苏珊·布朗米勒（Susan Brownmiller）曾评论道："依从制度化母性是众多女性的无奈选择与必须做出的牺牲，只为换来男性的保护以对抗社会上其他男性的侵害。"③此外，也只有做出让步，方能逐步被社会所接受并获取所渴望的成功感，"我们不难想象一个女人对女性原则的理解就是做出一系列大大小小的让步，她必须接受这些让步才能把自己变成一个成功的女性"④。

为了得到丈夫的保护，罗斯任劳任怨，全身心奉献于家庭。尽管丈夫特洛伊身上有诸多缺点，罗斯通常选择视而不见，这从某种程度上助长了特洛伊的大家长（patriarch）作风。特洛伊在家庭中始终持有一种"我给予，我做主"的傲慢态度，对妻儿缺乏情感关照。最终，特洛伊和科里父子矛盾激化，科里离家参军。此外，特洛伊不仅对罗斯的"篱笆"家园心无感激，相反，却在"篱笆"内几近窒息，进而选择出轨，并与情人艾尔伯特生下女儿瑞奈尔。在马克森家族伦理关系逐步异化的过程中，罗斯的母性存在形同虚设，而这种现象在当时的伦理语境中似乎又正常不过。非裔美国母亲们在充满敌意的生存环境中遭遇多重歧视，得不到社会权利与他人尊重，故而在家庭中寻求存在价值，母亲身份成为她们成就自

①　Rich, Adrienne. *Of Woman Born: Motherhood as Experience and Institution*. 2nd ed. New York: W. W. Norton and Company Inc., 1986: 38.

②　Mitchell, Juliet. *Psychoanalysis and Feminism: A Radical Reassessment of Freudian Psychoanalysis*. New York: Basic Books, 2000: 406.

③　Brownmiller, Susan. *Against Our Will: Men, Women and Rape*. New York: Simon and Schuster, 1975: 23.

④　Brownmiller, Susan. *Femininity*. New York: Ballantine Books, 1985: 4.

我的重要场域。相比于奴隶制时期的塞丝,生活在民权时代的罗斯虽然不再为获取母亲身份而抗争,却遭遇相似的制度化母性的束缚与压制,把自我迷失在母亲身份之中,深刻说明了制度化母性之于黑人母亲存在的影响之深远。

罗斯一厢情愿所建构起的篱笆成为束缚其自我价值的牢笼,是制度化母性的具象外现。篱笆的矛盾性也得以充分呈现。由于罗斯未能真正发挥出母亲主体性与能动性,家庭缺乏情感关怀。母亲主体性不仅体现在母亲所获得的女性自我,还表现在充分发挥女性的情感能动性,或言拉迪克所强调的"母性思维"(maternal thinking),以母性思维来处理人际关系,改善父权文化语境下所引发的情感疏离与关爱缺失。拉迪克在其《母性思维》一书中,系统阐述了母性思维的具体内涵,提出建基于以生育、抚养以及引导为主要方式的母性实践(maternal practice),强调"关注"(attention)与"爱"(love)有助于建构健康的母子/女关系,甚至整个人类关系。① 在《篱笆》中,罗斯努力建构自己的母亲身份,然而,其关注点却只在生育子女、照顾丈夫方面,而未能发挥出情感关爱的母性能量。用里奇的观点来讲,罗斯仅依靠母亲的本能来无私照顾家庭,把自我湮没在与他人之间的互动关系上,忽视了母亲/女性自身的情感力量。这种忽视母亲/女性自我主体的母性牺牲不仅无助于建构健康的母亲身份,同时也让整个家庭陷入情感荒漠之中。

在马克森家族,情感关爱缺失极为严重,以父亲特洛伊与儿子科里之间的矛盾冲突为主要表征。当科里看到父亲非常反感自己参与橄榄球训练而深感委屈之时,他本能地问道:"难道您从来没有爱过我吗?"(FC 39)特洛伊的回答则让科里,甚至读者们颇感失望与不解:

> "爱你? 谁要求我必须爱你? 哪条法律规定要求我爱你? 竟然像
> 个傻瓜一样,站在这里要求我爱你?
> 每天我日出而作……累得要死……只是为了大家不饿死……说什
> 么我爱你? 你是我见过的最大的傻瓜了。照顾你只是我的工作,是我
> 的责任! 你难道不懂吗? 一个男人必须要承担养家糊口的责任。你住

① Ruddick, Sara. *Maternal Thinking*: *Towards a Politics of Peace*. Boston: Beacon Press, 1989.

着我的房子……有床睡，有东西吃……只是因为你是我的儿子，是我亲生的儿子。才不是因为我喜欢你！照顾你是我的责任，我的责任。"（FC 39）

显然，特洛伊身上存在严重的情感缺失，父爱能力缺位。这里暂且不论外部社会环境的负面影响，先转向家庭内部进行成因分析。特洛伊的母亲在他很小的时候由于丈夫暴力成性而选择离家，导致特洛伊从小缺乏母性关爱，这是其情感缺位的最初成因。更为糟糕的是，特洛伊的父亲自私而冷血。在特洛伊 14 岁时，父亲将其打成重伤，使其被迫逃离父亲的家，"独自建构男性气质"（FC 45）。特洛伊成为当时美国移民大潮（Great Immigration）①中的一员，遭遇与众多非裔美国人相似的悲惨命运，谋求工作无果后，靠偷窃、抢劫为生。特洛伊起先为自己活下去而抢，后来为养活妻儿而偷。结果，有一次遭遇被抢劫者的枪击而受重伤，在其倒地的那一刻，特洛伊用匕首捅伤了对方。由此，特洛伊坐了 15 年的牢。出狱后，特洛伊继续遭遇了诸多社会不公平待遇，靠做清洁工来养活与罗斯新组建的家庭。从某种程度上讲，母亲、前妻和罗斯都未能给予特洛伊情感需要方面的母性/女性引导，侧面导致其始终存有人格缺陷。尽管罗斯深爱着特洛伊，但由于担心被其抛弃而选择沉默，任其在冷漠、自私的深渊中越陷越深。

此外，罗斯在与儿子科里的相处之中同样未能发挥出母性的积极引导作用。在西方母性学者看来，母性不仅是一种制度，还是一种经历。作为重要的人生经历，母性体现在与子女的互动之中。罗斯支持儿子的橄榄球梦，却囿于特洛伊的坚决反对以及其在家中的权威地位，而没有做出具有实际意义的举动。尽管罗斯努力协调父子之间的矛盾关系，但她并不具备母亲的自主意识，因而其言甚微。在特洛伊与科里因是否继续橄榄球训练而大声争吵、僵持不下时，罗斯选择了躲在房间里旁观，不敢站出来表达自己的想法，足见罗斯对丈夫以及父权文化的畏惧。正如学者拉德利卡·门森-弗尔（Ladrica Menson-Furr）对罗斯所进行的评论：

---

① 这里的移民大潮是指 1916 年至 20 世纪 70 年代，大约 600 万非裔美国人从南方搬往北方工业城市寻找更多的工作机会，他们在处理新的种族矛盾中逐渐建构主体身份。

罗斯允许特洛伊发挥大家长的作风,让其从身体与情感层面侵蚀她,只为换来丈夫提供的庇护,规避20世纪50年代非裔美国女性随时可能遭遇的诸多危险。为了成为一位好妻子与好母亲,罗斯完全忽略了自我,所以,尽管罗斯有性格坚强的一面,其身上的女性意识仍未觉醒。①

对于罗斯而言,由于父权文化以及种族文化的深远影响,其身上的女性/母亲独立意识仍未觉醒,对丈夫多采取屈从的态度,偶尔的反抗也是成效甚微。罗斯尽其所能帮助科里隐瞒加入学校橄榄球队的事实,然而,特洛伊知道后毅然跑往学校拒绝儿子加入球队,断送了科里的梦想。对此,罗斯束手无策,只能听之任之。可见,在养育儿子的过程中,罗斯所传递出的信息多是对权力的屈从,间接与特洛伊一起塑造出儿子科里唯权力是上的男权思维模式。最后,科里以武力挑战父亲的权威,在父子搏斗中败下阵来,由此离家参军,直到父亲去世后才归乡。而且,父子之间的仇恨让科里拒绝参加父亲的葬礼,足见父子间的矛盾之深。

从罗斯的母性经历中可以看出,过于依附母亲身份的外在保护层(篱笆)并不能获取存在的价值,更遑论强化家庭凝聚力的母性力量了。篱笆不仅未能提供实质性的保护,更是丈夫眼中的情感枷锁,导致夫妻情感破裂。不可避免地,篱笆成为一种悖论性的存在,可被视为作者威尔逊审视母性话题的绝妙隐喻。构筑篱笆是罗斯渴求母亲身份保护的外在表现,而篱笆虽能勾勒家的外形,却无法提供罗斯她所想要的家的内核。篱笆悖论揭示出制度化母性对罗斯的严重压制与束缚,同时也深刻展现了牺牲母性情感的母性行为不仅无助于实现母性价值,也不利于营造积极健康的家庭氛围。直到遭遇丈夫的情感背叛、儿子的离家出走,罗斯方才意识到构筑篱笆的徒劳无用,开始反思制度化母性之于母亲/女性的严重控制。

---

① Menson-Furr, Ladrica. *August Wilson's "Fences"*. London: Continuum International Publishing Group, 2008: 30.

第二节　形同虚设的"篱笆"：反思制度化母性

《篱笆》中极具反讽与张力的事件当属特洛伊最终为罗斯构筑起了象征着家庭团结的篱笆，但其时的家庭已经分崩离析。科里离家出走，特洛伊与罗斯因前者的婚外情暴露而夫妻关系破裂，篱笆随之成为一种形同虚设的摆设，罗斯的篱笆梦也自然破灭。然而，虚梦的崩塌却提供给罗斯一个反思母性的宝贵机会，促使其勇于建构独立的母亲/女性意识，尝试冲破制度化母性的束缚。儿子的出走从表面上剥夺了罗斯做母亲的机会，却赋予她思考如何真正践行母道，以及如何通过母道实现自我赋权与引导子女成长的母性能力。罗斯消解制度化母性的做法与《秀拉》中的伊娃、《宠儿》中的塞丝的做法都有所不同。她不是单纯地建构母性乌托邦，或者采取极端的母性赋权方式，而是充分发挥母亲/女性的情感力量，在积极赋权母亲/女性的同时感化男性，以情感取代权力思维，并促成美国黑人文化的有效传承。本节将重点分析罗斯对制度化母性的反思与消解。

该剧作中，特洛伊虽然答应罗斯为其构筑篱笆，但有所迟疑，一拖再拖。这缘于他对罗斯行为的不解，甚至是反感与否定。在波诺发现特洛伊与艾尔伯特之间的婚外情，劝告其及时回头时，特洛伊的解释则颇具深意："罗斯是位好妻子，可是，我时常感觉她牢牢地黏着我，尽管我奋力挣脱，依然无法将她甩掉……相反，我越挣脱，她黏得更牢。现在她要永远地黏着我。"（FC 61）也就是说，对特洛伊而言，篱笆是束缚，是牢笼，尽力挣脱而不得。剧中罗斯的每次出场都暗示出她是位好妻子与好母亲，不是在为家人朋友准备饭菜，就是在做洗衣晾衣等事。然而，罗斯毫无自我的牺牲并没有引起特洛伊的关爱与理解，相反，他认为罗斯和儿子只是他生活的累赘，安稳的生活让他失去了斗志。特洛伊在情人临盆之际，不得已向罗斯坦白自己的出轨行为，并毫无愧疚地讲道："她给我不同的感觉……一种让我重新认识自我的新感觉……走进她的屋子，我可以丢掉所有的压力与问题……成为一个完全不同的人……我不再担心什么时候要付账单，什么时候修屋顶。我有了从来不曾有过的感觉！"（FC 65-66）特洛伊的说辞彻底激怒了罗斯，刺激其终于发出了母亲/女性自我的声音：

我一直站在你这边！一直和你在一起，特洛伊。我也有自己的生
　　活，而十八年来我一直为你着想。难道我不希望能有别的需求吗？难
　　道我没有梦想与希望吗？我的生活在哪里？我自己在哪里……难道我
　　不想放下我的责任，去追求自己想要的东西？特洛伊，不仅你一个人有
　　别的需求和渴望……你满脑子想的是你付出了多少，以及一些你觉得
　　不必付出的东西，但是，你也得到了呀！你得到了……从来不去想别人
　　为你付出了什么！(FC 67)

　　至此，罗斯开始正视母亲/女性的自我需求，意识到自己的倾心付出并没有
让特洛伊心生感激。听到罗斯的回应，特洛伊极为愤怒，歇斯底里地不断重复
着："你是在指责我只索取不付出吗？"(FC 67-68)特洛伊的行为思维俨然受到
了父权文化的影响，以极端的方式消解罗斯的存在价值。情人艾尔伯特生产后
不幸去世，留给特洛伊一名嗷嗷待哺的幼女。此时，特洛伊怀抱幼女请求罗斯予
以照顾。特洛伊的行为已然暴露出其自私的性格特点，以及强加于罗斯母性职
责的武断本质。面对特洛伊独断甚至冷酷的做法，罗斯不再歇斯底里般地反抗，
但也不是唯唯诺诺地服从，而是极为冷静地发出了自己的女性声音，彰显出母亲
觉醒的伟大力量：

　　　　好的，特洛伊……你说得对。我可以帮你照顾婴儿……因为……
　　如你所讲……她是无辜的……我不该把父亲的罪过迁怒到孩子身上，
　　没有母亲的孩子太可怜了！从现在开始，这个孩子有了母亲，但你则是
　　没有女人的男人。(FC 95)

　　从罗斯女性觉醒式的宣言中可以看出，她将会利用崭新的母道经验来实现
自我赋权。"这个孩子有了母亲，但你则是没有女人的男人"暗示出罗斯摆脱父
权束缚的坚定决心。正如门森-弗尔所评价的，"若要给剧作第二幕一个标题，那
一定是'罗斯的宣言'，这里，罗斯以自己的态度实现了自我赋权"①。的确，直到

----

①　Menson-Furr, Ladrica. *August Wilson's "Fences"*. London: Continuum International
Publishing Group, 2008: 33.

特洛伊去世，罗斯都未能完全原谅他的出轨行为，却坚强地履行起照顾瑞奈尔的职责。在支离破碎的篱笆内，罗斯没有绝望、消沉，相反，她继续坚持自己的母性职责，并以此为基点赋权自我。

虽然儿子的离家剥夺了罗斯的母亲身份，使其陷入母性危机之中，然而瑞奈尔的到来则重新赋予罗斯以母性存在的意义。门森-弗尔曾强调："瑞奈尔的到来不仅让特洛伊意识到女性所拥有的母性力量，同时也成就了罗斯，赋予其生命新的希望，以及再次赢得母亲身份的机会。"①特洛伊的情感背叛和瑞奈尔的到来，让罗斯不断反思自我，反思婚后多年的生活。罗斯坦言她极为依赖特洛伊为她搭建的避风港，认为特洛伊的出现填满了她的内心空间，"这个空间就是成为母亲"(*FC* 88)。也就是说，罗斯愿意为特洛伊生儿育女，进而换来所谓的幸福家庭。然而，逐渐地，在她的生活中，特洛伊的形象日益变大，直至完全吞没罗斯的主体存在。此时的罗斯接受自我的选择，尽管被动、无我，但自愿用双手紧握命运的安排，劝告自己这是女性本身的宿命所在。收养瑞奈尔后，罗斯的母亲主体得以逐渐彰显，她不再把养育子女视为凝聚家庭的外在保障，而是通过践行母道勾勒出母亲自我的存在价值：

> 自从瑞奈尔来到我们身边后，我和你的父亲形同陌路。我不再毫无保留地原谅他对我的伤害……但是，瑞奈尔是上帝赐予我曾渴望但不曾拥有的宝贝。上帝赐福于我，给予我重生的机会……我要把我所拥有的最好的东西送给她。(*FC* 89)

可见，尽管罗斯的第二次母性经验仅是指其作为替养母亲的经验，但仍然给予罗斯反思自我、成就母亲身份的宝贵机会。此外，从理论层面上讲，替养母亲经历有助于解构母性生物学本质论(biological essentialism)，展现非生物学母亲身份的建构可能性。② 至此，罗斯母性反思的意义得以全面呈现。丈夫特洛伊的情感背叛让罗斯意识到牺牲母亲/女性主体的母性行为无法提供自己期待的

---

① Menson-Furr, Ladrica. *August Wilson's "Fences"*. London: Continuum International Publishing Group, 2008: 30.

② 毛艳华. 流动的母性——莫里森《慈悲》对母亲身份的反思. 国外文学, 2018(2): 92-98.

"家"的篱笆,构筑篱笆需要母亲/女性独立意识的觉醒与情感力量的彰显。罗斯收养瑞奈尔的选择不仅为其赢得了重新践行母道的崭新机会,同时也是她决定以母性行为消解制度化母性与成就自我的坚定举动。值得注意的是,罗斯的母性重塑并不是单纯地逃离父权世界,抑或以极端反母性行为赢得母性自主权,相反,她选择理性地冲破父权文化。罗斯"但你则是没有女人的男人"的宣言表明她不再活在男性的阴影之中。与此同时,她也没有把特洛伊逐到篱笆之外,而是以母性行为与母性情感感化他,唤醒其对家的伦理关爱、对种族身份的正确认识以及对美国黑人文化的传承,进而带动所有家庭成员共同营造健康的家庭伦理氛围。可以说,罗斯选择从内、外两方面消解制度化母性,并完成了母亲/女性的自我赋权。

第三节　重筑"篱笆":母性赋权的内外合力

罗斯反思母性的行为构成了马克森家族人伦关系重塑的重要起点,所彰显出的母性力量也在重筑"篱笆"的过程中得以完整呈现。儿子科里的回归以及对父亲特洛伊的原谅隐喻着"篱笆"的重筑。马克森家族最终在罗斯的母性感召和人文关怀中真正团聚。科里与同父异母的妹妹瑞奈尔共唱象征着马克森家族,甚至整个非裔美国族群的布鲁斯歌曲则有力说明了黑人文化得以延续与传承。罗斯的母性重塑表明消解制度化母性不仅需要正视父权文化对母性的想象性定位与对母性情感的否定,从外部有效挑战制度化母性的压迫特质,也需要充分发挥母性的主体力量,尤其是情感能力,从内部建构母亲/女性的主体存在。威尔逊通过书写马克森家族新的生存希望,表明了他对非裔美国人生存现实的思考,以及对父子冲突与母性情感的人文关照。

《篱笆》的故事结尾留给读者的印象最为深刻,圆满结局的背后隐藏着作者关于人伦关系、非裔美国文化以及个人经历的深刻思考,体现出作者对非裔美国人的母性话题的独特反思。故事最后,父亲特洛伊的灵魂被拯救,他所犯下的伦理错误得到了家人的理解与宽恕。父子冲突达成了象征层面上的和解,特洛伊的父性情感得以归位,家族精神得以延续,这一切都与罗斯最终发挥出的母性力量密切相关。这些细节从某种程度上揭示出威尔逊本人对黑人母性的高度赞扬，以及对非裔美国人的母性文化的积极肯定。在故事中，当科里虽已归家但仍对父亲特洛伊心存极大不满时，罗斯的一番言语反映出她对特洛伊父性行为的理解，彰显出母性宽容、同情的宝贵品质：

> 科里，你谁都不是，你就是你自己。那个影子也谁都不是，而是你自己。是自己努力长成或变成的样子。但是，这是你安身立命的前提。是你在人世获得自我认同的基础。你的父亲希望你变成与他不同的样子……同时，他又想让你成为他的样子。我确信他从来没有敌意。（FC 88）

"我确信他从来没有敌意"表明罗斯对特洛伊的理解，并且她完成了自我成长，因为她不再停留在对丈夫情感背叛的仇恨之中。特洛伊狡辩的解释曾让罗斯痛心不已，但与此同时也让罗斯转而正视自己的生存与情感需要："难道我不希望能有别的需求吗？难道我没有梦想与希望吗？我的生活在哪里？我自己在哪里？"（FC 67）个人意识觉醒的罗斯开始对构筑什么样的"篱笆"有了崭新的认识。她不再依赖物质层面的篱笆，而是选择充分发挥母性的情感力量与主体能动性建构真正意义上的篱笆家园。威尔逊在故事后半部分用重笔描述了重塑母性的内部努力及其具体影响。这种母性影响主要体现在罗斯—科里/瑞奈尔（母亲—子女）与罗斯—特洛伊（妻子—丈夫）的互动关系上。

罗斯以母性的宽容影响了科里，引导其走进父亲的世界，正视人性的弱点，并让科里明白唯有放下心中的仇恨，学会宽容，才能真正成就完整的男性气质。罗斯引导儿子原谅特洛伊的行为选择恰又回应了威尔逊在该书扉页上所写的观点："当我们面对父亲的罪过时，不必怀恨在心、竭力效仿，而应以宽容冲洗罪过。像上帝一样，以正义与法律的名义。"（FC 8）可以说，罗斯对科里后来的教育是情感导向的母性引导，而非特洛伊以往所采取的权力导向的粗暴模式。

罗斯的母性力量同样明显地表现在她与瑞奈尔之间的交互影响上。瑞奈尔的到来赐予罗斯在母性意识觉醒后重新践行母道的机会，与此同时，罗斯也带给瑞奈尔无比宝贵的成长环境。门森-弗尔曾指出："威尔逊把瑞奈尔塑造成一个女孩，绝非随意而为，而是为了给马克森家族，尤其是罗斯的成长带来更多希望。"①从这个层面上讲，罗斯的母性力量不仅重塑了马克森家族的人伦关系，用她的宽容与关爱让马克森家族的"篱笆"更具实践内涵，同时还引导其本人实现对母性的重新理解和积极建构。在故事前半部分，罗斯不自觉地活在制度化母性的牢笼之中，放弃对自我的关注以及自主选择权的行使。里奇曾表示："剥夺女性自主权与选择权的制度化母性很容易让女性陷入无法掌握命运的境地。"②罗斯任劳任怨，全身心奉献于家庭，遵循制度化母性规约，然而放弃母亲/女性自主权的母性行为却无法换来稳定的家。遭遇情感变故的罗斯逐渐觉醒，转而发挥母亲/女性的能动性，重塑母性身份。读者有理由相信，在罗斯积极的母性引导下，瑞奈尔不仅可以享受真挚的母爱，还能够从母亲身上汲取坚强、独立的品格养料，以对抗外部社会对非裔美国女性的歧视。

可以说，在《篱笆》中，罗斯的母性选择是动态发展的，由全然放弃到主动赢回。罗斯通过消解压制母亲/女性的制度化母性，以及主动践行母道经验，逐渐彰显出母亲/女性的主体身份。罗斯母性行为中所展现的选择权与里奇的观点主张一致，同时又构成对其理论的有益补充，即母亲/女性的选择不应只停留在逃离父权世界，或者采取牺牲子女的极端行为上，而是可以依靠提升女性的独立意识来发挥母性力量，以女性情感弥补男权意识所引发的权力思维，进而营造以情感为导向的家庭文化。也就是说，对抗或消解制度化母性不应采取"无权/有权""女性/男性""情感/权力"等简单的二元逆转策略，而应倡导两者之间的互补关系，建构和谐世界。罗斯的母性经历既具有拓展里奇母性研究观点的理论价值，又是对莫里森母性书写的实践补充。莫里森的文本叙述多以书写女性世界来探讨母性重塑带给女性的成长影响，且多是形而上的阐述，而少有从男性的视角来谈论母性带给男女两性的多面影响。因此，威尔逊在该话题上予以补充式的书写，彰显出当代非裔美国文学界对母性话题的持续关注与一贯的批判反思态度。具体而言，罗斯的母性重塑不仅促使女性自身成长，同时也引导剧中的

---

① Menson-Furr, Ladrica. *August Wilson's "Fences"*. London: Continuum International Publishing Group, 2008: 30.

② Rich, Adrienne. *Of Woman Born: Motherhood as Experience and Institution*. 2nd ed. New York: W. W. Norton and Company Inc., 1986: 264.

"大家长"特洛伊正视种族身份、关注家庭伦理以及传承美国黑人的传统文化。

虽然作者威尔逊在故事中并没有用重笔描述罗斯母性行为对特洛伊的直接影响,但从诸多小细节中读者可以发现特洛伊在女儿瑞奈尔出生后的情感归位。罗斯"从现在开始,这个孩子有了母亲,但你则是没有女人的男人"(FC 95)宣言式的反抗对特洛伊而言,沉重而有力,而罗斯之后的母性经历也让特洛伊逐渐意识到母性情感的影响力量。由于担心儿子遭遇与自己类似的种族不公平待遇,特洛伊曾一意孤行地断送了科里的橄榄球梦。然而,在科里因愤恨而离家后,特洛伊却一直小心地在"科里的房间里保存着他的橄榄球"(FC 86)。该细节表明特洛伊内心深处存有对儿子的父爱,这种父爱曾因他自己对种族问题的惧怕而被彻底掩藏起来。"爱你? 谁要求我必须爱你? 哪条法律规定要求我爱你? 竟然像个傻瓜一样,站在这里要求我爱你?"(FC 39)这种言语实则暴露出在非裔美国人族群中尤为普遍的一种父子关系,即考虑到外部社会环境的生存压力,黑人父亲(包括一些母亲)多认为黑人子女应该培养自身的坚强品格才能适应充满敌意的生存环境,父爱不该是他们享受的情感。此外,特洛伊的这种认知也源于其成长经历,母亲的缺席与父亲的暴戾导致他欠缺关爱家人的能力。尽管外部世界发生了巨大变化,特洛伊由于曾经遭遇的情感创伤与种族伤害而始终不能敞开心扉,以真情关爱家人。在该剧作中,罗斯曾清楚地提醒特洛伊:"现在时代不一样了!"(FC 43)然而,特洛伊仍然担心种族悲剧在儿子身上重演,故而百般阻挠科里加入学校橄榄球队,直到儿子以武力挑战自己的权威时,方才意识到问题的严重。尽管罗斯对父子之间的武力冲突没加任何评论,但她却以自身的行为默默地影响特洛伊,引导其改变以权力为导向的父性行为方式。

在罗斯的情感感召下,特洛伊的父性逐渐归位,开始正视儿子的情感需求和自我实现情况,并为儿子的参军经历感到骄傲,时常在女儿瑞奈尔面前"炫耀"他有一位军人儿子。对于带给他重新践行父性经验机会的瑞奈尔,特洛伊与罗斯一样无比珍惜与疼爱她,并把家族的布鲁斯音乐传授给她。所以,从某种程度上讲,瑞奈尔天使般的降临同样赋予了特洛伊反思父性的机会。总体上,特洛伊的父性成长与罗斯的母性蜕变相辅相成,这种叙述安排体现出作者威尔逊对母性话题的独特思考和巧妙处理。母性重塑不仅有利于母亲/女性的自我成长,同时还有助于引导男性重新认识情感的力量。马克森家族的人伦环境的改善说明特洛伊最终理解了罗斯构筑"篱笆"的初衷,"罗斯是为了让你们一家人永远在一起。她爱你们大家"(FC 59)。至此,威尔逊通过"篱笆"所传递的文本内涵因为人伦关系的重塑而多了一层人文寓意。

在《篱笆》中,成为母亲、全心奉献、婚姻忠诚是罗斯的自愿选择,只为能够拥有一个用篱笆围起的家庭。在篱笆内,罗斯看似拥有了选择权,却同样落入里奇所强调的制度化母性的困境之中,陷入无法掌握命运的境地。丈夫出轨、儿子离家都让罗斯一厢情愿构筑的篱笆变得形同虚设。放弃母亲主体性的选择显然无助于构筑罗斯的家庭梦。此外,罗斯的第二次母性选择虽又与里奇所关注的选择实指有所不同,但却具有相似的赋权能动性。[①]里奇的研究立足点是欧美女性生育自主权被剥夺的现实,强调"女性是在不具备选择权的情况下成为母亲的"[②],呼吁通过拒绝生育来获得母亲/女性的相应权利。而罗斯却是以选择"做母亲"而赋权母亲/女性,成为瑞奈尔的替养母亲让罗斯重新审视自我以及母性的积极能量,即母性不仅是一种束缚母亲的外在制度,同时亦是能够赋权母亲的重要经验。

赋权是一个社会学概念,主要是指识别并挑战束缚个体或集体发展的压制性规约,进而获得把控权、选择权以及开展社会变革的权利等。作为经验,母性的赋权价值主要体现在对子女的积极引导与家庭文化的营造,并以此实现自我价值等方面。对罗斯而言,母道经验的赋权价值是随着瑞奈尔的到来而逐渐被意识到并成功实现的。尽管罗斯对特洛伊的婚姻背叛心怀不满,但并没有像特洛伊的母亲一样离开家庭,相反她以母性的情感力量去感化和引导家里的每一位成员。在践行母道经验的过程中,罗斯以母性的关爱引导儿子科里放下对父

---

① 从母性研究的维度来看,"赋权"主要是指母道经验带来的积极影响,包括母亲的主体重构、子女健康成长以及社区文化的营造。关于赋权的具体表征,本书下篇将进行详细的论述。这里之所以谈到罗斯母道经验的赋权意义是出于两个原因:(1)作为母性研究的核心议题,制度化母性、母亲主体性与母道赋权存在不可避免的交叉与重叠;(2)黑人母亲罗斯是在意识到制度化母性的束缚之后,逐步彰显母道的赋权力量。可以说,由于罗斯的女性意识是在外界的刺激下生成的,其母道赋权表征虽然还无法全面呈现母道的价值力量,但也具有一定的代表性。

② Rich, Adrienne. *Of Woman Born*: *Motherhood as Experience and Institution*. 2nd ed. New York: W. W. Norton and Company Inc., 1986: 264.

亲的仇恨,学会理解和宽容父亲的不当行为。同时,罗斯给予了瑞奈尔无私的母爱,并感化特洛伊,营造以情感为主导的新的家庭文化。也正是在以情感取代权力导向的健康氛围里,儿子科里能够选择原谅父亲,终结了马克森家族的父子冲突的负面历史。当然,在这一过程中,罗斯对母性的积极认知则是她个人最大的收获。能够以母性为场域实现自我赋权、传承情感文化表明罗斯的自我已更为成熟。

　　值得一提的是,该剧作中能把父性与母性作为并行不悖的叙事主线表明了作者威尔逊对人伦关系的独特思考。在母性话题上,威尔逊以男性的他者目光给予了理性与辩证的审视。西方母性研究学者曾因受激进女性主义的影响而认为生育子女是女性实现自我的主要绊脚石。在美国,20世纪六七十年代是"反母亲"浪潮的主要阶段,抵制母亲身份、争做新女性是当时女性主义者最强烈的呼声。到20世纪80年代,受后现代哲学深厚影响的母性研究学者,包括里奇、乔德罗、哈弗等重新审视母亲身份的赋权意义,指出"摧毁制度化母性并非要废除母亲身份"①。然而,遗憾的是,里奇等学者并没有指出冲破父权制度后如何利用母道经验赋权女性的有效路径,而仅仅强调没有男性在场的母道经验的自由性与愉悦性,不自觉地滑入女性—男性二元对立的思维逻辑陷阱。相比之下,威尔逊则不主张以拆解父亲存在、构筑母性乌托邦来重塑母性。《篱笆》中特洛伊犯下婚外情的错误,并要求妻子养育他的私生女,罗斯有理由将其赶到篱笆外。但是,罗斯并没有消除家庭中的父亲存在,而是以自己的母道经验让特洛伊意识到女性存在的价值,以母性思维去消解男权中心思想,改善家庭中的权力思维模式。由此可见,威尔逊的母性思考明显跳出了西方白人母性研究学者所不自觉维护的二元对立思维逻辑,同时也拓宽了非裔美国人的母性书写的整体视域,不仅书写母性重塑之于女性的成长意义,亦把男性纳入讨论范围,以母性带动父性,重塑积极健康的家庭环境。威尔逊的母性书写具有一定的高度,并彰显出难得的反思意识和浓厚的人文关怀意识,构成对西方母性理论观点的有益补充。

　　①　Rich, Adrienne. *Of Woman Born: Motherhood as Experience and Institution*. 2nd ed. New York: W. W. Norton and Company Inc., 1986: 280.

小　结

在谈论制度化母性带给非裔美国母亲群体的具体影响时,当代非裔美国女性主义学者科林斯曾强调:

> 非裔美国群体尤为重视母性的价值,然而,有一点需要澄清:黑人母亲对种族歧视、阶级偏见以及性别压迫的应对能力不可直接被视为她们已经超越了这些限制。母性的确可以为黑人女性赋权,但黑人母亲因此也付出了沉重的代价。黑人母亲对制度化母性的矛盾态度以及对践行母道的迟疑抉择都反映了母性的矛盾本质。①

对于非裔美国母亲群体而言,重塑母性同样困难重重。种族、性别与阶级等多种制度的叠加使得制度化母性的控制性更为突出与典型。尽管在重塑母性的过程中,非裔美国母亲群体表现出了十分顽强的斗争精神,但不能否认她们为此所付出的代价与所遭遇的种种困惑。《秀拉》中的海伦娜与《篱笆》中的罗斯都曾因依附于父权文化而失去重塑母性的机会,《宠儿》中的塞丝对奴隶制度的誓死反抗却也换来了制度化母性的一度控制。而《秀拉》中的伊娃虽然建构起了独立的女性王国,但也因为种族制度的深远影响而缺乏对子女的情感关爱,遭遇家庭女性内部的"弑母"危机。这些复杂多样的母性遭遇都表明了制度化母性的变体性控制与长期影响。基于此,当代非裔美国作家以生动的文本叙述回应着西方白人母性研究学者关于制度化母性的深刻剖析。然而,向来具有思辨意识的非裔美国作家对母性话题始终进行着反思式处理。关于如何消解制度化母性的多

---

① Collins, Patricia Hill. *Black Feminist Thought*, *Knowledge*, *Consciousness*, *and the Politics of Empowerment*. New York: Routledge, 2000: 133.

重控制，莫里森与威尔逊都进行了富有深度且具思辨力的思考，而这些思考显然构成了对母性研究理论的有益补充。概括而言，当代非裔美国文学中的母性书写表明，挑战与消解制度化母性不能单纯依赖于否定父权文化，或言采取简单逆转的二元对立式的策略，而是应该一方面意识到制度化母性兼具控制与束缚的矛盾本质，另一方面需要内外合力，在冲破制度控制的同时，发挥母亲的自主能动性，真正解构母性的制度性。

综上，解构制度化母性是重塑母性的前提条件与必要准备，然后要思考如何恢复母亲自我言说的机会，使母亲成为身体、情感与伦理的真正主体。由此，母亲主体性将是下面章节分析与探讨的重点所在。

中篇　母亲主体的湮没、彰显与重构

在西方母性研究学者看来，受制于父权文化的长期影响，母亲被严重客体化，母亲的主体性被剥离，并在他人的需求之中消解自我的存在。为此，重塑母亲主体性成为西方母性研究的另一关键命题。围绕该命题，母性研究学者们从哲学、心理学、社会学等方面展开了讨论，探讨母亲主体重构之路径。

　　何为主体性？参照《牛津哲学指南》的解释，主体性是指"与主体及其独特的视角、感情、信仰、欲望相关的特性"①。由此，母亲主体性主要描述的是具有母亲身份的女性群体所展现出的特有视角、情感、信仰以及欲望等等。然而，在西方哲学与精神分析传统中，母亲的主体性始终是被忽视、被否定以及被剥离的。在拉康的精神分析视域下，母亲是原始的缺失（primordial lack），是"大写的他者"（M/Other）。②关于如何恢复母亲的话语权以及如何重塑母亲主体，不同女性阵营中又产生了不同的态度主张。以波伏娃、舒拉米斯·费尔斯通（Shulamith Firestone）等为代表的女性主义学者坚持认为"成为母亲"是建构母亲主体的阻碍所在，重塑母亲主体要在超越女性身体的基础上完成，否定母亲/女性身体欲望与情感需求成为重要的解放策略。这种否定女性特质的反抗方式受到了法国精神分析学派女性学者的挑战，她们以肯定母亲/女性的身体欲望与情感价值的姿态，寻求重塑母亲主体的新路径。伊里加蕾的"女性愉悦"、克里斯蒂娃的"卑污"以及西苏的"女性身体书写"都旨在强调母亲/女性身体的积极力

----

　　① Honderich，Ted. *The Oxford Companion to Philosophy*. Oxford：Oxford University Press，1995：857.

　　② Evans，Dylan. *An Introductory Dictionary of Lacanian Psychoanalysis*. London：Routledge，1996：136.

量,在致力于解构西方二元对立思维逻辑的过程中,积极赋予女性以身体与情感为基点重构母亲/女性主体的权利。

本篇以法国精神分析学派母性研究学者的理论为参照,选择内勒的《布鲁斯特街的女人们》、麦克米兰的《妈妈》与汉斯贝利的《阳光下的葡萄干》三部文学作品对母亲主体性话题进行分析探讨,审视当代非裔美国作家在母亲主体性话题上与西方母性研究学者之间的互动与对话关系。西方母性研究学者认为,母亲主体性在制度化母性的束缚以及母性经历的影响下,长期处于被压制与被剥离的状态之中。恢复母亲话语权、重构母亲主体性需要以正视母亲的身体欲望与情感需求为前提。在该方面,内勒和麦克米兰在其母性书写中予以了有力揭示,回应了西方母性研究学者在母亲主体性话题上的独到论点。同时,当代非裔美国作家结合具体的母性叙述对依赖于释放母亲身体欲望,抛弃母性职责而建构起的母亲主体性予以反思,再次揭示出西方母性研究学者所不自觉维护的二元对立思维模式的危险所在。在《阳光下的葡萄干》中,作者汉斯贝利通过刻画自我提升中的母性重构,一方面挑战与消解了"女家长"刻板形象对黑人母亲主体性的僵化定位,另一方面也表明了母亲主体性并非僵化、固定的,而是一种生成中(becoming)的过程。当代非裔美国作家关于母亲主体性的动态、开放的书写方式构成了对西方母性研究学者相关论点的有益补充。

第四章 《布鲁斯特街的女人们》中的
母性束缚与主体迷失

对西方母性研究而言,母亲主体性话题的提出基于对制度化母性的批判,主要考察"成为母亲"对女性自我主体的影响作用,即母亲主体是如何被制度化母性与母性经历所合力形塑的。作为制度的母性主要从体制、观念甚至信仰方面规范母性行为,以推崇奉献、无我的纯粹母亲形象而达成对母性的控制性塑造,而母性经历的束缚性则更为隐性,常会在赋权母亲/女性的表面下吞噬母亲的自我意识。家庭与社会中的权利缺失会使得她们在母性经历中找寻母性价值,然而依附母子/女关系建构起的母亲主体依然问题重重,常引发主体危机。当代非裔美国作家总能以细腻的笔触捕捉到影响母亲主体的多重因素,立体呈现母亲主体重构的种种障碍,以文本叙述的方式与理论产生积极对话,拓宽了母性研究的讨论视域。内勒的首部小说《布鲁斯特街的女人们》便是一部具象化描述母性经历与母亲主体之间交互影响的作品。

本章以母性束缚、主体迷失与意识觉醒为分析重点,结合文本细读,挖掘母亲主体迷失的多重动因以及母亲主体意识觉醒的内外驱力。内勒在《布鲁斯特街的女人们》中描述了两种身陷母性经历而不自知的母亲形象与母性存在状态:黑人母亲玛蒂主动放弃母亲主体的母性依赖与科拉被动放弃自我的母性湮没。无论主动还是被动,玛蒂与科拉皆丧失了建构母亲主体的机会与能力,可以说,她们的母亲主体性都消解在了与子女的互动关系,即母性经历之中。玛蒂与希尔的母性经历相似性表现在两者皆受制于父权文化与种族制度的影响而不能正视身体与情感需求,丧失了建构母亲主体性的机会与可能。内勒通过对玛蒂、科拉与希尔等多位黑人母亲形象的刻画回应了母性研究学者的理论观点,即忽视与否定母亲/女性自身欲望、情感需求以及存在价值都无助于建构母亲的独立主体。与此同时,内勒亦结合对玛蒂、科拉与希尔的动态刻画,对如何重构母亲主体性进行了思考,即女性应在践行母性的同时,勇于冲破制度化母性与母性经历对母亲主体的束缚,正视母亲的自我需求与存在意义,努力在母职之外寻找自我价值。后来,玛蒂在担当社区精神领袖,营造社区文化的过程中逐渐勾勒出了母亲主体性,而科拉与希尔也开始积极正视自身的母性身份与母亲的自我需求。作者立足于非裔美国母亲群体的生存现实,细致阐释了黑人母亲主体迷失的多重成因,并积极呈现刺激母亲主体意识觉醒的种族力量。

第一节　母性经历中的主体迷失

母性研究学者里奇在《生于女性》中界定母性概念时,清晰交代出了母性所蕴含的双层含义:

> 其一,母性是指女性自我与生育活动、抚养子女之间的潜在关系;其二,母性也表示使母亲受制于父权文化的各种习俗与制度。而且,母性的第二层含义是叠加在第一层之上的,也就是说,父权社会中作为习俗的母性压抑和削弱了女性的发展机会和创造潜能。[①]

里奇的定义表明母性虽然包含制度与经历两层内涵,但经历的赋权性往往被母性的制度性所削弱与压制,这表明母性制度性的影响力之强。本书上篇已经系统探讨了制度化母性的具体所指与典型特征,本章将把分析重点放在对作为经历的母性的细致解读之上,深入挖掘母性的多重意义与影响。在里奇的讨

---

① Rich, Adrienne. *Of Woman Born: Motherhood as Experience and Institution*. 2nd ed. New York: W. W. Norton and Company Inc., 1986: 13.

论视域中,母性经历从本质上讲具有赋权的功能[①],但这种赋权意义却极易被作为制度的母性所压抑,其中的矛盾关系在里奇的《生于女性》中以自传性讲述的方式得以真实呈现。小说《布鲁斯特街的女人们》也细致呈现了母性经历是如何与母性制度交互影响,达成对母亲/女性主体性的压制与束缚的。

在《布鲁斯特街的女人们》中,黑人母亲玛蒂与科拉在践行母道的过程中,自觉或不自觉地内化制度化母性的规约,身陷母性经历的困扰之中,未能成功实现母性经历的赋权功能,相反在母性经历中逐步迷失了自我的真实存在。玛蒂的母性问题在于她把母亲身份看作自我主体性的外现,把儿子对自己的依赖当作自我价值的彰显。缺乏主体意识的母亲更是未能理性践行母道,仅在母性经历中释放无条件的爱。科拉选择做母亲的初衷是拥有类似于洋娃娃的幼儿,满足其自小形成的内心偏爱,其母性行为具有明显的自私与不负责任的特征。两位母亲的母性行为虽有所不同,但引发了相似的母亲主体危机与母子/女关系异化。从本质层面讲,玛蒂与科拉的母性价值皆被制度化母性所束缚与控制,无我的母性经历是制度化母性规约限制的结果。然而,细察可见,作为非裔美国母亲群体代表的玛蒂与科拉又以其异化的母性经历揭示出种族问题所产生的负面影响。玛蒂由于社会地位的缺失以及丈夫的缺席而视母性经历为自我身份的建构源泉,并不自觉地深陷其中,引发了母性存在危机。科拉的母性经历看似盲目、儿戏,然而她对"做母亲"的渴望却源于对洋娃娃的喜爱,而这正是种族文化侵蚀的结果。作者内勒在回应西方母性研究先进观点的同时亦注入自身的思考,即母性经历在父权文化与种族文化的双重影响下所遭遇的束缚性更为典型。

小说第二章交代了玛蒂成为单身妈妈的经过,她年少时爱上了花言巧语的街头流浪汉布奇,在一片甘蔗地失去处女身,并怀上身孕。老实固执的父亲塞缪尔发现女儿失身之后,痛心而绝望,并被女儿拒不交代孩子的父亲是谁所彻底激怒,不顾妻子的求饶而狠狠地抽打玛蒂。"父亲的棍子抽打在她的腿上和背上

---

① 里奇作为母性研究的奠基人,虽然在其《生于女性》中开宗明义地交代了母性经历的潜能所在,然而,在该书中她把探讨焦点更多地放在了对制度化母性的批评解读之上。后来,不少白人母性研究学者积极探讨与挖掘母性的压制内涵,同样忽略了母性的赋权意义。母性经历的赋权价值在21世纪初期得到的关注日益增多。本章主要选择审视母性经历之于非裔美国母亲群体的束缚性,进而总结当代非裔美国作家与白人母性研究学者之间的对话关系。

时,她感到自己身体里有一阵痛苦的痉挛,于是,她紧紧地蜷缩着,竭力保护好自己的肚子。"(WBP 23)①最后,玛蒂为了保护无辜孩子的生命,选择离开南方的家,自此,她的自我主体开始完全建构在母亲身份之上。单身妈妈的生活艰辛可想而知,然而,玛蒂仍然尽自己最大的努力抚养儿子巴西尔。玛蒂在工作的午休时间,一路狂奔回家,只为能抱一下自己的孩子。当发现恶劣的居住环境使得巴西尔的脸蛋被老鼠咬到时,玛蒂忍无可忍地搬家了,尽管她并不知道自己能否找到别的去处。母性存在/母亲身份成为玛蒂最重要的生命依靠。

对母亲身份的固执坚守不仅让玛蒂的女性存在危机重重,同时还间接造成了儿子的性格缺陷。巴西尔从小娇惯成性,性格消极且不负责任,然而,玛蒂却从不正视这些问题,仍为儿子需要自己而沾沾自喜:"从未怀疑过儿子会在她有需要的时候不在她身边。"(WBP 44)巴西尔在学校表现差,受到校方的批评,而这种批评在玛蒂看来却是不公的,为此她更是觉得自己需要保护儿子。

> 不负责任,学校的老师如此评价儿子。不过是清高(high-natured)罢了,玛蒂自己回答道。他不是说过在学校里每个人都针对他,每个人都与他作对吗? 只有她,是巴西尔一次又一次转学、她一次又一次换工作后的永远的避难所。他们要求得太多了。她为儿子一直需要她感到骄傲,尤其是在他人指责儿子,指责他一事无成的时候。(WBP 43)

如果结合母性研究学者拉迪克关于母职工作的划分(生养、抚育以及引导子女适应社会)来看,玛蒂的母性经历问题重重,无助于母亲主体性的建构与儿子的人格发展。拉迪克在《母性思维》中提出:"一旦成为母亲,女性无私的爱便以三种不同的形式得以呈现。第一种是生养孩子,保护孩子不受外界潜在的伤害。第二种是抚育子女,主要从身体、情感以及认知等层面引导子女的成长。第三种则是帮助子女融入社会,让同辈人能够接受他们。"②玛蒂虽然倾其所有抚养儿

---

① Naylor, Gloria. *The Women of Brewster Place*. New York: Penguin Books, 1983. 本书中该小说的中文均为笔者所译。

② Ruddick, Sara. *Maternal Thinking: Towards a Politics of Peace*. Boston: Beacon Press, 1989: 22.

子成人,却过度保护孩子,处处寻找借口为儿子的不当行为开脱,最终间接导致了儿子产生性格缺陷。从情感与认知方面讲,玛蒂也没有提供正常与积极的引导,同时也未能引导儿子以恰当的方式融入社会。巴西尔冲动之下的袭警行为则表明他不具备健全的法律意识,以及与人相处的理性思考能力。

回到"女家长"话题,结合美国黑人母亲的生活现实,可以发现,一旦黑人子女出现任何学业或生活问题,白人社会就转而谴责黑人母亲,称其为"失败的、不称职的母亲"[①]。黑人母亲的母职缺位被认为是黑人子女读书差、犯罪率高的罪魁祸首,是导致美国社会不安定的一个主要因素。[②] 这种说法显然具有转嫁社会矛盾的理论漏洞,但对于玛蒂而言,她的养育失职的确也是巴西尔犯罪的原因之一。玛蒂虽然给予了儿子无限的关注和爱,但是,依照拉迪克的说法,由于没有参透"关注"与"爱"真正的伦理内涵,她最终被剥夺母亲身份的结局似乎不可避免。如果借用法国思想家西蒙娜·韦伊(Simone Weil)的说法,影响母亲真正关注子女以引导其健康成长的主要因素是"幻想"(fantasy)。当然,韦伊所言的"幻想"并不是一般意义上的不切实际的想象,而是指"盲目追信自我所想象的价值与目标"[③]。

对于玛蒂而言,她的幻想就是自己能够提供给儿子足够多的庇护,而儿子也会一直需要她的帮助。正是由于这种盲信,玛蒂一直为自己的付出而心存满足,而忽视了对巴西尔性格缺陷的正面关注。拉迪克强调母亲应该关注子女的身体、情感与认知等方面的多维发展,进而培养出能够适应社会的健康子女。显然,玛蒂耽于自己的幻想,认为自己所提供的是儿子最为需要的。而且,从文本叙述中可以发现,玛蒂把巴西尔的性格问题(她甚至否认儿子不负责任的性格问题)归咎于社会的不公,以及社会对黑人子女的苛刻对待与过高要求。可以说,玛蒂把关注与幻想混淆起来,在处理母子关系上存在失职,并形成了对母性的非真实建构。由此,唯有抛开幻想,母亲才能真正关注子女,这种关注"可以教会母

① Moynihan, Patrick. "The Negro Family: The Case for National Action". *Articles on African-American Gender Relations*. New York: Hephaestus Books, 2011: 58.

② Moynihan, Patrick. "The Negro Family: The Case for National Action". *Articles on African-American Gender Relations*. New York: Hephaestus Books, 2011: 56-61.

③ Weil, Simone. "Human Personality". In George A. Panichas (ed.). *The Simone Weil Reader*. New York: Moyer Bell, 1977: 328.

亲如何不把爱当作控制与利用子女的手段,并抛开母亲以自我为中心的养育方式"①。

"爱"在母子/女关系中具有与"关注"同等重要的价值,一旦被错误认知,同样极易引发关系危机。在父权文化规约下,母亲们认为太多的爱会构成儿子获得男子气概的主要障碍,由此,通常意义上的"好母亲"会允许儿子蔑视母亲的女性情感,这种做法是"对女性的最为普遍意义上的蔑视"②。母亲之所以忍痛承受儿子的蔑视是为了培养他们符合社会期待的男子汉品格。当然,从该层面谈的男子气概存有偏颇,甚至不人性之处,但不可否认的是,唯有如此,所培养出的男性更容易融入社会,进入拉康精神学派所指称的"象征界"。那么,以此来审视玛蒂的母爱行为,不难看出,她无意识之中拒绝外部的"象征界",选择把儿子留在前俄狄浦斯的母子同一的"想象界"。这种做法虽然保存了母子之间的同一感(oneness),却也剥夺了儿子认识世界、形塑自我的机会,这可被视为巴西尔由于对自我和世界认识不足而缺乏责任感的重要原因。玛蒂的爱从实质上说是一种不肯放手的控制,最后儿子不负责任的逃离恰是摆脱母亲控制的隐喻性表征。

如何处理母子关系的确是人际互动交往中的难题之一。《布鲁斯特街的女人们》中玛蒂与巴西尔之间异化的母子伦理关系恰说明了正确理解与发挥关注与爱的引导力量的重要性,正如拉迪克所言:

> 如果能够践行作为能力的关注,以及作为美德的爱,母亲可以积极有效地引导子女的成长,并形成建构于母性实践中的母性思维。关注与爱可以帮助母亲摆脱社会所强求的不真实顺从(inauthentic obedience)……关注与爱是建构客观现实的根基,而这种现实指的是个人的成长经历,一种以爱的眼光来观察的现实。关注是与爱相关的认知能力,是个人知识体系中的特殊种类。这种真挚、纯洁、无私、无偿、慷慨的关注就是爱。③

---

① Ruddick, Sara. "Maternal Thinking". *Feminist Studies*, 1980, 6(2): 351.

② Rich, Adrienne. *Of Woman Born: Motherhood as Experience and Institution*. 2nd ed. New York: W. W. Norton and Company Inc., 1986: 130.

③ Ruddick, Sara. "Maternal Thinking". *Feminist Studies*, 1980, 6(2): 351.

在谈及玛蒂溺爱儿子的问题时，学者拉里·R.安德鲁斯（Larry R. Andrews）的分析可谓鞭辟入里："倾其所有养育子女，并以母亲身份定义自我存在是众多女性所易犯的母性错误，其所践行的母道实则体现了男权文化定义的控制性角色。"[①]学者乔伊斯·伊莲·金（Joyce Elaine King）与卡洛琳·安·米切尔（Carolyn Ann Mitchell）认为，非裔美国文学中常出现两种极端的母子关系，"一种是以极其严厉的方式训练儿子的坚韧性格，一种则是牺牲自我，无条件地溺爱儿子"[②]。玛蒂与巴西尔的母子关系显然属于后者。玛蒂的母亲主体性也正是迷失在了这种完全依附母子关系而践行的母性经历之中。

科拉是故事中典型的不负责任的母亲代表，她关爱子女的行为与初衷都让人匪夷所思。科拉仅在子女极为年幼之时提供帮助与关爱，而一旦他们能够生活自理便甩手不顾。"只生不养"的母性行为让科拉成为读者眼中的"坏母亲"，然而，细察其行为选择背后的成因则能发现作者内勒对非裔美国母亲群体的独特关注。科拉母性"关注"力的丧失一方面源于其母亲的指导缺位，"母亲从来没有给她讲过如何做母亲，如何养育子女"（WBP 123）；另一方面，白人主流文化价值的渗透让科拉不可避免地迷恋洋娃娃。

黑人女性对洋娃娃的迷恋情节在莫里森首部小说《最蓝的眼睛》中同样有所刻画，并且是主人公佩科拉走向毁灭的原因之一。小说名称"最蓝的眼睛"意指白人女孩的漂亮眼睛，是佩科拉穷其一切所愿换取的东西。佩科拉花尽自己费劲积攒的钱怯生生地去白人店里购买几颗奶糖，只为糖纸上的白人女童星秀兰·邓波儿（Shirley Temple）的画像和她那双漂亮的蓝眼睛。后来，佩科拉足足喝光麦克希尔太太家三夸脱的牛奶，让后者大为光火，同样，佩科拉这次也是为了牛奶杯上的白人女孩头像。白人小女孩就是洋娃娃的表征，她们漂亮、可爱，为众人所喜爱。佩科拉追捧她们，膜拜她们。与之形成反讽对比的是，佩科拉的

① Andrews, Larry R. "Black Sisterhood in Naylor's Novels". In Henry Louis Gates (ed.). *Gloria Naylor: Critical Perspective Past and Present*. New York: Amistad, 1993: 292.

② King, Joyce Elaine & Carolyn Ann Mitchell. *Black Mothers to Sons: Juxtaposing African American Literature with Social Practice*. New York: Peter Lang, 1995: 12.

同龄女朋友克劳迪娅则故意拆坏白人洋娃娃以表达对种族文化的抵制。由此足见,洋娃娃是西方主流文化渗透、影响非裔美国群体生活的所指符号。

有别于佩科拉,科拉则把对洋娃娃的追捧表现在不断生育孩子方面,照料幼儿成为其玩弄洋娃娃的替代性行为。一旦子女稍稍长大,科拉就弃之而不顾,可见其对母性行为的懵懂无知与不负责任。作为母亲,科拉显然未能承担其应尽的职责与义务,母性价值的缺失引发了母亲主体的存在危机。作为女性,科拉由于自身的黑人身份,把自我的存在迷失在对白人主流文化价值的盲目追逐之中。在内化"白即是美"的文化价值方面,科拉与佩科拉的行为具有明显的互文性。作者内勒与莫里森的种族文化认知也具有相似内涵与功能。

简言之,玛蒂与科拉的母性经历虽有不同特征,但同遭母亲主体的缺失。玛蒂把母性经历简单地看作母亲身份的实现保障,决然否定母亲/女性的实际需求,而科拉的母性经历则表明她缺乏最为基本的母性常识,把母性经历视为满足虚幻追求的路径,荒诞而反讽。从内勒的母性书写中可以总结出作者在描述母性经历与母亲主体之间的矛盾关系方面和西方母性研究学者持有相似的态度。然而,内勒却不仅仅呈现了束缚母亲主体的父权文化,还揭示与批判了种族文化的控制性影响。内勒的文学叙述表明,由于种族歧视的存在,非裔美国母亲群体多会把拥有母亲身份等同于母性行为的践行,社会权利的严重缺乏使其转而在母性经历中寻求自我价值。玛蒂与科拉不理智甚至荒诞的母性行为是种族文化渗透于心的具体表征。除此之外,非裔美国母亲群体面对充满敌意的生存环境往往性格坚韧、情感粗糙,对女性自我的身体与情感需求更是选择忽视与压制,这从侧面反映出种族文化与父权制度对母亲主体的长期剥离。

第二节　母亲欲望的否定与放弃

对于非裔美国母亲群体而言,父权、种族、阶级等多重制度的叠加使其母亲主体的建构更为艰难,母亲的欲望更是无法得以释放,她们只能在与他人,尤其是与子女的互动中寻找自我存在的价值。小说《布鲁斯特街的女人们》中,玛蒂不仅把母亲主体建构在母子互动之中,把儿子对自己的经济依赖视为母亲存在的最大价值,还彻底否定母亲自身的身体与情感需求。故事中与玛蒂有相似遭遇的是希尔。希尔是热心女士伊娃的外孙女,是玛蒂人生中最为亲近的人之一。希尔婚后完全把自我依附在丈夫身上,而后者经常离家出走的不负责任行为引发了希尔的存在危机。随着女儿的夭折,希尔的母亲身份也由此被无情剥离。玛蒂与希尔对母亲自身情感与身体欲望的否定成为她们主体缺失的重要成因,以具体的母性经历回应着法国派母性研究学者的重要观点,成为作者内勒与母性研究学者之间积极对话的焦点所在。

　　单身母亲玛蒂怀抱幼儿四处寻找住处时,得到了黑人女性伊娃的热心帮助。伊娃无偿为母子二人提供住处,朝夕相处中,她发现玛蒂对儿子过度依赖,便有意识地引导玛蒂去正视自我的存在价值,鼓励其在母性经历之外成就自我。然而,坚守母亲身份的玛蒂根本无法接受伊娃的建议:

　　　　"孩子们转眼间就会长大,玛蒂。而你会拥有什么……没有哪个女人愿意长年累月地独守空房。"

　　　　玛蒂在伊娃的注视和追问下,脸蛋涨得通红,回答道:"自从有了巴西尔,我可从来没有独守空房。"(WBP 39-40)

　　玛蒂还以"巴西尔还是个孩子""他晚上睡觉怕黑"等理由回绝了伊娃的建议,表明其对自我欲望的果断放弃。"无我"的玛蒂选择在儿子对自己的需要中找寻存在价值。细读文本,可以发现玛蒂对自身欲望的否定与放弃有着复杂的成因,并且是一个动态演变的过程,这逐层揭示出黑人社区文化以及美国主流文化对女性群体的渗透性影响。玛蒂出生在美国南方的一个保守家庭之中,父亲是绝对的权威,恪守传统价值。父亲希望女儿成人后嫁个老实人,安稳度过一生。街头流浪汉布奇是父亲最为担心的危险人物,所以当布奇初次同玛蒂搭讪时,玛蒂惶恐不安。这种不安正是父亲平日里价值灌输的结果,然而,出于对外界的好奇,玛蒂第一次违背了父亲的命令。玛蒂对布奇所谈论的东西充满了好奇,甚至认同。于是,年轻的玛蒂与布奇走进甘蔗地,失去了处女身,并怀上了巴西尔。由于父亲的坚决反对,玛蒂未能与布奇组建家庭,然而耐人寻味的是,玛蒂却从来没有因为爱情的夭折而伤心绝望,因为她拥有情感欲望的替代对象——儿子。从该层面讲,玛蒂对儿子的过度溺爱似乎多了一层含义,因为儿子是她爱情的结晶,是她回忆甜蜜往昔的念想。

玛蒂与布奇的交往是她释放身体与情感欲望的例证,却遭遇父亲的严厉阻止与毒打。那么,玛蒂逃离父母的家,独自抚养儿子的决定可被视为一种折中的矛盾行为。一方面,玛蒂不愿再回归父亲的家,按照父亲的意愿嫁人;另一方面,布奇的不负责任也让玛蒂从此不敢轻信男子,并把女性情感永远地埋藏起来。玛蒂对女性情感的矛盾态度恰说明父权文化对女性的深远影响。玛蒂父亲对女儿的严格管教以及布奇对黑人社区女性的大胆评价揭示出了一个重要的文化现象,即黑人女性的身体欲望必须受到压制,否则会遭遇白人社会的诋毁与否定。学者拉苏尔·莫瓦特(Rasul Mowatt)与拜亚娜·弗兰奇(Bryanna French)指出,黑人女性的身体曾被严重刻板化与污名化,萨拉·巴特曼(Sara Baartman)便是一个典型案例。巴特曼的裸体画像在 19 世纪的伦敦被展览过数年,被称为"黑色的维纳斯"(Hottentot Venus)。[①] 所以,出于对白人社会诋毁黑人女性的惧怕以及对女儿的保护,不少黑人家庭都严格管教女儿,因此玛蒂父亲的粗暴行为以及布奇关于黑人女性行为的疑问便可得以理解。

相比之下,故事中希尔的两性经历则更具典型性。希尔自小在外婆伊娃的照管之下长大,伊娃去世后,希尔婚后的生活则变得日益艰难。其中最大的问题是希尔把自我完全依附在丈夫之上,失去了女性生存的独立性。从互文的角度来看,希尔的婚后生活与莫里森小说《秀拉》中的奈尔极为相似。她们忽视女性的自我情感需求,把自己彻底地伪装起来,以满足男性的需要。希尔的丈夫尤金是不负责任黑人男性的典型代表,外部世界的不公平遭遇让他把怒气与怨气转移到了妻子身上,毫无征兆的不辞而别成为生活常态。面对丈夫的逃避行为,希尔从不反抗,甚至不愿去面对现实,并心甘情愿地把家庭的困难归因于自己的无能。为了挽留丈夫,希尔对他一切不合理的建议,甚至是玩笑都唯命是从。丈夫觉得是家庭的负累让他无力谋取理想工作,是生活的压力让他不得不去远方工作(而多次经历证明他所声称的去远方工作只是他逃避家庭的借口而已)。由

---

① Mowatt, Rasul & Bryanna French. "Black/Female/Body Hypervisibility and Invisibility: A Black Feminist Augmentation of Feminist Leisure Research". *Journal Leisure Research*, 2013, 45(5): 644-656.

此,在丈夫的威逼下,希尔不得不放弃生养他们的第二个孩子,尽管她从来都"视孩子为珍宝"(WBP 98)。

最终丈夫仍以外出工作为由离开了希尔,希尔的牺牲变得毫无意义,反讽至极。更为悲剧的是,就在希尔苦苦哀求丈夫留下的时候,独生女儿塞丽娜在厨房玩耍时将一把叉子插进了电源插座,不幸触电身亡。失去女儿的希尔变得一无所有,情感上更是无依无靠,一心想了结自己的生命,"她真是厌倦了伤害,虽然上帝懒得将她的命也带走,她只好自己慢慢撒手了"(WBP 101)。

玛蒂与希尔遭遇了相似的母亲/女性主体迷失问题,她们否定女性身体与情感欲望,把自我主体建构在对子女抑或丈夫的依赖之上。随着依附对象的逃避与离去,玛蒂与希尔一度失去了生活方向。玛蒂在儿子逃跑后搬至布鲁斯特街居住,回味起伊娃的忠告,并逐渐传承了伊娃所坚守的母性文化,而绝望无助的希尔恰又在玛蒂的女性情感感召下逐渐重构自我。女性之间的情感交流成为黑人母亲们彼此依靠、相互疗伤的重要路径,也是她们重新正视母亲/女性自身价值的独特媒介。作者内勒对母亲主体迷失的探讨与西方母性研究学者的观点一致,认为在父权文化逻辑下,母亲/女性的身体与情感完全被否定,话语权被剥夺,母亲在他人的需求之中逐渐消解了自我的真实存在。然而,在如何重构母亲主体与恢复母亲身体与情感认知方面,内勒的文学叙述则提出了极具美国黑人文化特质的有效途径,即母性关怀的传播与女性之间的情感交流是重塑母亲主体的前提保障。下面一节将继续以文本细读的方式,论证母亲/女性情感交流在恢复母亲主体性方面的重要意义。

第三节　母性关怀与母亲主体意识觉醒

内勒以具体的母性经历呈现了母亲主体迷失的实际表征与多重动因,其中父权文化与种族歧视交织而成的制度化母性直接导致母亲/女性对自我身体与情感的否定,主体建构的着力点被抽离。玛蒂与希尔皆因把母亲身份建基在他人的需求之上而严重缺乏自我的独立意识,忽视与否定女性身体与情感需求,引发了女性存在危机。这种母亲主体危机在伊里加蕾、克里斯蒂娃与西苏等学者看来是母亲否定自身欲望的必然结果。在揭示母亲主体迷失方面,作者内勒与母性研究学者具有观点一致性,然而,内勒并不止于揭示母亲的主体迷失,还通过对女性互助交流的描述提出重塑母亲/女性主体的具体路径,即以美国黑人文化中的母性关怀①为切入点,并围绕"洗礼"这一仪式性活动肯定了女性互助在重塑母亲主体过程中的重要意义。

玛蒂在自然母亲身份被剥夺之后,通过与社区其他女性的交往延续了母性关怀力量,以切身实践建构女性的关怀伦理。关怀伦理学把关怀分为自然关怀和伦理关怀。自然关怀源于爱的情感,如母亲照顾自己的孩子,是一种自然反应,不需要伦理上的努力;伦理关怀源于对自然关怀的记忆,要以自然关怀为基础。母性研究学者拉迪克从母性的视角谈论关怀,强调一种女性的视角与声音,注重情感和人们之间的关系,以及同情、仁慈等等,认为这些被父权文化所否定的女性品质是建构母亲/女性主体的力量源泉。在《布鲁斯特街的女人们》中,玛蒂在成为社区母亲之后身体力行地发挥出母性关怀的积极力量。

在希尔失去丈夫与女儿,绝望无助之际,是玛蒂出手救了她,并给予她生存下去的希望与动力。当看到奄奄一息的希尔时,玛蒂像一头"要竭力保护幼崽的黑婆罗门牛"②(WBP 102)冲向希尔,把她紧紧抱在怀里,并前后地摇晃起来,"……进入她的伤痛深处,她们找到了,一个银色的小碎片,就嵌在皮肤表层下。玛蒂边摇边扯,碎片松动了,可是它的根却又深又粗,盘旋交错,拔出来时连着肉……留下一个大洞,已经有脓水流出来了。但是玛蒂知足了,伤口会愈合的"(WBP 103)。玛蒂对希尔身体的清洗具有强烈的仪式感。在整个清洗的过程中,玛蒂和希尔虽然没有言语上的交流,但玛蒂的动作"舒缓、充满虔诚,好像是在照顾一个新生儿",而浴后的希尔"感到清凉的空气轻抚着她洁净的肌肤,毛孔里散发出新鲜的薄荷味。她闭上眼睛,体内那团火不见了,眼泪不再受到煎熬,不再蒸煮她的内脏"。希尔的泪水喷涌而出,这是女儿死后她第一次哭泣,但

① 这里所论证的母性关怀与本书下篇所详细阐释的母道文化,尤其是社区母亲的关怀价值具有概念上的一致性,在非裔美国文学族群中发挥着至关重要的作用。

② 内勒在故事中引入婆罗门牛(Brahman Cow)的意象并不仅仅是为了增强作品的修辞效果,还在于强化玛蒂的母性能量。在印度教中,婆罗门牛是执掌生育与繁衍的神。此外,婆罗门牛有别于其他属种,浑身披有又长又卷曲的毛发,在外形上也影射着非裔美国女性群体。

是"玛蒂知道泪水会止住的……清晨会到来的"(WBP 104-105)。

这段描写是小说中彰显母性情感与母性力量的经典段落。学者朱迪丝·维尔特(Judith Wilt)认为玛蒂是希尔的再生母亲与精神导师,"在治愈希尔的过程中,玛蒂成为重赋子女生命的圣母,清洗女儿的伤口……希尔的沉睡是为了更好地活着,而这一切得益于玛蒂所传递出的母性力量"①。国内有学者认为,"整个洗浴过程看似一个纯净的行为,但是这个过程中有两个世界的叠加,一个是现实的,一个是想象的,通过传承下来的特定仪式,完成了历史与现实的链接和重构。这种想象的世界更多的是沉淀下来的集体无意识,使这种链接和重构呈现出生命本体复归的神圣和庄严"②。学者玛格丽特·厄利·威特(Margaret Earley Whitt)也认为,内勒的"每一部小说都向读者展现了一个黑人女性的社区,在这个集体里,黑人女性相互支持,相互帮助,用自己的生活丰富着彼此的生命"③。芭芭拉·克里斯蒂安(Barbara Christian)直接把小说定位为"女性相互养育、相互爱护"(women mother one another)的典型文本,认为内勒高度颂扬了一种得益于母道、滋养、互助的女性品质,而这种品格有益于营造健康的人类关系。④

来到布鲁斯特街之后的玛蒂通过对过往生活的反思,尤其是母子关系的思考,更加明白了"爱"的意义与价值。玛蒂把这种母子/女伦理关系中的关注与爱毫无保留地运用到了对社区子女的关怀之中,在传承黑人传统文化的同时,塑造出了属于黑人,甚至全人类的关怀伦理观。除了希尔之外,玛蒂还以自己的女性之爱去帮助被男性玩弄了感情的好友依塔。依塔是玛蒂曾拖着有孕之身时投靠的好友。依塔与玛蒂不同,一心向往理想爱情,渴望找到灵魂伴侣共度人生。直到中年,依塔的好梦都没有降临。当遇到风度翩翩的当地牧师伍兹时,依塔的爱

---

① Witt, Judith. *Abortion, Choice and Contemporary Fiction: The Armageddon of the Maternal Instinct*. Chicago: The University of Chicago, 1990: 144.

② 李敏."新时代运动"背景下的美国黑人女性灵性书写——以《寡妇颂歌》与《布鲁斯特街的女人们》为例. 东岳论丛,2016(4):138.

③ Whitt, Margaret Earley. *Understanding Gloria Naylor*. Columbia: University of South Carolina Press, 1999: 1.

④ Christian, Barbara. "Gloria Naylor's Geography: Community, Glass, and Patriarchy in *The Women of Brewster Place* and *Linden Hills*". In Henry Louis, Jr. (ed.). *Reading Black, Reading Feminist*. New York: Meridian Books, 1990: 348-373.

情之火被再次点燃,当然再次以更快的速度熄灭了,"她从未如此颓废地走在人群之间。这个身穿一条皱巴巴的裙子,头戴一顶枯黄草帽的中年女人"(WBP 74)。然而,当无比绝望的依塔走向玛蒂的家时,她突然听到从窗子里飘来的布鲁斯音乐,意识到"有人正等她回来"(WBP 73)。这份等候是玛蒂母性关怀的延展。对依塔而言,这份等待与爱成为她生活下去的精神支柱,"依塔自己轻轻地笑了起来,当她爬上楼梯走向那丝光的所在时,她知道爱与关怀正等候着她"(WBP 74)。这一细节不仅表明依塔在爱与关怀中得以重生,同时也透露出玛蒂身上母爱的升华以及关怀伦理的发展。

从对待希尔与依塔的伦理关怀上,玛蒂身上都表现出以母性情感为起点的伦理观。然而,作为一种伦理研究,关怀伦理学一经提出,便由于其本质主义的倾向、对权利话题的忽视以及把男女对立起来的看法而遭到不少非议与诟病。鉴于此,关怀伦理学进一步强调女性以情感、人际关系来进行道德判断与伦理选择并不是要夸大母亲/女性的生理属性,相反,它提倡以一种母亲/女性的关怀视角来实践非功利、非理性的道德行为。此外,关怀伦理学并不放弃对权利的追求,拉迪克在一次访谈时鲜明地指出:"我并不否认权利与公正……相反,权利对于被虐待的人是必不可少的。关怀伦理赞赏的关系正要求保护性距离和不可侵犯的完整性,而这正是'权利'一直要保障的。我们的任务是将'权利'发展的情景重新概念化,以便使权利不再保护一个被辩护的和去辩护的个体,而是去证明支持尊重人的行为和集体的责任,'一个社会靠的是女性自己'。"①内勒持有与拉迪克相似的关怀伦理立场,这一点她在小说《布鲁斯特街的女人们》的结尾处给予了清晰有力的呈现。

小说最后一章"街道聚会"讲到布鲁斯特街的女人们(包括已经远离此处的希尔)做了一个相似的梦,梦中都有沾满鲜血的墙。鲜血是年轻女性洛林和无辜受害者本的死亡讯号。洛林被街头混混轮奸后精神恍惚,连夜拖着受伤的身体往住处爬去,在破晓时分恰巧遇到早起的本。洛林无法分辨对方是谁,出于自保把手里的砖头向本不停地掷去。最终两条人命葬送于那个不堪回首的一夜,而阻隔布鲁斯特街与外界的墙则成为悲剧的无声见证者。流淌于此的鲜血再也无

---

① 肖巍.“关怀伦理学”一席谈——访萨拉·拉迪克教授. 哲学动态,1995(8):39.

法抹去,由此,布鲁斯特街的女人们以从未有过的团结与力量用手把这堵墙拆除了:

> 女人们纷纷向墙撞去,用刀子、塑料叉子、尖鞋跟,甚至徒手去拆除墙砖。雨水顺着她们的下巴直流,淋湿了她们的衣服。被雨水浇透的衬衣和裙子紧紧粘在她们的身上,映衬出她们的胸部和臀部。拆出来的砖头在她们身上高高垒起,和砖头一起被扒出来的还有破旧的桌椅、散落的硬币、团皱的旧账单。以前大家总喜欢把旧桌椅和旧烤架胡乱地堆到墙边,与其融为一体。标着"今日的布鲁斯特——明天的美国"的横幅被大家撕成红黄相间的长条,随意地拴盖在自己的胳膊、脸上……(WBP 186)

虽然布鲁斯特街的女人们狂欢式的拆墙行为发生在大家的梦中,但也表明了她们自我意识的苏醒,团结一致、心照不宣的女性情感在以玛蒂为核心的团体中开始生根萌芽。这种以母性关怀为起点的关怀伦理一旦形成,就会产生极为强烈的女性力量,甚至种族力量。社区激进种族主义女性代表基瓦娜尽管认为这种举动不够理性,但同样被女性同胞的团结所感染,加入了拆墙的队伍当中,至此,基瓦娜的种族斗争获得了真正的情感支持。最后连一直憎恨这些居民的特丽莎(洛林的同性恋女友)也放下以往的傲慢与其他女性并肩作战。正如里奇所言,"一个女人能为另一个女人做的最重要的事情是启发与拓展她内心的实际可能性"①。

国内非裔美国文学研究学者曾艳钰曾这样评价内勒:"关注道德和情感的困惑,同情笔下人物的各种遭遇,积极回应自己作为一个作家的挑战,以一种抒情散文的风格书写坚韧不拔而感性的生活,书写充满咒语和神秘色彩的生活,美国当代黑人女性歌劳莉亚·奈勒不仅用自己的歌声讲述了自己的故事,还再现了

---

① Rich, Adrienne. *Of Woman Born: Motherhood as Experience and Institution*. 2nd ed. New York: W. W. Norton and Company Inc., 1986: 246.

后现代主义语境下的种族和性别。"[①]内勒通过文本叙述描述美国黑人最真实的生活,在揭示生存艰辛的同时也肯定情感、伦理力量在塑造黑人文化和身份中的积极作用。

在《布鲁斯特街的女人们》中,黑人母亲玛蒂在经历未婚生育与父亲毒打之后把所有生存的希望寄托在儿子巴西尔身上。玛蒂以儿子需要自己而感到欣慰与存在的必要,然而,她不自觉地把儿子永远需要自己的幻想等同于关注与爱,并把儿子的不负责任归因于社会的不公,结果在践行母道经验的过程中遭遇困惑,直至儿子再次因为害怕担当而选择逃走之后,玛蒂才开始意识到自己作为母亲的失败。玛蒂对母子关系的反思为她后来成为布鲁斯特街社区女性的精神之母做好了铺垫。玛蒂是挽救希尔生命的力量之母,是依塔在寻找爱情无果、心灰意冷之时的温暖港湾,更是社区女性团结起来打破生存困境的期许者。内勒让玛蒂在梦境中勾勒出社区女性的意识觉醒与团结互助说明她对黑人女性未来的畅想,同时表达出关怀伦理观在黑人社区的成功建构,这是内勒关于母性关怀伦理的发展性观点,也是当代非裔美国文学书写对于母性研究理论的又一突出贡献。

总体上,《布鲁斯特街的女人们》中的黑人母亲们受制于父权文化与种族文化的交互影响,遭遇母亲主体的严重缺失。她们压抑母亲的身体与情感需求,把自我消解在与子女的互动关系中。母亲主体意识的最终觉醒得益于女性之间的互助与团结,体现出作者内勒关于母亲主体建构的独特思考。然而,相比之下,后民权时期作家麦克米兰笔下的母亲形象则更具母亲/女性的自主意识,她们敢于释放身体欲望与表达情感需要,表现出了更为前卫的母亲主体重塑姿态。当代非裔美国作家在母亲主体话题上同样给予了多角度、多层次的书写,且极具思辨意识。

---

① 曾艳钰. 再现后现代语境下的种族与性别——评当代美国黑人后现代作家歌劳莉亚·奈勒. 当代外国文学,2007(4):47.

第五章　《妈妈》中的母亲欲望与主体彰显[①]

　　作为制度与经历的母性共同构成母亲主体重塑的巨大障碍,同时又使母亲主体重构显得尤为可贵。在谈论重构母亲主体性的话题上,法国精神分析学派的母性研究观点鲜明、贡献突出,强调恢复母亲主体需要以正视母亲的身体欲望与情感需求为前提,重新赋予母亲自我言语的机会与能力,帮助母亲重返权力中心。当代非裔美国作家麦克米兰结合后民权时期黑人母亲的生活现实,塑造出了一群勇于表达自我需求的母亲形象,以文本叙述回应着法国精神分析学派母性研究学者的独到观点,肯定母亲解放的积极力量。

　　本章借助法国精神分析学派母性研究学者关于母亲身体与情感的阐释观点,以麦克米兰的小说《妈妈》为批评文本,审视重塑母亲主体性的具体策略及其合理性。黑人母亲米尔德里德勇于正视自己的身体欲望,在与丈夫离婚之后和多位男性交往。在长女对其行为深为不解的情况下,米尔德里德敞开心扉向女儿解释母亲/女性的自我需求,展现其正视女性欲望的勇气以及引导女儿冲破父权思维、追求自我的积极态度。此外,在具体的母子/女互动过程中,米尔德里德选择直接表达母亲的真实情绪,包括积极与消极的人类情感,以此消解传统文化对母亲情感的刻板定位,使母亲成为身体与情感的主体把控者。就此,麦克米兰以文本叙述回应着法国派母性研究学者的先进观点:正视母亲/女性的身体欲望,敢于释放母亲的真实情感有利于赢回母亲的话语权,并使重构母亲/女性主体性成为可能。

―――――――――――

　　① 本章的部分观点出现在笔者所发表的以下论文中:隋红升,毛艳华. 麦克米兰《妈妈》中黑人母性的重构策略. 浙江工商大学学报,2017(2):24-31.但本书中的分析侧重点有明显的不同。论文主要分析影响黑人母性的性别、种族与阶级等多重因素,而本书中的批评重点在于母亲主体的重构话题。

然而,细读文本可察,麦克米兰并没有简单地全盘肯定母性研究学者的理论观点,而是以具体的文本叙述呈现一味追求母亲主体欲望的危险所在。故事中,米尔德里德在努力成为身体与情感主体的过程中一度忽视与否定母性职责,引发了子女成长危机。母亲主体与母性职责之间的抵牾关系让米尔德里德主体建构遭遇阻碍,最终以寻求两者之间的平衡关系为契机使其母亲主体彰显更具启发性与现实意义。麦克米兰通过书写米尔德里德的母性经历为如何真正重塑母亲主体性做出了自己独到而深刻的思考,同时亦对西方母性研究关于母亲主体性的本质论调进行了颇具理论价值的反思式处理。

第一节　成为身体主体的母亲

法国派母性研究学者以精神分析法见长,通过回溯拉康等学者的理论逻辑源头,审视母亲主体性被忽视与否定的最初动因,呼吁恢复母亲的话语权与主体性。伊里加蕾所强调的"弑母"概念蕴含了两层意义:首先是作为主体的母亲的消亡,其次是与母亲的身体联系的断裂。"弑母"为主体进入象征界提供合理解释,而母亲身体自此成为"卑污"的代名词。母亲的欲望与原始快乐被视为卑污的化身,被父权文化所建构的象征秩序所排斥,也是子女建构自我主体所必须分离的起点。以伊里加蕾与克里斯蒂娃为首的法国派母性研究学者对母亲身体与母亲欲望的深度剖析成为解读文学文本中母亲欲望的哲学观测点。作家麦克米兰通过展现米尔德里德的身体欲望消解了父权文化对母亲主体性的压制与剥离,并结合母女关系的细致描述呈现母亲主体彰显的可能性。

小说《妈妈》中,母亲米尔德里德在经历过两次失败的婚姻之后,爱上了与长女弗里达年纪相仿的青年小伙比利。当弗里达发现他们之间的关系后,恼羞成怒地对着自己的母亲大喊:"你在做什么? 难道你把自己当作娼妇了吗?"(*MM* 106)[①]母亲的身体欲望释放被女儿直接称为"娼妇"的表现。女儿弗里达的指责一方面是出于对社会伦理规范的维护(母亲的性对象是与自己年龄接近的男子,

---

① McMillan, Terry. *Mama*. New York: Washington Square Press, 1987. 本书中该小说的中文均为笔者所译。

这让弗里达难以接受），但同时也揭示出男权社会对母亲身体欲望的压制，而这种压制显然直接影响到了脆弱的母女关系，并构成重塑母亲/女性主体性的巨大障碍。克里斯蒂娃在追溯"伊莱克特拉"（Electra）[①]神话故事的过程中揭示了女性在选择"做父亲的女儿？还是做母亲的女儿"时的踌躇与无助。克里斯蒂娃认为，伊莱克特拉弑母并不是源于母亲杀害父亲从而使她无法表达对父亲的爱恋，而是因为母亲在同埃奎斯托斯的不正当关系中展现了女性身体的"愉悦"。母亲是不能享受愉悦的。[②]伊莱克特拉对母亲愉悦行为的否定恰是父权文化在女性身上完全内化的一种表现。

　　克里斯蒂娃指出，在西方基督教文化中，母性是母亲/女性享受身体愉悦的显著外现，而这种愉悦是要不惜一切代价予以压制的：母亲的生育活动必须严格遵守父亲的指令（Father's Name）。[③]对女性而言，进入社会意味着接受父权文化的规约，由此她们面临着必须进行的抉择：选择追随母亲而永远被父权社会所拒绝，或者抵制母亲身体，选择追随父亲从而被社会所承认与接纳。克里斯蒂娃进而强调认同父权文化不仅意味着否定母亲的身体欲望，同时也包括否定女性自身。伊莱克特拉的神话故事有力说明了母亲欲望被否定之根深蒂固。《妈妈》中的弗里达同样对母亲米尔德里德的女性愉悦行为表达出了强烈的不认同，直接称母亲为"娼妓"。弗里达是家里的长女，正处于青春期，其性别意识尚未完全成熟，她遭遇了与伊莱克特拉相似的困惑："做父亲的女儿，还是做母亲的女儿？"在弗洛伊德等精神分析学家看来，女儿由于对阳具文化的恐惧而产生了对母亲的抵制心理，同时认为是母亲的身体放纵导致了社会的不稳定，母亲应该压制自

　　① 伊莱克特拉是古希腊剧作家埃斯库罗斯（Aeschylus）所著"俄瑞斯忒亚"（Oresteia）三部曲之一《阿伽门农》（*Agamemnon*）中的人物。由于对丈夫阿伽门农把女儿依菲琴尼亚（Iphigeneia）献祭战神以换取战场上的合适的风向心怀不满，克吕泰涅斯特拉（Clytemnastra）以同埃奎斯托斯（Aegisthus）发生性关系作为报复，并合谋杀害了从战场归来的阿伽门农。女儿伊莱克特拉得知后，同兄弟俄瑞斯忒斯（Orestes）联手杀害了母亲。"伊莱克特拉情结"（Electra Complex）同"俄狄浦斯情结"（Oedipus Complex）相对，意指女儿爱恋父亲而仇恨母亲的复杂感情。

　　② Kristeva, Julia. *About Chinese Women*. Trans. Anita Barrows. New York：Marion Boyars Publishers，1977.

　　③ Kristeva, Julia. *About Chinese Women*. Trans. Anita Barrows. New York：Marion Boyars Publishers，1977.

身的欲望。由此,法国精神分析学派的女性主义学者直接进入拉康的精神分析领域,寻找母亲/女性遭遇主体剥离的源头所在,呼吁重新审视母亲的身体欲望,并揭示其背后的父权逻辑,赋予母亲以身体为据点的女性主体性。麦克米兰在《妈妈》中正面思考母亲的身体欲望,并以母女关系为探讨线索,全面呈现该命题的复杂性与延续性。

在弗里达怒称母亲为"娼妓"的第二天,米尔德里德和女儿进行了一次极具启发意义、母亲宣言式的谈话:

> 孩子,既然你已经长大,那就让我给你好好讲讲,你知道你的母亲每晚躺在空旷冰冷的床上都在想什么吗? 在想我的孩子明天吃什么用什么。我每日拼命地干活都是为了你们。我没有在自己身上花过一分钱。有谁在为米尔德里德着想? 没有一个人! 有谁在我需要的时候安慰我一句、抚摸我一下? 没有一个人,一个鬼都没有。(MM 106-107)

这段独白无疑是米尔德里德的母性宣言,与《篱笆》中罗斯的母性呐喊具有极强的互文性,都有力表明母亲主体被否定、欲望被压制的现实。"空旷冰冷"的床、"没有一个人"替她着想都指向米尔德里德的孤独与无助。把米尔德里德的自述视为母亲的宣言也侧面反映出日常生活中母亲极少表达自我情感与欲望需求,她们的自我无形地消解在了他人的需求之中。"在想我的孩子明天吃什么用什么"的实际内容填满了米尔德里德的生活。女儿弗里达对母亲的当面指责也暗示出子女对母性的固化认知,认为母亲是不具有自我实际需求的群体。米尔德里德的直面回应有力且直接,她告诉女儿不管镇上的人如何议论,自己都要和这个男人结婚,因为"他会让我觉得自己还是一个女人"(MM 108)。母亲直接坦白自己对性的需要引起了弗里达对女性主体的再思考,也促使其形成独立、自主的价值观。从理论层面上讲,麦克米兰通过书写米尔德里德的身体欲望来谈论母亲主体性,与法国精神分析学派的母性观点具有一致性。在伊里加蕾看来,还原母亲的主体地位需要重新审视母亲自身的价值与欲望,"我们必须给她追求快

乐的权利,享受愉悦的权利,拥有激情的权利……"①学者本杰明曾这样描述母亲的欲望:

> 母亲不是性欲的主体,不是一个主动为自己有所求的人——正好相反。从根本上讲,母亲是去性的形体……正如母亲的力量并不属于她自己,而在服务孩子身上,因此,女性并没有做她想做的事的自由;她不是自己的欲望的主体。她的力量也许包括了对他人生命的控制,却绝非自己的命运的控制。②

在书写母亲身体欲望方面,《妈妈》与莫里森小说《秀拉》具有互文性。然而,有别于汉娜与秀拉这对母女相对激进的女性解放姿态,米尔德里德与弗里达这对母女之间所传递与承继的则是更为积极的母亲/女性生存态度。弗里达最终理解了母亲并支持其追求自我。在米尔德里德与男性朋友外出度假时,弗里达自觉承担起照顾家人的责任,俨然成为一位"小家长"(little mammy),且她颇为享受母性职责带给自己的满足感与成就感。这些细节表明,只有在正视与尊重母亲/女性欲望的基础上,才能使重塑母亲主体性成为可能。

麦克米兰以细腻的笔触直接呈现米尔德里德对自身欲望的追求与释放,表达出其对美国社会反母亲浪潮的反思态度,以及对 20 世纪 80 年代重审母亲身体话语的积极回应:母亲的身体欲望由于父权文化的长期存在而备受压制,由此,重塑母亲主体性需要以恢复母亲讲话的权利与母亲自身的欲望为前提。然而,麦克米兰并没有仅仅交代米尔德里德对母亲身体的重新认知与欲望释放,还有意展现其对情感的关注,即作为母亲的米尔德里德不仅努力成为身体的主体,同时亦要成为情感的主体。

---

① Irigaray, Luce. "The Bodily Encounter with the Mother". Trans. David Macey. In Margaret Whitford (ed.). *The Irigaray Reader*. Cambridge: Blackwell, 1991: 34.

② Benjamin, Jessica. *The Bonds of Love: Psychoanalysis, Feminism, and the Problem of Dominion*. New York: Pantheon Books, 1988: 88.

第二节　成为情感主体的母亲

母亲作为欲望主体被否定与压制是多重文化制度长期作用的结果,母亲形象被刻板化、脸谱化,同时母亲情感也相应地被模式化。母亲情感在制度化母性的文化规约下遭遇了两种命运:一是情感属于理性的对立面,理应被否定与压制,而且母性情感被视为不利于社会稳定与子女成长的因素;二是即使母性情感被承认,也仅有无私奉献、关爱他人的母性情感受到鼓励,以强化母亲/女性隶属于私人空间的性别属性,而激情、愤怒、抑郁等负面情感则会使母亲被贴上"坏母亲"的标签,甚至被剥夺母亲权利。小说《妈妈》中的米尔德里德则以释放真实的母性情感(积极与消极并存)还原母亲形象,并为重构母亲主体性赢得机会。作者麦克米兰以文本叙述的方式揭示出父权文化与种族文化双重压制下母性情感被刻板化所引发的母亲主体性危机,回应着西方母性研究学者的先进观点,并积极提出重塑母亲主体性的策略。

非裔美国女性作家赫斯顿曾把黑人女性比喻为"人世间的骡子"(de mule uh de world)[①]。用"骡子"喻指女性,表明她们默然忍受生活的艰辛,同时其个人情感被完全剥离与否定。小说《妈妈》中的黑人母亲米尔德里德则是新时代的"骡子",连续生育(不到 30 岁生育 5 个孩子),默然工作,毫无反抗之力。丈夫克鲁克整日酗酒滋事,动辄打骂妻子,抚养孩子、维持家庭生活的重担完全落在了米尔德里德的肩上。迫于生活压力,米尔德里德做过多种工作:白人家庭的清洁工、养老院的临时工、工厂里的操作工等等。默默无闻地劳作、赚钱养家是她生活的全部内容:"米尔德里德一眼望去,家里的一切都是她赚钱买的。'这是我的房子',她想……这里的一切都是我付钱置办的,包括这房子。是我在西蒙家、胡伦威尔家还是草莓街上不计其数的白人家里擦地板赚钱付了这里所有的账单的。"(MM 13-14)米尔德里德无我的"骡子"式的工作努力却不曾换来丈夫的关心,相反却遭来频繁的毒打。有违人伦的夫妻关系所暴露的恰是非裔美国母亲

---

① Hurston, Zora. *Their Eyes Were Watching God*. New York: Harper Collins Publisher, 2006: 17.

的主体性缺失问题。这里所要分析的主体性缺失主要表现在母亲情感被忽视与否定的现实问题之上。

后民权时期的美国社会，许多黑人男子由于工作机会少或找不到工作而整日无所事事，酗酒、偷窃甚至打骂妻子成为他们的生活常态。丈夫克鲁克便把对生活的不满情绪转移到米尔德里德身上，强化黑人女性的"骡子"式存在状态。然而，当米尔德里德一旦表现出不顺从时，克鲁克便会对其大打出手，恶言相加：

> "难道我没有警告过你你越来越自以为是了吗？"（啪）①
>
> "难道你忘记自己是谁了吗？宝贝。"（啪）
>
> "你还知道什么叫尊重吗？"（啪）
>
> "宝贝，你应该好好想想，我是个男人，不是好糊弄的。"（啪）
>
> "记得不要把我当成傻瓜。"（啪）（MM 10-11）

丈夫克鲁克对妻子的抽打一方面反映出其认为米尔德里德不守妇道，"尊重""我是个男人"等言语暗含着极为强烈的大男子主义倾向，另一方面也表明其深受种族歧视的负面影响。美国社会黑人男子工作机会少，"男主外、女主内"的家庭模式并不适用于黑人家庭，由此，黑人男性的价值信仰（男权文化）与种族生存现实构成了一组不可调和的矛盾，身份反差使得他们转而在家庭里找寻尊严与价值。黑人母亲/女性成为男性发泄情绪的对象，遭遇明显比白人母亲群体更为严重的主体危机。这种危机不仅体现在对男权文化与种族文化的屈从之中，同时也暗指母亲自我情感被剥离的状态。米尔德里德选择以离婚的方式挣脱父权文化的禁锢，争取在为自我赋权的同时也逐渐把自我情感包裹起来以免受到更多的情感伤害。米尔德里德的情感隐退突出地表现在与子女的关系互动之中，最为原始与本能的母性关爱也在生活重压与文化歧视下悄然隐藏，母亲主体危机的情感表征尤为明显。

在"初为人母"到"实为人母"的实际成长过程中，米尔德里德的母性情感发展明显呈现出了一种由强及弱的轨迹历程。起初，米尔德里德的母性情感极为

---

① 皮带抽打的响声。

强烈,"母亲身份对米尔德里德而言意味着一切。在她刚怀上弗里达的时候,她简单不敢相信她的肚子可以变大,但眼看肚子慢慢膨胀起来,就像一个棕褐色的满月时,她兴奋得无法形容……当感觉到孩子在肚子里活动时,她相信这是魔法的力量"(MM 15)。在照顾子女的过程中,米尔德里德同样幸福感极强,"当她用梳子温柔地为孩子们梳头时,她笑了,因为她觉得她在梳的是她自己的头发"(MM 16)。然而,随着生活变化,米尔德里德开始"丧失"了她的母性情感。当她面对懂事、处处为家庭分担的长女弗里达时,"她(米尔德里德)从心底想给她一个拥抱,然而她不能。她的心好像被什么东西裹上了一层,阻止她冲动行事。她从来不轻易流露感情,因为那只会让她看起来懦弱无能,而懦弱无能又只会使她更容易受伤"(MM 46)。米尔德里德之所以选择掩藏自身的母爱关怀是因为她不愿意看起来是"懦弱无能""容易受伤"的。

从理论层面上讲,否定母亲/女性情感是种族文化与性别文化压制母亲的另一典型例证。这段母性情感压抑描述与莫里森小说《秀拉》又具有极强的互文性。《秀拉》中的黑人母亲伊娃面对女儿关于母爱缺位的质问之时,直接表示作为母亲她没有空余时间去考虑是否喜欢自己的孩子。可以说,米尔德里德与伊娃的掩藏母爱的行为初衷皆有被迫与无奈的成分。从现实与理论层面上讲,母性情感的自由释放受制于父权文化与种族歧视的双重影响。借此,作者麦克米兰结合非裔美国母亲群体的特殊经历对母性情感进行了扩充式描绘。

米尔德里德虽然受制于父权文化与种族歧视的双重影响,并被贴上了"女家长"①的命名式标签,但是,她的母性行为不仅有别于《布鲁斯特街的女人们》中的玛蒂过度溺爱子女的情感滥用,也不同于《秀拉》中伊娃回避母爱的强硬行为。米尔德里德能够辩证地审视母爱的力量,在践行母道的过程中逐渐成长为母性情感的主体,积极释放情感,并以此勾勒出母亲主体性。具体而言,当米尔德里德开始意识到母性标准对自我情感的剥离时,她便选择在与子女的情感互动中积极表达母性关怀。米尔德里德得知家中唯一的儿子马尼染上吸毒恶习,偷窃东西换钱买毒品,最终被捕入狱后,当时的她并没有直接惩罚责骂儿子,相反,她选择用家里仅有的积蓄保释儿子出狱。米尔德里德以黑人母亲的包容态度引导

---

① 关于美国主流社会强加于美国黑人母亲的刻板化命名以及影响,将在下一章进行细致剖析与探讨。

儿子积极面对美国社会的各种问题,而不是选择消极应对。面对模仿自己而变得无比坚强,但缺乏情感的长女弗里达时,米尔德里德决定以母亲的拥抱去影响她:"弗里达把头靠在米尔德里德的肩膀上,紧紧和母亲拥抱在一起……她们的这个拥抱不仅献给了过去也送给了未来。"(MM 307)科林斯曾表示:"在白人主流社会的偏见性认知中,黑人母亲多会培养无比坚强的女儿,以及内心懦弱的儿子。"[1]这种对黑人母亲的刻板定位被米尔德里德以具体的母道经验与积极的母爱表达予以消解。此外,米尔德里德对母性情感的重构还表现在敢于释放消极的母亲情感,进而又对母性情感必须是积极的、无私的等刻板规约进行了解构。

　　成为情感的主体,意味着赋予母亲释放自我情绪、表达自我观点的权利。正如伊里加蕾所言:"我们必须给她(母亲)追求快乐的权利、享受愉悦的权利、拥有激情的权利,我们必须恢复她讲话的权利,甚至间或哭泣和愤怒的权利。"[2]在制度化母性的文化规约下,母亲情感被简化为忍耐、无私与关爱他人。示弱、自私抑或冷漠等情感释放则通常被视为反母性情感的表征。这种关于母性情感的二元对立式定位实为对母亲情感的绑架与束缚。一旦表现出冷漠、懦弱甚至愤怒的负面情绪,母亲便会被贴上"坏母亲"的标签。学者约翰·S. C. 艾伯特(John S. C. Abbott)很早就探讨了母亲情感被压抑的具体表征:

　　　　如果连自己的情绪都无法管控,这样的母亲该如何管教自己的子女?……她必须学会控制自己,尤其要压制住体内的激情。在子女面前,母亲应该展示其温驯、平和的一面……只有当子女犯错时,母亲才应难过,才能表现出难过的情绪。母亲在情况严重时,可以惩罚子女,但也必须以一种冷静的态度。母亲永远不能释放自己的愤怒,更不能

① Collins, Patricia Hill. "The Meaning of Motherhood in Black Culture and Black Mother-Daughter Relationship". In Patricia Bell-Scott (ed.). *Double Stitch*: *Black Women Write about Mothers and Daughters*. Boston: Beacon Press, 1991: 52.

② Irigaray, Luce. "The Bodily Encounter with the Mother". Trans. David Macey. In Margaret Whitford (ed.). *The Irigaray Reader*. Cambridge: Blackwell, 1991: 34.

使用难听的词语来进行表达。①

此外,文学作品中所塑造的母亲形象也会强化压抑母亲负面情感的必要性。19 世纪经典小说《小妇人》(*Little Women*)中,马奇太太曾对总是无法控制情绪的女儿乔说:"乔,我生命里的每一天几乎总在生气,然而,我学会了如何克制它;而且,哪怕再让我用上四十年的时间,我也希望终有一日能够不再感受到它。"②在传统的文化价值体系中,母亲是爱的化身,母爱是持续的、毫不保留的,而爱与愤怒是水火不容的。"母亲的愤怒构成了对制度化母性的严重威胁。"③

然而,当母亲/女性识别出所谓的"坏母亲"标签背后的虚张声势之时,便赢得了解构命名的关键契机,以表达自我真实情感的方式予以揭示与反抗。学者安娜·昆德兰(Anna Quindlen)认为,所有的母亲都体会过这样的情绪:"对孩子的爱交织着恐惧、脆弱和无法避免的愤怒。"④《妈妈》中的米尔德里德曾因负累于生活的巨大压力,患上抑郁症,开始酗酒,甚至打骂子女。显然,米尔德里德的母性情感有违于传统文化对母性的规约性定位,不利于子女的健康成长。麦克米兰却通过子女选择理解并帮助母亲的具体故事设计表明,真实的母性情感表达不仅是母亲主体重构的关键前提,同时也是子女真正理解母亲、走向母亲的关键所在。至此,麦克米兰的母性书写丰富了母性研究的情感内涵,并体现出非裔美国文学母性书写的多样性。

基于身体与情感的母性书写构成了对母性理论研究的积极回应,小说《妈妈》中的米尔德里德在身体欲望与母性情感方面皆经历了"压抑—释放"的典型过程,一方面揭示出制度化母性规约下母亲主体性被严重压抑的现实,另一方面也表明只有正视母亲/女性的身体与情感的需求,才能赢取重塑母亲主体性的机会。小说叙述所体现出的母性思想与西方母性研究学者的观点主张具有突出的一致性。然而,小说文本的丰富性表明,作者并不止于简单肯定母亲的身体欲望

① Abbott, John S. C. *The Mother at Home*, *or the Principles of Maternal Duty*. New York：American Tract Society, 1833：62-64.

② Alcott, Louisa May. *Little Women*. New York：A. L. Burt, 1911：68.

③ Rich, Adrienne. *Of Woman Born*：*Motherhood as Experience and Institution*. 2nd ed. New York：W. W. Norton and Company Inc. , 1986：46.

④ Quindlen, Anna. "Playing God on No Sleep". *Newsweek*, 2001-07-02(64).

与情感表达的积极力量，与此同时，也透露出作者对重塑母亲主体性话题的深入思考。下面一节将以理论分析与文本细读两相结合的方式总结麦克米兰对重塑母亲主体性的审慎态度与巧妙处理。

第三节　主体欲望与母职之间的辩证关系

麦克米兰在《妈妈》中聚焦母亲的身体欲望与情感表达，回应着精神分析母性研究学者的相关论点，肯定正视身体欲望与情感表达之于重构母亲主体性的积极意义。在理论层面上，麦克米兰的母性书写对波伏娃、费尔斯通等学者否定母亲身体与情感的观点予以反思，表现出了作者高度自觉的母性意识。然而，细读文本会发现，麦克米兰亦结合米尔德里德的母性经历对母亲主体欲望与母职之间的辩证关系进行了审慎式处理，借此对精神分析学派的母性论调进行思考，即为如何规避母性书写的本质化倾向提供了颇具价值的建议。本节以理论思辨为主，借助文本细读，论证了当代非裔美国文学对母性话题，尤其是母亲主体性的辩证式审视，指出麦克米兰在其文学作品中从不回避困扰美国黑人母亲/女性的棘手问题，而是予以积极呈现，以供读者思考。

小说《妈妈》发表于1987年，故事背景是后民权时期的美国社会。结合母性研究与女性运动思潮的发展，可以发现米尔德里德身陷多重社会体制的束缚之中，遭遇身体欲望被压抑、情感被剥离的现象具有极强的代表性。经历过20世纪60—70年代的"反母亲"浪潮，80年代的女性主义运动者开始反思生育、"成为母亲"等行为对于母亲/女性的积极赋权意义。1970年，美国激进女性主义学者费尔斯通出版了《性的辩证法》(*The Dialectic of Sex*)，该书被视为反母亲浪潮的集大成之作。费尔斯通强调生育功能是女性受压迫的根源，从性别差异的生物学角度解释女性所受到的压迫并为之寻找解决方案。而从社会学的角度来讲，20世纪50—60年代美国大众媒体经常报道诸多社会问题的发端都在于母亲教育失职，出现了"谴责母亲"（"blame the mother"）的普遍现象。鉴于此，包括南希·弗莱迪（Nancy Friday）①在内的不少女性主义学者重新审视母性，反思生理本质论带给母亲的负面影响。

正如李芳在划分西方母性浪潮的不同阶段时所指出的，"西方女性主义学者的母性建构大体上经历了抵制母亲身份的 60 年代、寻找母性力量的 70 年代、转向身体与伦理的 80 年代、走向多声部的 90 年代等四个阶段"②，在小说《妈妈》面世的 80 年代，母亲/女性身体欲望与潜能开始得到广泛谈论与充分肯定。成为身体的主体，即积极正视母亲的身体欲望是重构母亲主体性的关键一步，母亲的身体欲望不再是需要彻底否定或压制的对象。克里斯蒂娃对伊莱克特拉神话的重读、伊里加蕾对"不要再谋杀我们的母亲"的呼吁以及西苏对"白色乳汁"的赞美都有助于恢复母亲的身体欲望。《妈妈》中的米尔德里德无意间在女儿面前暴露自己的女性需求同样是展现母亲身体欲望的重要表征。此外，米尔德里德在第一次离婚后，与年纪较大的鲁弗斯、同长女年龄相仿的比利，甚至白人吉姆都有过时间长短不一的交往，表明其对女性身体与情感需求的执着追求。

然而，恢复母亲身体欲望与情感表达权利是否意味着母亲主体性的成功重构？该问题成为反思精神分析学派母性主张的起点所在。克里斯蒂娃等学者所沿循的精神分析脉络，对弗洛伊德与拉康的理论学说进行挖掘，直指母亲/女性主体缺位的父权思维，呼吁冲破父权文化的制度牢笼，赋予母亲/女性自我言说、释放身体欲望与情感表达的权利。但是，精神分析学派过于强调母亲/女性的生理（身体）属性，往往会遭到本质化的理论诟病。结合时代背景，我们更容易理解关于母亲主体性的二元对立式论调的产生渊源与影响所在。关于女性身体与女性主体性，以波伏娃为代表的第一波女性主义学者否定母亲身体甚至生育活动的价值，提倡超越女性生理属性以达成重构女性主体的目的。到第二波女性主义思潮发展阶段，不少女性主义者开始反其道而行之，强调重提女性身体并倡导建基于女性身体的女性主体性。伊里加蕾、克里斯蒂娃以及西苏等精神分析女

---

① 南希·弗莱迪于 20 世纪 70 年代出版了《我的秘密花园》（*My Secret Garden*）与《我的母亲/我自己：女儿对身份的寻找》（*My Mother/My Self：The Daughter's Search for Identity*）两部专著，重新肯定了母亲的生理需求与恢复母女联系的重要性。

② 李芳. 当代西方女性批评与女性文学的母性建构. 西南大学学报（社会科学版），2016(2)：147.

性主义学者对两性差异以及女性身体的强调通常被认为是本质论的翻版,并不利于真正解放女性/母亲。

实际上,无论是否定还是肯定母亲的身体欲望与身体潜能,都在无形中维护了女性主义所旨在批判的传统二元论逻辑体系。例如,在强调以身体为基点重构母亲主体身份时,母性理论家往往不自觉地从本质论的立场强调女性/母亲身体的独特性,形成女性/男性、身体/理性等一系列新的二元对立模式,不利于建构和谐、共存的性别模式。评论家多姆娜·C. 斯坦顿(Domna C. Stanton)在谈及女性主义学者歌颂母性时强调,"这里,我们要小心,因为母性正是父权社会长期压迫女性的典型反映"①。随着女性主义运动的发展与母性理论的深化,我们有必要重新审视母性的定位与内涵,正如卡罗尔·博伊斯·戴维斯(Carole Boyce Davies)所言,"在定义母性时,不仅需要在本质论与建构论两方面多加小心,同时也应该审视父权文化的母性概念以及女性自我定义的母性概念之中所隐藏的危险"②。

作家麦克米兰以小说叙述的方式积极参与到母亲主体建构话题的讨论之中。在《妈妈》中,米尔德里德敢于追求自我身体与情感需求的母性行为值得肯定,且具有解放母性的参考价值。然而,在描述米尔德里德勇于冲破外在束缚、解放自我的过程中,麦克米兰亦对其仅关注自我需求的做法持明显的保留态度。也就是说,作者对如何实现母亲主体性与母性职责之间的辩证关系进行了反思,而这种反思恰能够为突破第一波、第二波女性主义运动思潮的本质化倾向提供参考。故事中,米尔德里德曾一度渴求虚妄的爱情,放弃急需她照顾的五个孩子,与镇上的浪荡公子斯布基去尼亚加拉瀑布度假。米尔德里德与青年男子比利的交往也多出于对自我欲望的满足,而没有充分考虑子女的健康。显然,这里母亲的自我追求导致了母性职责的缺失,并直接引发了子女成长危机。这种危机体现在长女弗里达成人之后对婚姻与生育存在恐惧心理。

---

① Stanton, Domna C. "Difference on Trial: A Critique of the Maternal Metaphor in Cixous, Irigaray and Kristeva". In N. K. Miller (ed.). *The Poetics of Gender*. New York: Columbia University Press, 1986: 157.

② Davies, Carole Boyce. *Black Women, Writing and Identity: Migrations of the Subject*. New York: Routledge, 1994: 104-105.

西方母性研究/女性主义运动所强调的母亲主体性通常会与母性职责产生强烈的抵牾关系,这也是女性主义思潮极易出现"做母亲"/"不做母亲"的二元对立式主张的原因所在。作为当代非裔美国作家,麦克米兰以文本叙述的形式呈现了二元对立的解放逻辑实则无法建构母亲的主体身份,进而强调达成母亲主体性与母性职责之间平衡状态的重要意义。"平衡",或言"兼顾"是非裔美国人的母性书写的关键主张,莫里森也曾对此进行过评价:

> 问题是,自由意味着去承担你的责任……是做你想做的……一位女医生可以说,"我想回家"。一位母亲应该有权利说,"我想去学医"。事情就是这么简单,"选择"在本来不是问题的时候带来问题,就是因为"要么是(这个)/要么是(那个)"(either/or)构成一种冲突,首先在语言层面,后来又在社会中成为不可避免的麻烦……我十分努力地既做航船,又做安全的港湾,既照顾家庭、养育子女,又拥有自己的工作……我们本不该在家庭和工作之间做二选一的抉择。为什么不能两者兼顾呢? 当然这是可能的。[①]

母亲"既做航船,又做安全的港湾"的美妙比喻恰是美国黑人母亲生活的真实写照,又是对"要么是(这个)/要么是(那个)"(either/or)的回应,母亲可以成为"既是/又是"(both/and)。关于该点,麦克米兰在《妈妈》的故事结尾同样给予了书写:人到中年的米尔德里德面临着子女纷纷成人,不再需要母亲的存在危机。然而,从母性经历中反思成长起来的米尔德里德已经熟谙如何平衡母亲主体性与母性职责之间的矛盾,不会因子女不再需要自己而伤心难过,相反她选择参加幼师资格证书的考试,努力在社会之中重新获得自己的存在价值。

麦克米兰虽然属于后现代女性作家,但其在文学作品中一贯采用现实主义的叙述手法,对后民权时期的美国黑人母亲/女性进行观察与书写。《妈妈》是麦克米兰的第一部小说,通过讲述米尔德里德的母性经历,充分肯定重审身体欲望与情感需求赋权女性以及塑造母亲主体性的意义所在,同时,小说也对如何审视

---

① 转引自 Maxine, Montgomery L. *Conversations with Gloria Naylor*. Jackson: University Press of Mississippi, 2004: 40.

与处理母亲主体性与母性职责之间的矛盾关系予以了反思。作为新一代非裔美国女性作家,麦克米兰能够结合时代变迁对美国黑人女性的生活现实进行思考,并以文学叙述的方式对西方母性理论做出积极的回应,再加上她难得的反思态度,有力体现出了非裔美国文学一直以来的理论反思主张与人文关怀。如果说麦克米兰的文本叙述与 20 世纪 70—80 年代的美国女性解放运动具有回应关系的话,那么,汉斯贝利的《阳光下的葡萄干》则具有一定的理论预测性。这部发表于 1959 年的剧作中体现出了一种后结构女性哲学的思想观点,即母亲主体的生成性。

第六章　母亲主体的生成与重构：
《阳光下的葡萄干》

在西方哲学发展史上，"主体性"始终是个颇为棘手的命题，重塑母亲主体同样问题重重。不同母性研究与女性研究学派都提出了各自的观点主张，然而，囿于二元论的思维模式，不少理论观点还是落入了本质论的窠臼之中，无法指出重塑母亲主体的合理路径。当代非裔美国作家同样也对如何重塑母亲主体进行了深度思考：摒弃母亲身份，否定生育活动的母亲主体性是否可行？相反，建基于释放女性身体欲望的母亲主体性又是否可靠？应该如何协调母性职责与母亲主体性之间微妙的矛盾关系？这些质疑与追问构成了对西方女性主义不同浪潮观点的揭示与反思。第一波女性主义思潮的学者摒弃母亲身份，以此重构女性主体，第二波女性主义思潮开始反其道而行之，强调重提母亲/女性身体欲望并倡导建基于身体欲望的母亲/女性主体性，"矫枉过正"的现象非常普遍。当代非裔美国女性作家以其高度自觉的思辨意识对母亲主体性进行了重新审视，在书写极具张力的文本故事的过程中，产生了诸多与后结构女性主义学者不谋而合的观点主张。母亲主体生成论便是其中之一，这种观点把母亲主体重构看作一个生成中的过程，而不是"非此即彼"的僵化模式，这有助于跳出以往母性研究学者极易滑入的二元对立的分析困境。

本章将继续深入探讨母亲主体重塑的话题，以当代非裔美国女性剧作家洛林·汉斯贝利的经典作品《阳光下的葡萄干》为解读文本，借助后结构女性主义，尤其是当代美国女性主义哲学家巴特勒的先进主张，以"命名控制与命名消解"为解析落脚点，探讨母亲主体重塑的实际过程，进而审视母亲主体性的生成本质。在《阳光下的葡萄干》中，黑人母亲丽娜具有"女家长"的性格独断性。在父亲缺位的家庭中丽娜行使着母亲的绝对权力，在与子女互动的过程中暴露出情感表达粗糙、传统固执等性格缺点。受制于"女家长"的命名称号，丽娜的母亲主体性无法得到彰显，母子/女关系紧张，揭示出影响黑人母亲主体建构的种族成因。家庭情感危机的加重以及种族问题的逼迫促使丽娜尝试冲破"女家长"的命名桎梏。在消解命名的过程中，母亲主体性随之得以生成。本章最后将对母亲/女性主体性重塑进行理论思辨，结合非裔美国文学的母性书写特征，强调重塑母亲主体性需要秉持的审慎态度。

第一节　"女家长"命名下的母亲主体缺失

"黑人""母亲"的双重身份让非裔美国母亲群体成为一类特殊的存在。在主流社会的价值观测镜之下，她们又常常被冠以"保姆妈妈""女家长"等刻板化与控制性的命名称号。命名（naming），从深层次上讲，是统治者控制与束缚受压者的典型手段。命名控制下的活动实践是被动的、机械的，是受压者主体缺失的默然行动。《阳光下的葡萄干》中的黑人母亲丽娜被归类于"女家长"的命名化群体，其母亲主体性在控制性命名中被无形消解。丽娜所代表的非裔美国母亲群体遭遇白人母亲群体所不被困扰的种族歧视，种族文化侵蚀下母亲主体缺失问题更为典型与突出。当代非裔美国文学母性书写聚焦特殊的黑人母亲群体，以其复杂的经历审视母亲主体性缺失的种族成因，拓宽了西方白人母性研究学者所不曾深入探讨的种族问题。

科林斯结合美国黑人母亲的生存现实，概括出白人主流社会强加于其的三种刻板化命名："保姆妈妈""女家长"与"福利皇后"。① 其中，"保姆妈妈"多指竭力为白人家庭服务的黑人女性，她们个人的母亲身份与母性需求完全被忽略与否定。"女家长"则指专注工作与情感粗糙的黑人母亲群体。"福利皇后"主要是指依靠领取社会救济金养活子女的黑人母亲。具体到前两种更为典型的命名时，科林斯指出：

①　Collins, Patricia Hill. *Black Feminist Thought, Knowledge, Consciousness, and the Politics of Empowerment*. New York: Routledge, 2000: 72.

白人主流社会往往以两种典型称号来定义美国黑人母亲——"保姆妈妈"与"女家长",前者指代那些忠诚、尽责的仆人形象,她们生活在白人家庭中,无私地照顾白人子女。保姆妈妈常因她们对生活地位的接受而备受白人世界的推崇。然而,当这些保姆妈妈离开白人主子的家回到自己的黑人家庭时,常会摇身一变,成为性格刚强的女家长,培养性格懦弱的儿子以及出奇要强的女儿。如果她们挑战这种命名,便会被贴上"进攻性强""缺乏女性气质"的标签,而一旦她们选择沉默,那么就会成为名副其实的隐形人。[①]

黑人母亲在白人主流价值观的定义下,常常滑行于"保姆妈妈"与"女家长"的命名称号之间,然而,其相似的控制性本质使得黑人母亲难以建构母亲主体性。巴特勒认为命名旨在规约、控制被命名者的言语行为,被命名者"操演"[②]命名背后的既定规则与各项约定,以便自己被社会所接纳与认同。对于黑人母亲们而言,一旦逆势操演便会遭遇驱逐,陷入科林斯所分析的两难境地:"进攻性强、缺乏女性气质的女家长"或者"沉默的隐形人"。《阳光下的葡萄干》中的黑人母亲丽娜性格刚强、固执保守,生活的压力更让其情感粗糙、缺乏对子女的母性关怀。丽娜的母性行为符合白人主流社会所定义的"女家长"特质。这种特质聚集形成一种无形的行为规约力,牢牢控制着丽娜的母性行为,导致其母亲主体性的严重缺失。由此,比起白人母亲群体,黑人母亲的主体束缚力量则是多重与复杂的,性别、种族、宗教以及阶级交织起来形成一股控制性力量,使其主体性缺失

---

① Collins, Patricia Hill. "The Meaning of Motherhood in Black Culture and Black Mother-Daughter Relationship". In Patricia Bell-Scott (ed.). *Double Stitch*: *Black Women Write about Mothers and Daughters*. Boston: Beacon Press, 1991: 44.

② "操演"(performativity)是巴特勒性别理论中的核心概念,主要用以分析性别主体的形成机制。在巴特勒看来,操演性是性别主体的本质特征,主体的形成依赖于对传统的性别规范进行不断操演与反复套用。性别操演的实践是一个"引用"性的过程,男女两性在日常生活中都在不断地"引用"社会性别规范,以此形成自己的主体身份。最为重要的是,操演性引用蕴含了对规范的顺势引用和对规范的不断修正这样的双向过程。这里主要借助"操演"理论分析黑人母亲群体对母性行为的操演性。

现象更为突出与典型。

剧作中,丽娜是一位 60 岁出头的黑人母亲,丈夫刚刚过世不久。她与家庭其他成员一起挤在芝加哥南部一套两居室的破旧房子里。故事伊始,丽娜默然操演着女家长式的各项行为规约,小心度日。她性格坚韧,视照顾家人为己任,并努力引导子女适应充满敌意的生活环境。然而,在种族文化影响下,她的母性行为却过于强硬,情感表达粗糙。

首先,丽娜的母性行为受制于种族歧视语境下美国黑人成长过程中所形成的自尊品格。从外表上看,"丽娜身上有赫里罗人(Hereros)①的高贵,她走路的仪态好像是头上顶着一个篮子或一件器皿"(ARS 39)。② 丽娜不卑不亢的行为一方面表明其性格独立,另一方面却也透露出其情感粗糙,缺乏对子女的关爱。朴实自强的丽娜还以同样的标准要求自己的子女。面对投资不慎、丢失钱财的儿子沃尔特时,丽娜关注更多的是家族的尊严:"孩子,我们家上下五代人都是老实本分的奴隶、农民,没有谁为了钱而承认我们不应该活在这里。我们从来不曾只为钱而活着,我们更不曾内心那么卑微过。"(ARS 143)在种族与性别文化的双重规约下,丽娜的母性行为被强烈的自尊与家族尊严所主导。从深的层面来讲,对尊严的重视亦是惧怕种族不公的极端表征。细察可见,丽娜所坚守的尊严背后实则是"汤姆叔叔"式的逆来顺受,她不鼓励儿子去投资自己的梦想,更不允许女儿对上帝有所诋毁,认为坚守本分才是黑人子女应该采取的生活方式。丽娜推崇男尊女卑的性别观念,时刻提醒儿媳罗斯尽妻子与母亲之责,而对儿子却不惜纵容。从互文的角度讲,丽娜与《秀拉》中的黑人母亲伊娃一样,都是女家长式的母亲形象,但有所不同的是,伊娃所建构起的是女性王国,而丽娜却依然遵循父权文化,俨然一位父权文化的卫道士。由此,当儿媳罗斯对沃尔特的虚妄梦想进行劝阻时,沃尔特直接斥责:"这就是你们黑人女性的问题,从来不支持丈夫去实现他们的梦想!"(ARS 34)可以说,沃尔特的男权思想与家庭教育,尤其是母亲的引导不无关系。

其次,在引导子女适应社会生存时,丽娜则表现得过于迁就与盲目,母亲的

---

① Hereros,非洲西南部的游牧部落。

② Hansberry, Lorraine. *A Raisin in the Sun*. New York：Vintage Books, 1994. 本书中该小说的中文均为笔者所译。

自我意识未能充分彰显。正如上文引用的科林斯的分析,"当这些保姆妈妈离开白人主子的家回到自己的黑人家庭时,常会摇身一变,成为性格刚强的女家长,培养性格懦弱的儿子以及出奇要强的女儿"[①]。在种族文化的影响下,性格刚强的黑人母亲在教育子女方面往往会给出男女有别的区分性对待,这反映出了种族文化的渗透性影响。面对种族不公,黑人女性所面临的压力更大,由此黑人母亲对女儿的要求也更苛刻。关系紧张、情感疏离的母女群体经常出现在非裔美国文学作品之中,莫里森小说《秀拉》中的伊娃、汉娜、秀拉,《慈悲》中的无名黑人母亲与弗洛伦斯,《家》中的梅与克丽丝汀等都是典型的代表。具体到《阳光下的葡萄干》,丽娜对女儿的养育同样更为严格,她想尽办法让女儿接受高等教育,培养其具有符合社会规范的言行举止。丽娜要求大家时刻保持房屋的整洁有序,"所有的家具都要经常被擦拭、清洗与打理"(ARS 23-24)。当伯尼莎的非洲朋友阿萨盖表示要做客时,伯尼莎显得非常紧张,因为她清楚"妈妈最讨厌有人在清洁卫生还未完成的时候来家做客"(ARS 56)。母亲丽娜传授给女儿的更多的是规则与秩序,情感交流明显缺失。此外,丽娜在与子女互动的过程中,不仅情感缺位,而且由于母亲主体意识的缺乏,她不能给子女提供健康与合理的指导,使得子女的成长陷入困境。

丽娜一心希望伯尼莎能够接受良好的教育,获取向上流动的资本,由此不顾一家人的生活压力,把家庭仅有的积蓄用在让女儿学习马术与钢琴上,而这些又是女儿无兴趣且不擅长的。此外,在女儿恋爱方面,丽娜同样以其始终坚持的传统思维干涉女儿选择。她明显看出女儿的爱慕者是位无头脑的男性,却因为他有殷实的家庭而要求女儿嫁给他,情感在丽娜的眼中再次成为无足轻重的东西。而在与儿子沃尔特的相处过程中,丽娜所给予的则是纵容与袒护,这间接导致了沃尔特耽于空想、行动力缺失的性格弱点。当邻居威尔逊太太告诫丽娜"我看出来沃尔特对私人司机的工作很是不满。他真的不应该不满足。当司机没有什么不好"时,丽娜的回答则明显地反映出她平日里对个人自尊的强调,"我丈夫经常说一个人不应该做别人的仆人,一个人的手是用来创造世界、改变世界的,而

---

① Collins, Patricia Hill. "The Meaning of Motherhood in Black Culture and Black Mother-Daughter Relationship". In Patricia Bell-Scott (ed.). *Double Stitch*: *Black Women Write about Mothers and Daughters*. Boston: Beacon Press, 1991: 44.

不是为别人开车或是倒污水的。我的儿子和我的丈夫是一样的人,他生来就不是为了伺候别人的"(ARS 103)。丽娜的辩解看似合理有力,却对现实缺乏理性的分析认知能力。沃尔特始终存有对美国梦的幻想,在冲动之下把父亲的死亡抚恤金用来投资,结果所有钱财被不可靠的朋友骗了个精光。沃尔特的梦想幻灭、伯尼莎的目标飘忽以及罗斯的被动顺从,从某种程度上而言,都与丽娜的母性引导有误不无关系,进而说明丽娜缺乏积极的母亲自主意识。

　　母性是一种极为重要的人生经历,体现在与子女的互动过程之中。从故事开始,丽娜就表现出了一种女家长式的姿态。当发现伯尼莎对上帝出言不逊之时,丽娜行使了自己作为母亲的威严,她掴了女儿一巴掌,并要求女儿大声地重复自己的话,"在我母亲的家中上帝一直在"(ARS 51)。对于沃尔特缺乏男子气概和担当意识,丽娜在某种程度上也负有责任。在她的庇护,甚至控制之下,沃尔特一直是个长不大的"男孩"(boy)。① 丽娜对儿子的发财梦同样没有清晰的认识,把大笔钱交给他,支持他去实现自己的梦想,但对可能存在的风险与困难都预判不足,就像她对当时社会的种族问题重视不足一样。随着家庭遭遇各种变故与打击,丽娜逐渐对母子/女关系以及种族问题进行了更为透彻的思考与理解。

　　学者哈罗德·布鲁姆(Harold Bloom)在分析丽娜这个人物形象时指出,丽娜的名字(Lena)暗示着全家人皆依赖于(leans on)②她,侧面说明了其身上所秉持的女家长作风。丽娜将自己深陷于女家长的命名性控制之中,一方面坚持男权文化的思维方式,形成了儿子刚愎自用、儿媳唯唯诺诺以及女儿激进顽固的性格弱点,另一方面,在遵循女家长行为规约的过程中,母亲主体意识无从彰显,主体身份无从建构。然而,作者汉斯贝利并没有简单地把丽娜塑造为被动无为的女家长形象,相反,她结合丽娜的母性经历,讲述其消解命名的尝试性努力,进而呈现了母亲主体性的重塑之路及其生成性。这种文本叙述强调了母性成长过程中母亲自我意识觉醒与子女反向影响的意义所在。儿子沃尔特所遭遇的美国梦

---

　　①　在该剧作中,丽娜一直把沃尔特喊作"boy",表明在母亲眼中沃尔特一直是个没长大的孩子,缺乏担当意识与家庭责任感。

　　②　Bloom,Harold. *Bloom's Guides:Lorraine Hansberry's "A Raisin in the Sun"*. New York:Infobase Publishing,2009:49.

破碎以及家庭成员的激烈冲突都成为丽娜反思自身母性行为的良好契机。下面一节将继续以文本细读的方式,探讨丽娜母亲主体生成的具体路径。

第二节 命名消解中的母亲主体生成

"保姆妈妈"和"女家长"皆是白人主流社会对黑人母亲的控制性命名,这种命名直接导致了黑人母亲主体性的缺失。"命名"是压迫性行为的具体表征,同时也是消解、挑战控制的潜在空间。巴特勒认为种族主义者、性别主义者所使用的伤害性语言是一种命名实践,施言者命名,受动者被动操演,最终生成了规范话语中的女性/母亲、少数族裔等身份。命名可以伤害被命名者,其原因在于这些名称背后的侮辱性历史含义。虽然语言与权力产生主体,主体的能动性恰恰产生于如何改变意指结构。只有从语言上颠覆主导权力的命名实践,才能从根本上改变被命名的地位。巴特勒的理论批评在《阳光下的葡萄干》中得到了文本回应。黑人母亲丽娜购置白人区的房屋后遭遇了白人的直接驱赶,该事件成为丽娜主体意识觉醒的外在刺激,促使其冲破白人主流社会对黑人母亲的命名控制,赢得重塑母亲主体的机会。

在该剧作中,丽娜一家最后使用丈夫的死亡抚恤金购置了一套白人区的房屋,该事件成为批评解读的焦点。对于丽娜的做法,有学者认为她具有强烈的种族意识,搬往白人区是她与白人分庭抗议的力证。如果结合故事上下文,可以发现丽娜购买白人区的房子并不主要是出于种族问题的考虑,而是因为"黑人区房子的价钱是其他房子价钱的两倍之多"(ARS 93),而对居住在白人区的黑人将会遇到什么样的困难她并没有太多的考虑和预见。相比之下,邻居威尔逊太太虽然内心狭隘,但她对汉娜一家搬往白人区的担忧也不无道理。她手里拿的报纸上已经刊登了有黑人居住的白人区发生爆炸的事情,反映出当时美国社会种族矛盾依然比较严重。然而,丽娜似乎对这些报道没有太清晰的认知。此外,对上帝的虔诚信仰使得丽娜更愿意相信与接受人人平等、人人需要和平相处的处世原则。于是,当白人代理人劝告丽娜一家退掉新房时,她才如梦初醒,终于意识到种族问题对黑人生活根深蒂固的影响,并开始反思子女的成长问题。

在种族与性别文化的双重影响下,丽娜一生秉持女家长的生活作风,任劳任怨,全心付出,然而受制于社会生存环境的影响,丽娜在与子女互动的过程中扮演了父权文化卫道士的角色,在应付种族问题方面态度被动。她不加判断地支持儿子的发财梦,同时为了锻炼女儿坚强独立的人格,给她的教训多于情感关爱。母性关怀的缺乏不仅导致子女成长危机与家庭矛盾的出现,也让丽娜的母亲主体建构问题重重。遭遇白人驱逐的事实成为丽娜母性顿悟的契机,她认识到只有承认并挑战白人社会强加于黑人母亲的控制性命名,彰显并建构黑人母亲的主体意识,方能引导子女健康发展以及打造积极的家庭文化。剧作高潮处,伯尼莎得知沃尔特投资失败,毁了她的求学之梦时,近乎疯狂地大喊:"我宣布房间里的那位再也不是我的哥哥了!"(ARS 145)兄妹之间亲情丧失,反目成仇,丽娜猛然意识到母性关怀的重要性,她没有像往常一样斥责儿女,而是语重心长地引导大家:

> 每个人都值得你去爱。如果你连这个也不知道,那你就什么也不懂了。孩子,你知道什么时候最需要向他人表达你的爱吗?当他们事事顺心、生活无忧的时候吗?倘若你这么想的话,那就大错特错了。事实上,当一个人处在人生低谷、被生活打击得失去活下去的信心时,是最需要你去爱他的时候。(ARS 145)

丽娜开始直接表达"爱"的重要性,表明她要改变以往的母性行为方式,以真实的母性情感感化子女,母亲主体性也逐步彰显出来,家庭的情感凝聚力得以强化。沃尔特最终摆脱了虚幻的美国梦,并以家庭尊严与情感为重。面对白人种族主义分子,沃尔特拒绝了他的金钱,并宣称:"我们家族是一个骄傲的家族。我的意思是我们是有尊严的人。那位是我的妹妹,她就要成为一名医生——我们有自己的骄傲。"(ARS 148)看到哥哥男子气概的回归,妹妹伯尼莎最终选择原谅他,恢复之前的兄妹之情,并肩作战,决定一起迎接搬往白人区可能会遭遇的困难。学者罗塞塔·詹姆斯(Rosetta James)曾表示:"故事最后丽娜一番关于爱的言论不仅帮助沃尔特超越自己不切实际的发财梦,同时也是母亲本人自我成长的见证。"①丽娜的母性成长突出地表现在两个方面：一是在种族问题上态度更为积极，在保持家族尊严的同时与白人分庭抗礼；二是在情感表达上更为细腻，调整自己以往女家长式的母子/女互动方式。

丽娜的母亲主体生成不仅得益于自我意识的顿悟，同时也是子女反哺式的启发影响所致。女儿伯尼莎在丽娜的严格管教下性格坚强，与母亲之间存在代沟与情感隔阂，然而，她的每次出场都成为刺激母亲反思与成长的契机所在。伯尼莎的想法与做法极大冲击着丽娜的世界观："在我年轻的时候，大家关心的是如何不被处以私刑，如有可能就逃往北方，但我们有自己的尊严……现在的孩子讨论的尽是我们从来不曾谈论的东西，他们好像不会对我们做的事情感到满足与骄傲。"(ARS 74)作为新一代美国黑人，伯尼莎不再认同母亲由于惧怕（私刑）而选择服从的被动生存状态。伯尼莎融入白人社会的受挫经历让其选择回归非洲文化寻找自我身份，在美国女性主义运动仍未全面展开之际便形成了前卫的女性意识和种族意识，正如学者阿米利·巴拉卡（Amiri Baraka）所评论的，"作为一位前卫的新女性，伯尼莎对一切心存质疑，为了黑人的解放斗争而渴望建构一种超越自我和家族的身份"②。此外，受过高等教育的伯尼莎能够克服以物质条件来衡量伴侣的传统标准，从更高的道德标准来挑选婚姻对象。

伯尼莎为黑人女性积极赋权的做法具有反哺式的教育意义，女儿与母亲之间达成了一种相互教育、相互影响的积极关系。伊里加蕾曾指出："只有母亲可以保证她的女儿，她的女儿们，形成女儿身份。作为女儿，我们更加清楚关系到女性解放的事，因此我们也可以教育母亲，也可以互相教育。"③伯尼莎的婚姻选择最终得到了母亲的理解与支持，母女关系变得更为融洽。

伯尼莎：妈妈，乔治就是个傻瓜——说真的。

---

① James, Rosetta. *CliffsNotes on Hansberry's "A Raisin in the Sun"*. New York: CliffsNotes Inc., 1992:34.

② Baraka, Amiri. *"A Raisin in the Sun's Enduring Passion"*. In Robert Nemiroff (ed.). *"A Raisin in the Sun" and "The Sign in Sidney Brustein's Window"*. New York: Plume, 1987:13.

③ Irigaray, Luce. *Je, Tu, Nous: Toward a Culture of Difference*. Trans. Alison Martin. New York: Routledge, 1993:50.

妈　妈:宝贝,他真的是这样的吗?

伯尼莎:是的。

妈　妈:好吧——我想你没必要继续在傻瓜身上浪费时间了。

伯尼莎:妈妈,谢谢您!

妈　妈:谢我什么呢?

伯尼莎:谢谢您对我的理解。(ARS 97-98)

针对丽娜的母性成长,学者玛格丽特·B.威尔克森(Margaret B. Wilkerson)评论道:"情感粗糙的女家长母亲成长为懂得关爱、愿意倾听的母亲,见证了黑人家庭的发展。"①持有类似观点的胡克斯如此评价丽娜:"她矜持而又果断,也会表现出脆弱的一面,当面对各种危机时,她的感情都会随之变化,让读者看到她如何批判性地反思她的行为并改变,可以说,剧作人物角色的刻画完全是多层面的,绝不是刻板老套的女家长模式。"②作者汉斯贝利以细腻的笔触展现了丽娜的母性成长历程,审视了其行为对"女家长"刻板命名的有力拆解。黑人母亲不再是白人主流价值下所形塑出的被动、无我、情感缺失的客体存在,而是具有独立意识、关爱子女成长的能动主体。丽娜母亲主体的生成不仅是动态的、发展的,同时也触及关乎美国黑人生存的身份问题,说明作者对种族话题的密切关注与思考。较之于以往对种族问题的回避与惧怕心态,丽娜在母亲主体意识逐渐清晰之际开始正视时代变化带给黑人生存的影响,其所坚持的传统价值观受到挑战。然而,正如学者安妮·切尼(Anne Cheney)所言:"丽娜所代表的旧的价值观与伯尼莎所提倡的新的价值观肯定会产生冲突与碰撞,但也就是这种碰撞才会激发出新的东西。失去的肯定是极小的部分,而在创建充满能量、人道关怀以及智慧的新秩序的过程中所获得的东西才是最有价值的。"③对丽娜而言,改变旧有价值所获取母亲主体重塑的机会,意义非凡。

---

① Wilkerson, Margaret B. "The Sighted Eyes and Feeling Heart of Lorraine Hansberry". *Black American Literature Forum*: *Black Theatre Issue*, 1983(Spring): 12.

② Hooks, Bell. *Remembered Rapture: The Writer at Work*. New York: Henry Holt and Company, 1999: 215.

③ Cheney, Anne. *Lorrain Hansberry*. Boston: Twayne, 1984: 65.

综上，无论从对待种族问题，抑或从与子女互动的方式上看，丽娜身上都体现出了明显的蜕变。她不再采取保守、被动的接受态度，也不再坚持以或迁就或控制的方式管教子女，相反，她在反思母性行为与虚心接纳新一代黑人价值观的过程中，调整自我行为，赢得了重塑母亲主体的宝贵机会。结合美国黑人母亲的生存现实，丽娜的母亲主体生成主要体现在对"女家长"控制性命名的消解之中。丽娜曾受制于主流社会强加于美国黑人母亲的刻板形塑，把自我主体消解在与他人的互动关系中，并坚持父权文化的权力思维方式，培养出自私盲目的儿子与强硬自我的女儿，母子/女关系危机重重。直到种族矛盾威胁到家庭生活时，丽娜才终于意识到单纯地退让无助于美国黑人生活的改善，而子女之间的激烈争吵更让她明白以往母性行为的弊端，并逐渐在爱的传播中勾勒出母亲的主体身份。丽娜的母亲主体重塑建立在对"女家长"命名称号的消解过程之中，而从巴特勒的性别主体观来讲，受制、摆脱命名称号则意味着顺势与逆势操演性别规范。母亲/女性主体生成于逆势操演传统的性别规约。这种定位是否就毫无问题呢？下面一节将以"操演与生成之辨"为题给予回答，以期能更为深入地探讨母亲主体生成的重要话题。

第三节　操演与生成之辨

如何定义与建构母亲主体性？不同学派的母性研究学者给出了不同的解释与回应，而相对于理论学者程式化的主张观点，文学作品能以具象化的母亲经历呈现母亲主体性重塑的不同路径，并对"何为母亲主体性"的话题本质予以立体化、开放性的展现。本节继续以文本解读为立足点，结合非裔美国母亲群体的生存现实，思考当代非裔美国作家在重塑母亲主体性话题上的处理态度，进一步论证文学作家规避母亲主体性本质论调的优势所在。汉斯贝利在《阳光下的葡萄干》中细致呈现了丽娜的母亲主体性的生成之道，真实客观地描述了丽娜在操演母性规范过程中的困惑，以及选择逆势操演的决心。顺势与逆势的规范操演恰能说明母亲主体性重塑的可能性与艰难性。此外，母亲主体性的复杂所指又使得"顺势—逆势"策略有效性陡增几分可疑，即逆势操演的程度如何把握？母性的逆势操演能否以放弃母职与女性气质为前提？

参照女性主义学者巴特勒与母性研究学者的观点，重构母亲/女性主体需以逆势操演传统的性别规约为前提，恢复母亲释放身体欲望、表达情感的基本权利。本章第二节对此进行了细致剖析，强调重构母亲主体要以成为身体与情感的主体为重要基础，同时也对如何平衡母亲自我与母职之间的关系进行了思辨。麦克米兰以《妈妈》的文本叙述在肯定母亲主体重构重要性的同时，亦对母亲"无我/有我"的简单逆转策略进行了反思，强调平衡母亲主体与母性职责之间关系的重要意义。当代非裔美国文学始终保持高度的思辨力，结合具体的母性叙述，回应母性研究学者的理论观点，并及时对某些固化的理论观点予以思考。如果说小说《妈妈》的母性叙述揭示了法国派母性研究学者观点中潜存的本质化论调的危险性的话，那么，剧作《阳光下的葡萄干》则以同样生动的母性书写对性别操演论进行了思辨，而且这种反思具有明显的文本超前性。[①]

巴特勒的性别操演论在解释性别主体的建构性与生成性方面具有十分重要的理论价值。巴特勒认为，无论是生理性别还是社会性别都是一种社会建构，性别化依从于一系列的性别规范；对之不断重复操演形成符合主流规范的主体身份，同时，在操演的过程中也会出现偏离规范的可能性，这种可能性恰是被湮没的主体得以重构的潜在空间。母亲作为一种典型的性别身份，即"女性角色的一种极端表现"[②]，其背后的规约性明显，且影响深远。"圣母玛利亚"的母亲原型是母性规范的具现，依循规范践行母道才能赢得"好母亲"的称号，才能被男权文化所接受，甚至被子女敬爱并积极效仿。一旦违背约定的规则，便会被归为"坏母亲"，其行为也会随之被划定为"反母性"行为。显然，顺势操演会带来安全与稳定，而逆势操演则极为危险。母性研究学者沿用女性主义关于性别话题的批评思路，致力于揭示母性规范对母亲主体的否定与剥离，进而呼吁重塑母亲主体性。法国派母性研究学者肯定母亲身体与情感欲望的做法便是重要策略之一，其出发点仍为逆势操演的一个例证。

诚然，巴勒特所谈论的逆势操演对于重塑性别主体意义重大，但其方式绝不

---

① 巴特勒的性别操演论在 20 世纪 90 年代出现，而汉斯贝利的《阳光下的葡萄干》问世于 1959 年。从时间节点上看，汉斯贝利的文本叙述具有超前性。

② 刘岩. 母亲身份研究读本. 武汉：武汉大学出版社，2007：3.

单一，识别命名背后的压制本质并勇于挑战命名同样有助于主体重塑。上面一节所集中讨论的母亲主体生成便是挑战命名的实践例证。从理论层面上讲，汉斯贝利以丽娜的母性经历逆写"女家长"的刻板形象属于典型的、具有解构效果的反表征/反再现（anti-representation）行为。国内文论批评学者王晓路教授曾细致阐释反表征的路径与意义：

> 大多数被再现或被表征系统笼罩的边缘群体包括族裔和性别群体，若要获得文化上的平等权利，就必须采取非主流的方式对支配性表征系统，包括现存的系统进行抵制或颠覆，在清理主流经典遗产，纠正其中的曲解和误读的同时，用更贴近真实的再现，并以自己有效的表征系统进行自身的文化诉求，证实自己的文化身份，表明自己的文化立场和阐释自身的美学价值，以此取代或覆盖主流表征系统中对自身的忽略、歪曲和负面误读。①

解构"女家长"命名，回归黑人母亲的精神实质，不仅是一种文化反表征，同时也是重塑母亲主体的重要策略。丽娜从默然遵循白人社会强加于黑人母亲群体的行为规范，到以自由意志为主导践行母道，表明其以逆势操演命名规则的决心与成效。细察可见，汉斯贝利的文本叙述同样没有简单地把逆势操演等同于完全消解命名的存在，而是坚守母性职责，并发挥母亲的主体能动性，双向结合勾勒母亲主体性。

再次回到"女家长"的命名内涵。学者玛丽·露易丝·安德森（Mary Louise Anderson）借助社会学与心理学的知识概括出了女家长式黑人母亲的四大突出特点："一是认为不能依靠黑人男性，独立承担养家重任；二是有虔诚的宗教信仰；三是视照顾家庭为人生最重要的使命；四是保护子女不受种族主义的伤害，抑或帮助子女接受种族歧视的事实"，并在剖析丽娜这一文学形象时，声称"丽娜

---

① 王晓路. 表征理论与美国少数族裔书写. 南开学报, 2005(4): 35.

具有所有这些特征"。[①] 特鲁迪·哈里斯更是认为"丽娜高大的体格与坚韧的性格都表明她展现的是一位强势的黑人母亲形象，而家人以及戏剧观众能够对她产生认同则源于当时社会的思维定式与道德标准"[②]。显然，这些分析表明黑人母亲丽娜所必然承受的命名控制。然而，丽娜却以具体的母道经验挑战并消解了命名控制，正如有学者对丽娜的客观评价提到的，"她挑战了主流社会强加于其的控制性命名，包括'女家长'与'不负责任的母亲'等。她不惜采取一些非传统的方式，保全家庭与照顾家人，并以自己的方式，展现黑人母亲的勇敢与自立，以此鼓励子女不惧未来，不忘过往"[③]。

　　结合学者的不同评价与具体的文本叙述，我们可以发现丽娜并没有简单地滑行于"强势/软弱""全身心奉献/以我为中心""严格管控/放弃子女"等对立式的母性彰显与母道实践之中，或言简单"顺势"或"逆势"操演命名规范。相反，丽娜能够结合生活实际，正视种族现实，及时调整养育子女的不合适方式，以此勾勒出作为母亲的自我主体性。丽娜的母亲主体生成本身就是个动态的过程，这种动态性在巴特勒性别操演论的观照下更为清晰可见。与此同时，作为文学叙述，《阳光下的葡萄干》呈现出了丰富的人物世界，在勾勒母亲主体性的过程中挑战了主体性理论界定的固定性：主体建构不可采取单一的二元对立模式来实现，相反，承认并利用主体的生成性来肯定主体重塑的可能与意义具有深刻的理论价值。本节虽以"操演与生成之辨"为题，却也无意建构关于母亲主体重构的固定模式，而是希望结合文本细读，肯定性别操演与主体生成的理论价值，同时强调文学文本从来不是理论的注脚，而是回应与反思理论的最佳"资源库"。文本与理论之间的对话本身就是极为有趣且有价值的实践活动。

①　Anderson, Mary Louise. "Mary Louise Anderson on the Play's Portrayal of Women". In Bloom, Harold (ed.). *Bloom's Guides: Lorraine Hansberry's "A Raisin in the Sun"*. New York: Infobase Publishing, 2009: 61.

②　Harris, Trudier. "*A Raisin in the Sun*: The Strong Black Woman as Acceptable Tyrant". In Trudier Harris (ed.). *From Saints, Sinners, Saviors: Strong Black Women in African American Literature*. New York: Palgrave, 2001: 23.

③　Oliveira, Natalia F. & Michelle Medeiros. "Is It All About Money? Women Characters and Family Bonds in Lorraine Hansberry's *A Raisin in the Sun* and Toni Morrison's *Song of Solomon*". *Revista Scripta Uniandrade*, 2015, 13(2): 162.

小　结

由于独特的历史遭遇与生存现实,非裔美国母亲群体在消解制度化母性的过程中勇气与困惑并存,同样,在勾勒与重塑母亲主体的实践中也是决心与迟疑共在。《布鲁斯特街的女人们》中的玛蒂、科拉与希尔皆因外部环境的生存压力而把母亲的主体存在湮没在母性经历之中,依赖于与他人之间的关系以确立"无我"的存在。《妈妈》中的米尔德里德竭其所能成为身体与情感的主体,却又经常身陷母亲主体与母性职责之间的抵牾关系之中。到底该如何重构母亲主体不仅是母性研究学者着力解答的问题,同时也是当代非裔美国文学重点书写的主题。玛蒂、科拉与希尔最终在女性交流中逐渐意识到重构母亲主体的重要性,而米尔德里德在母子/女关系互动中渐悟了处理母亲自我和母性职责之间的平衡之道。相比于她们,《阳光下的葡萄干》中丽娜所经历的母性成长则表明母亲主体性并非先天固定的、僵化的,而是一种动态的生成与演变过程。此外,这种母亲主体生成也并非简单地对性别文化与种族文化的逆势或顺势操演,而是在辩证处理命名规约与母亲自我之间矛盾关系的基础上逐步勾勒母亲的主体存在。当代非裔美国作家们以复杂而多样的母性叙事方式鲜明地彰显其开放自觉的思辨态度以及深厚的人文关怀意识。

制度化母性与母亲主体性是西方母性研究的重要维度,理论研究学者与文学创作者都对此进行了深度探讨与丰富书写。作为"圈内局外人"(outsider-within)的当代非裔美国作家以具体的文本书写回应并反思母性研究学者的不同观点,体现出了宝贵的人文关怀意识与反思精神。此外,当代非裔美国作家立足于本种族的历史遭遇,书写非裔美国母亲群体在应对多重生存困难时所积极践行的母道行为,以及所形成的独特母道文化。以非洲文化传统为精神内涵的母道文化恰是赋权黑人母亲，引导子女成长，营造社区精神以及激发社会变革的力量源泉。本书下篇将重点探讨当代非裔美国文学中的母道书写，细致梳理母道赋权的多元表征，总结其对当下西方母性理论发展的影响意义。

下篇　母道经验的赋权能动性

基于里奇对母性意蕴的双重解读，母性研究学者往往选择 motherhood 一词表示母性的制度性层面，而使用 mothering 来指代母道，并认为母道是消解束缚母亲/女性的压迫性体制的重要场域。具有赋权意义的母道经验具有解构制度化母性的反叙事功能，而对母道经验的重新积极定位是 21 世纪以来母性研究的突出贡献。那么，什么是具有赋权意义的母道经验（empowered mothering）？母性研究学者指出，那些致力于挑战与消解束缚女性生存潜能的制度化母性的经验都可被归入此类。借用里奇的说法，"具有赋权意义的母道经验是以母道取代母性，以母道反抗母性的重要标志"①。具体而言，母性研究学者所肯定的母道经验主要包括做与不做母亲的自主选择权，抑或通过践行母道成就自我，并引导子女实现成长发展的具体实践。

　　在论述母道的赋权表征与实际意义之前，有必要继续审视下母性（制度化母性）叠加在母道之上的控制力量。这里主要从两点加以解释。首先，在制度化母性的规约体系中，践行母道是母亲的天职，养育子女是母亲的职责义务。而且，用学者莎朗·海斯的话来讲，母亲，尤其是亲生母亲（blood mother）必须提供无微不至的母道关怀（intensive mothering）。② 其次，坚持母亲的唯一职责就是践行母道，但同时却不赋予母亲任何权利。显然，前者的本质化论调严重剥夺了母亲的主体性，而后者则把母性定位为无权的身份，从而否定了母亲在践行母道过

---

　　① Rich，Adrienne. *Of Woman Born：Motherhood as Experience and Institution*. 2nd ed. New York：W. W. Norton and Company Inc.，1986：32.

　　② Hays，Sharon. *The Cultural Contradictions of Motherhood*. New Haven：Yale University Press，1996：45.

程中的自主性与能动性（agency）。鉴于此，西方母性研究学者采用解构哲学的批判立场，直接提出母性的建构性，认为母性并非天生固定的，而是可变的、发展的。借助后结构女性主义的话语，母性是母亲选择去实践与塑造的，而非母亲所是的（mothering as something one does, rather that someone is）。[①] 里奇也强调母道是一种包括各种变化与矛盾，以及"愤怒与温情"的实践活动。[②] 可以说，作为母性研究先驱人物的里奇起初在揭示母性的束缚本质时，也对母道的赋权性（里奇采用的表述是"潜能"）予以了定位。然而，颇为遗憾的是，较之于母性研究中的制度化母性与母亲主体性等议题，母道行为的能动性并未得到充分的讨论，正如学者菲奥娜·格林（Fiona Green）所言，"研究里奇的大多数学者忽略了其在揭示母性束缚性的同时，对母道赋权意义的肯定"[③]。

母性研究专家欧瑞利在其 2004 年主编出版的《从母性到母道：阿德里安·里奇〈生于女性〉的文化遗产》一书中重新阐释了里奇关于母道的定位，并呼吁："是时候重读里奇的《生于女性》这本书，关注其对母道经验的积极界定，展开对母道赋权的多维度探讨了。"[④]反观西方母性研究的理论演进，可以发现母性研究逐渐从关注母性的制度性转向了探讨母道的能动性[⑤]，体现出母性研究的去

① Rothman, Barbara Katz. *Recreating Motherhood: Ideology and Technology in a Patriarchal Society*. New York: W. W. Norton and Company Inc., 1989: 22.

② Rich, Adrienne. *Of Woman Born: Motherhood as Experience and Institution*. 2nd ed. New York: W. W. Norton and Company Inc., 1986: 67.

③ Green, Fiona Joy. "Feminist Mothers: Successfully Negotiating the Tensions Between Motherhood and Mothering". In Andrea O'Reilly (ed.). *Mother Outlaws: Theories and Practices of Empowered Mothering*. Toronto: Women's Press, 2004: 31.

④ O'Reilly, Andrea. "Mothering Against Motherhood and the Possibility of Empowered Maternity for Mothers and Their Children". In Andrea O'Reilly (ed.). *From Motherhood to Mothering: The Legacy of Adrienne Rich's "Of Woman Born"*. Albany: State University of New York Press, 2004: 160.

⑤ 21 世纪以来，以"mothering"为主题的专著成果日益丰富，包括：（a）O'Reilly, Andrea. *Mother Outlaws: Theories and Practices of Empowered Mothering*. Toronto: Women's Press, 2004. (b) O'Reilly, Andrea. *From Motherhood to Mothering: The Legacy of Adrienne Rich's "Of Woman Born"*. Albany: State University of New York Press, 2004. (c) O'Reilly, Andrea. *Feminist Mothering*. Albany: State University of New York Press, 2008. (d) O'Reilly, Andrea. *Matricentric Feminism: Theory, Activism and Practice*. Bradford: Demeter Press, 2016.

二元化与去权力论的趋势。欧瑞利在《母性百科全书》中也指出 21 世纪母性研究的新趋势将是探讨母道的能动性表征与意义。以此观照当代非裔美国母道书写,可以发现母道在非裔美国文学中始终处于核心位置,并且是赋权黑人母亲的重要路径。由此,本篇将以"母道经验的赋权能动性"为题,细致爬梳当代非裔美国文学中母道赋权的具体表征方式,包括建构女性主义母道,再现黑人圣母文化以及展现替养母亲、社区母亲等非生物学母亲的母道践行等。

当代非裔美国文学中的母性书写始终把母道作为赋权母亲/女性、实现子女成长发展以及营造社区文化的重要方式。这其中具有非裔美国母亲群体生存现实与文化传承的多重成因,彰显出非裔美国文学母性书写的独特之处。同时,对母道经验的积极书写又使非裔美国文学与欧美主流文学产生极强的对话关系,并构成西方母性研究,尤其是母道能动性理论建构的重要依据。具体而言,本篇选择麦克米兰的《斯苔拉如何回到最佳状态》、内勒的《妈妈·戴》以及莫里森的《慈悲》作为批评文本,对母道经验的赋权能动性与多元化表征进行细致阐释,一方面审视当代非裔美国作家在诠释与定位母道方面与西方母性研究学者之间所形成的对话关系,另一方面肯定当代非裔美国作家通过呈现母道的多重赋权路径在阐释母性能动性方面的积极贡献。

第七章 《斯苔拉如何回到最佳状态》中女性主义母道的赋权表征[①]

非裔美国母亲群体身处西方社会,兼受种族与性别身份的特殊影响,从而对母性与母道有着类似于又有别于主流母亲群体的体认。科林斯认为,对于非裔美国母亲群体而言,母性的制度性与经验性同样难以清晰划分:

> 对于那些信奉白人女性气质价值观却又无法实现的黑人女性,或者被白人主流社会类型化为女家长的黑人母亲而言,她们的母性呈现出较强的制度性一面。但是,母道的经验性一面也可以成为黑人女性实现自我、获取社区地位、参与社会改革的场域所在。这些所谓的矛盾性普遍存在于非裔美国社区、家庭以及女性个体中间。[②]

难以否认,制度化母性的束缚性与母道的赋权性始终并存。解读制度化母性之于非裔美国母亲群体的特殊影响有助于拓宽西方母性研究学者对母性制度的诠释定位;同理,剖析母道赋权非裔美国母亲群体的具体表征将有利于推动21世纪母道研究的新发展。此外,当代非裔美国文学的母道书写从不简单地强调赋权的权力层面,而是继承非裔美国文学非二元论的解构姿态,肯定母道关怀

---

① 本章的部分观点出现在笔者所发表的以下论文中:毛艳华. 黑人女性身份建构研究——以《斯苔拉如何回到最佳状态》为例. 浙江万里学院学报,2016(5):82-86. 但本书中的分析侧重点有明显的不同。论文主要探讨了黑人女性的身份话题,本书则重点剖析女性主义母道的能动性与赋权价值。

② Collins, Patricia Hill. *Black Feminist Thought*, *Knowledge*, *Consciousness*, *and the Politics of Empowerment*. New York: Routledge, 2000: 75.

与母性情感的价值力量。可以说，非裔美国作家始终在母性书写中积极审视母道的能动性与自主赋权性。关于母道之于黑人女性的意义与价值，胡克斯曾谈道："早期欧美女性解放运动者常把母性视为一种控制性力量，而这种定位却隐藏着种族与阶级偏见（race and class biases of participants）。"①胡克斯进一步指出，把母性与生育视为生存羁绊往往是受过高等教育的中产阶级女性的普遍观点，而对于非裔美国母亲群体而言，母性则代表了一种有意义与价值的工作。②显然，胡克斯在这里所强调的是母道的赋权能动性，而母道的积极价值在新生代非裔美国女性作家麦克米兰的小说文本中也得到了极好的彰显，其小说《斯苔拉如何回到最佳状态》（以下简称《斯苔拉》）便是此类文本的代表。

《斯苔拉》以浪漫爱情为故事外壳，实写女性的生存困惑，包括母亲身份与母道行为带给女性的影响。有别于前民权主义时代的作家，麦克米兰聚焦当下，书写母道之于女性的解放力量。《斯苔拉》是麦克米兰的第四部作品，其中的母道书写也与她前期的作品有所不同，透露出作家本人的发展性思考。本章以追踪母性研究关于母道的新定位为切入点，结合文本细读，并辅以互文本批评，重点阐释母道赋权的具体表征。在《斯苔拉》中，斯苔拉所践行的母道属于母性研究学者所倡导的女性主义母道（feminist mothering）。女性主义母道以母亲具有自觉的女性意识为前提，能够冲破母性制度性的种种规约，以女性原则为基点成就母亲的自我价值，并引导子女形成积极的新型性别观。黑人母亲斯苔拉自尊、自强，跳出了种族与性别对母亲/女性个体发展的限制，在成就自我的同时，积极处理与儿子之间的互动关系，引导儿子尊重女性与他人。在母性研究学者看来，建构积极的母子关系比起母女关系更需要母亲的努力，同时也是女性主义母道实践的突出价值。此外，下文还将指出斯苔拉的母道实践具有极强的辐射性影响，体现出黑人女性文化的源远流长以及对母亲/女性的反哺式引导与帮助。麦克米兰以细腻的人物刻画与现实主义的叙事手法，呈现母道实践之于母亲个体实现、子女成长以及母性文化传承的多层价值与意义。

---

①　Hooks, Bell. *Feminist Theory: From Margin to Center*. Boston: South End, 1984: 133.
②　Hooks, Bell. *Feminist Theory: From Margin to Center*. Boston: South End, 1984: 136.

第一节　女性主义母道中的自我实现

《斯苔拉》以单身母亲斯苔拉的生活经历为叙述主线,围绕其恋爱、工作与家庭生活,多维度呈现其所践行的母道经验,尤其是呈现女性主义母道对女性理想自我的形塑作用。本节借助母性研究学者的相关论点,援引女性主义母道概念,结合斯苔拉的生活轨迹,细致阐释母道之于母亲/女性自我成长的意义所在。斯苔拉作为后民权时期受过高等教育的新生代母亲,具有较为鲜明的独立与自强意识,努力以母道建构自我,而非简单地视女性主体与母亲身份为不可调和的二元对立项。此外,斯苔拉还把新型的性别观念延伸至养育儿子的过程中,达成母子双方的共同成长。本节将主要论证斯苔拉以母道建构女性自我的具体表征,即对性别主体、情爱观以及种族身份的积极重塑。

母性研究学者欧瑞利认为女性主义母道构成制度化母性的反叙事,其表征方式多元、动态,"与其要定义什么是女性主义母道,不如定义什么不是女性主义母道,它囊括所有致力于挑战与消解制度化母性的母性行为"[1]。学者图拉·戈登(Tuula Gordon)归纳了女性主义母亲的典型特质:

> 她们勇于挑战并批判男权文化语境中的母性神话,她们坚持自己的工作权利;她们以反性别与反种族的方式养育子女;她们希望丈夫能够加入养育子女的工作之中。当然,她们始终在政治上态度积极。[2]

小说中,作为母亲的斯苔拉敢于冲破制度化母性的束缚,独立坚强,努力达成工作与家庭之间的平衡关系,在关爱儿子的同时不忘身体力行地表明母亲是独立的个体。斯苔拉不像传统的母亲(例如前文所分析的母亲形象,包括罗斯、海伦娜等等)完全依赖丈夫和家庭来证明自身的存在价值,相反,当发现夫妻关

① O'Reilly, Andrea. *Feminist Mothering*. Albany: State University of New York Press, 2008: 4.

② Gordon, Tuula. *Feminist Mothers*. Houndmills: Macmillan Education Ltd., 1990: 149.

系恶化时，她毅然选择离婚。斯苔拉曾坦言其离婚的真实原因，"他（丈夫沃尔特）总是想让我变得和他一样，而我则希望他能够尊重我们之间的不同"（*HSG* 7）。① 丈夫对斯苔拉的同质化要求表明他对女性自主意识的不尊重与无视，这种无形的控制感让斯苔拉觉得和丈夫在一起，"就像是住在一所博物馆里面，觉得寒透了心，四周空荡荡的，脚下的地板也特别滑"（*HSG* 7）。

事实上，斯苔拉和沃尔特的婚姻生活是众多美国黑人家庭的一个缩影。男性的控制让女性感到窒息，而女性却又因为生存问题而不能决然摆脱婚姻枷锁，所以正如斯苔拉所言，"我所有的已婚朋友都过得极为痛苦"（*HSG* 9）。离婚后她和大经销商勒罗伊保持着暧昧关系，因为"他有妻子，能够在需要的时候才叫她来，不必担心他把她据为己有"（*HSG* 154）。然而，一旦勒罗伊开始以男性的专横粗暴对她施虐时，斯苔拉立即同他中断了关系。斯苔拉明白勒罗伊看上的是她姣好的面容和曼妙的身材，此外还可以利用她更好地彰显自己的财富和地位。在勒罗伊眼中，斯苔拉同样不是一个独立而自由的主体，而只是一个可供其欣赏与炫耀的客体。从这两段男女感情关系中，斯苔拉意识到作为女性，她常常陷入被观赏、被凝视抑或被控制的被动地位，而这是她无法接受的。因此，斯苔拉宁愿选择做单亲妈妈也不愿意再去寻找一位处处控制她的男性。斯苔拉关于婚姻与爱情的态度表明其具有较强的自主意识与主体认知。她既不依附于男性，同时也不逃避爱情，男女和谐相处是其追求的目标所在。可以说，斯苔拉所建构起的性别观属于新型的性别观，以此成就自尊与自爱，反向影响其所践行的母道。

斯苔拉的母性自尊首先表现在其所具备的健康的爱情观上。故事开始之处，斯苔拉已是位 42 岁的单身母亲，选择离婚的动因源于丈夫对女性的无形控制。然而，以往的婚姻情感经历并未让斯苔拉对爱情产生消极的态度，相反，她继续积极寻找属于自己的理想伴侣。麦克米兰在其第一部小说《妈妈》中同样刻画出了一位单身母亲形象——米尔德里德，通过互文本解读可以发现，这两位母亲在处理婚恋问题上表现出了极为明显的反差态度。米尔德里德离婚后也与不同的男性交往过，然而其主要的出发点是为了寻找伴侣来分担其养育子女的职

---

① McMillan, Terry. *How Stella Got Her Groove Back*. New York：Penguin Publishing Group，1996. 本书中该小说的中文均为笔者所译。

责,她先后嫁给相貌邋遢却财力不错的卢斯夫和年轻小伙比利。结果,当发现二人皆无法为其分担时,米尔德里德均选择了离婚。简言之,米尔德里德并没有把情感作为婚姻的主要基础,最终分离的结局似乎也不可避免。相比之下,斯苔拉则能把爱情视为婚姻的前提,表明其对女性情感的尊重与推崇。

故事中,斯苔拉在事业遭遇不顺时来到牙买加度假,其间偶遇仪表堂堂的朱达,尽管他有着吸引斯苔拉的帅气外表,但他的谈吐和行为"却使我想起了我的前夫,他总是在试图以他那不同寻常的资历来打动我,并自以为是地认为他达到了出色的效果"(*HSG* 143)。斯苔拉敏锐地察觉到朱达同样具有典型的男权思想,由此,她直接拒绝了朱达的求爱,继续寻找能够尊重女性的理想伴侣。接着,麦克米兰以其擅长的浪漫主义叙述手法描摹了一段跨越年龄的爱情故事。斯苔拉与比自己小20岁的牙买加小伙温斯顿坠入了爱河,并选择跨越种种阻碍与温斯顿在一起,主要是因为她看重他们之间的平等关系。温斯顿能够"欣赏两人间的差异,喜欢她与他持不同意见,愿意看到她充满热情、富有活力和朝气"(*HSG* 99)。小说中,斯苔拉多次提到她十分欣赏温斯顿身上所特有的勇于担当的男子气概,而非要行压迫之为的男性控制欲。

在斯苔拉和温斯顿之间的关系处理上,作者麦克米兰表现出了她一贯的开放态度以及对健康性别关系的推崇。麦克米兰在多处描写到两人对彼此身体的欣赏之情和对性爱关系的喜爱态度,尤其突出了斯苔拉对男性身体的赞许:"他的眉毛很浓……他的颧骨仿佛是用大理石雕出来的,他的嘴唇又厚又漂亮……他身材颀长,宽肩膀……有哪个年轻女孩会这么幸运,能够得到这样一位帅气的男人呢?"(*HSG* 41)斯苔拉的人生由于遇到温斯顿而发生了巨大变化,她继续审视男女之间的关系,坚持对爱情的执着追求。她反对没有独立自由的爱情,崇尚相互信任,同时把爱情建立在对彼此的欣赏与尊重之上,尤其是在身体方面,"我对于男欢女爱并不陌生,但过去我一直都是被动的,从来没有太主动过,但这回我会主动一些,告诉他该怎么做"(*HSG* 92)。可以看出,斯苔拉变得独立自主,开始重新审视女性身体的魅力,并以此解构了传统的性别压迫逻辑。此外,在如何基于身体形成有效的女性身份建构方面,麦克米兰表现出了比前辈作家更为开放与积极的时代态度。莫里森笔下的秀拉和斯苔拉一样能以身体为话语场向男权制度发起挑战,但两者相比较,不难看出秀拉的反抗多少有些盲目,频繁地交换性伴侣不能被视为挑战男性权威的明智之举,而斯苔拉则在发挥身体潜能方面表现得更为理性、成熟与冷静。斯苔拉能够肯定与欣赏身体之美,并把男女之间的性爱活动视作爱情的体现,体现了其建构身份的态度更为积极与正面。

在父权文化语境中,母亲的身体欲望必须被压制与否定,而斯苔拉则以理性对待母亲身体的方式解构性别压迫,同时,斯苔拉对待种族身份的态度也彰显出了其鲜明的自尊自爱意识。不同于《最蓝的眼睛》中的波琳与《上帝救助孩子》中的甜甜①,斯苔拉没有受制于黑人的种族身份,选择自爱而非自我憎恨(self-hatred)建构其属于黑人母亲的自主身份,是母道赋权的主要表现。对于斯苔拉而言,作为母亲的自爱鲜明地体现在她对黑人女性身体与身份的极大认同之上。斯苔拉是一位身材健美、外形漂亮的黑人女性,她从不以自己的黑人身体为耻,相反,她积极展现黑色皮肤的魅力,立足于黑人身体逐渐建构起自身的女性身份,凸显了身体与身份间的话语关联。披散在肩上的发辫、黑得就像一个骄傲的真正非洲人的肤色是斯苔拉引以为豪的身份标志。她还坦言:"我的髋部很窄,后臀部则很大,这似乎是由于我们家的遗传。但说老实话,我倒并不想失去这一家族的特征。"(HSG 85)当斯苔拉走下飞机,来到令她痴迷不已的牙买加时,她对于当地人的描述是:"他们的颧骨是标准的非洲类型,像是雕塑一样,漂亮极了。他们的牙齿雪白雪白的,而他们的嘴唇的厚薄和形状也各不相同。他们一个接一个地对我像唱赞美诗一样地说:'欢迎来牙买加。'我这时不由在想……我的飞机在天堂里着陆了。"(HSG 32)显然,斯苔拉关于黑人之美的感叹挑战了"白即是美"的主流价值观,意在消解白人/黑人之间典型的二元对立观念。黑人母亲波琳与甜甜皆受制于"白即是美"的主流价值而厌恶甚至憎恨自己的黑皮肤,而且这种憎恶直接引发了母道的扭曲与异化。相比之下,斯苔拉建基于自尊自爱的母道行为则不仅有利于建构健康的种族身份,也有助于引导子女形成积极的自我身份认可。

简言之,在书写母亲自我认知层面,麦克米兰在《斯苔拉》中有意识地突出母亲主体意识之于身份重构的重要意义与价值。斯苔拉属于后民权时期新女性的

---

① 《最蓝的眼睛》与《上帝救助孩子》分别是莫里森的首部与最后一部小说,两部小说具有极强的互文性。其中,黑人母亲波琳与甜甜皆因坚信"白即是美"的价值观而对亲生女儿(黑皮肤)持有明显的情感漠视,母道行为严重异化。

代表,较之于米尔德里德式的传统母亲,她从不把母亲的存在单纯地依附于男权文化。同样,斯苔拉也不曾像秀拉视男女情爱为游戏抑或赢取女性独立的简单逆转方式。斯苔拉对母亲的存在的新型建构反映出作者麦克米兰与时俱进的母性发展意识。与前辈作家甚至其本人的前期作品相比,麦克米兰在《斯苔拉》中彰显了女性自尊对重塑母性的意义价值,表现出理性与审慎的态度主张。此外,麦克米兰笔下的斯苔拉也没有像奈尔与米尔德里德一样把子女看作自我的延伸,把母亲的意志强加于子女,而是以自爱为起点,引导儿子树立正确的性别观念。积极健康的母子/女互动关系是母道赋权的另一重要表征。

第二节　母子互动中的性别观念重塑

践行女性主义母道需要以母亲自觉的女性意识为前提,而观其效果则需要回到母子/女互动关系之中。麦克米兰在《斯苔拉》中以被母性研究学者称为"棘手话题"的母子互动为叙述重心,呈现女性主义母道带给儿子成长的积极影响,尤其在引导其建构性别平等观念上所体现出的价值意义。斯苔拉以实际母道行为传递男女平等的新型性别观,看似剥离了男性至上的优越感,实则提供给男性重新审视情感、关怀以及博爱等品质的机会。本节将聚集母子关系,以"母子互动中的性别观念重塑"为话题,审视女性主义母道带给子女成长的正面影响。下文还将结合互文本解读的方式,剖析如何依靠女性主义母道培养子女积极的性别观念,以及这种新型性别观念对母子/女双方的赋权意义。

参照欧瑞利关于女性主义母道的定位,母道唯有在成为重要的赋权场域时才能真正引导子女建构正确的性别观念。麦克米兰在《妈妈》与《斯苔拉》这两部小说中皆描述了单身母亲的情感生活以及子女对母亲情感的回应态度。然而,有所不同的是,《妈妈》中的女儿弗里达面对母亲米尔德里德与年轻小伙的交往时,直接怒骂母亲为娼妇,而《斯苔拉》中儿子却极为支持母亲与年轻的温斯顿交往,并表示很喜欢后者。作者在类似故事中设计出截然不同的结局,说明母子/女关系很值得探讨。正如本书第五章第一节所分析的,弗里达对母亲情感需求的否定态度是其内化父权思想的结果。母亲身体欲望的释放被父权文化所彻底否定与压制，母亲身体与情感的展露让女儿深感恐惧。那么，为什么在《斯苔拉》中儿子对母亲的态度有如此明显的反差呢？米尔德里德与斯苔拉所传递的母道文化存在怎样的差异？这便是本节探讨的关键点。本节借助母性研究的相关观点，在重点剖析米尔德里德与斯苔拉的母道行为异同的同时，论证唯有冲破父权束缚的母道行为，才能真正给予子女健康积极的性别观念。

《妈妈》中的米尔德里德性格坚强，深知父权文化对女性/母亲的束缚压制，尽管多次尝试冲破父权文化的牢笼，却因巨大的生存压力而重复选择屈从。米尔德里德的丈夫克鲁克酗酒成性，且经常抽打妻子，夜间鞭打妻子的响声频繁传进子女的耳朵里。然而，米尔德里德在屡次遭遇毒打，落得鼻青脸肿时却在子女面前有意掩盖事实的真相。她的做法虽出于保护子女的目的，却同时在子女心中埋下了男强女弱的性别观念的种子，所以，当母亲离婚后与别的男性发生关系之时，女儿弗里达表现出了不解与反对。显然，弗里达的愤怒源于母亲的行为超出了她以往对女性/母性行为的基本认知。在里奇看来，母亲对女性权利的自主放弃以及对性别地位的屈从会让女儿患上一种典型的"惧母症"（matrophobia），"很多女孩目睹了母亲的妥协与自我憎恨，同时又被母亲限制了自由意识的发展，故而会产生对母亲的敌意"[1]。女儿对母亲的敌意态度恰又揭示出母道行为的不完整性与不恰当性。即使在父母离婚之后，弗里达所感受到的仍是男女之间的恨，也就是说，这种不健康的父母关系直接影响到了子女成人后的婚恋观。弗里达交往过多位男友，却不敢走向婚姻，说明母道影响下的性别观念在子女成长过程中发挥着重要作用。

通过比较可见，《斯苔拉》中的儿子昆西从母亲身上获取了积极的性别观念，这种观念是他理解、支持母亲重新选择爱情的主要动因。子女独立意识的建构主要得益于母亲的自主与自尊。在里奇看来，健康的母道行为并非只是给予子女无私的、无我的母爱，而是要求母亲首先学会爱自己，"一位母亲送给子女最好的礼物应该是充分挖掘并展现母亲自我的潜能。做母亲，不应是满足于扮演童话故事、影视作品中所宣扬的母亲形象，而是应该最大化地成就自我的生活可能

---

① Rich, Adrienne. *Of Woman Born：Motherhood as Experience and Institution*. 2nd ed. New York：W. W. Norton and Company Inc.，1986：235.

性,拒绝成为受害者……"①以此为参照,可以说,斯苔拉的母道建立在对女性价值的挖掘与彰显之上,她对儿子的言传身教表明每个个体皆应具有独立的自我,包括母亲本身。由此观之,由于米尔德里德的性别主体缺位,女儿弗里达才未能成功建构自主意识与健康的性别观念。

斯苔拉是位受过高等教育的职业黑人女性。在被辞退之前,她曾是一位证券分析专家,为公司赚取了巨额利润,她本人的年收入也有20万美元之多。斯苔拉不仅经济独立,同时也精神自由,具有独立思考判断能力。这种判断能力使得她能够理性处理家庭关系,在婚姻破裂之后仍能给予儿子来自父母双方共同的爱。她从不阻拦儿子去看望父亲,并鼓励儿子学习父亲好的品行,保证儿子健全人格的塑造。显然,斯苔拉的这种做法同样比米尔德里德以及《布鲁斯特街的女人们》中的玛蒂更为恰当。米尔德里德逃避性别压迫的事实,不仅导致弗里达对父权文化的不自觉内化,同时也引发了儿子马尼的成长危机。马尼从小目睹父亲鞭打母亲而后者从不反抗的生活现实,以致成人之后重蹈父亲行为的覆辙,最后因偷窃、吸毒而锒铛入狱。玛蒂则直接否定父亲的存在,其儿子巴西尔自私逃避的消极性格与父亲的缺席不无关系。相比较而言,斯苔拉则能积极正视生活现实,并尽最大努力提供儿子相对健全的家庭文化与家庭教育。最终,儿子能够鼓励母亲跨越年龄鸿沟与温斯顿相处,也表明其已经具有开放、自主的性别观念。母子互动关系中彰显出母道的赋权意义。

在母性研究学者看来,母子关系话题似乎是一种"禁忌话题"(a taboo topic)②,因为在传统的父权文化语境中,母子分离(mother-son separation)是男性成长的必要前提。女性主义学者罗宾·摩根(Robin Morgan)曾表示:"在女性主义研究中,几乎没有比'儿子'这个词更能令人沮丧与恐慌的了。我们谈论、写作以及阅读母女之间的诸多故事,却很少探讨母子关系。"③可以说,在谈及母道赋权话题时,作家们也多选择讲述母女之间的故事,至于其中的缘由,学者艾

---

① Rich, Adrienne. *Of Woman Born: Motherhood as Experience and Institution*. 2nd ed. New York: W. W. Norton and Company Inc., 1986: 246.(引文的斜体为原文中所设。)

② Forcey, Linda. *Mothers of Sons: Toward an Understanding of Responsibility*. New York: Praeger, 1987: 2.

③ Morgan, Robin. "Every Mother's Son". In Jess Wells (ed.). *Lesbians Raising Sons*. Los Angeles: Alison Books, 1997: 43.

丽森·托马斯(Alison Thomas)在文章《逆流而上：养育儿子的女性视角》中进行了解释：

> 在培养儿子男女平等的新型性别观念方面，极少有父亲能够发挥作用，由此，这项任务再次落在母亲身上。母亲们有义务帮助儿子走出传统的男性气质神话。在父权文化语境中，识破男性气质的神话，并做出诸如共同承担家务、育儿等以往专属女性的行为，的确需要很大的决心与毅力，代价也难免不小。[①]

在母子关系互动中，斯苔拉没有像玛蒂那样把儿子紧紧拴在自己身边，给予其鸵鸟式的保护，相反，她鼓励儿子接受教育，获取向上流动的资本。尽管玛蒂倾其所有让儿子巴西尔接受教育，但由于过度保护与溺爱，玛蒂没能引导巴西尔积极利用教育提升自我。相较之下，斯苔拉则以自身的榜样作用引导儿子适应外界社会，以提升生存能力。作为母亲的斯苔拉与玛蒂皆提供给儿子成长必要的母爱关怀，却在"关注"层面表现出了极大的差异。继续回到里奇所强调的具有赋权意义的母道所指，其所提倡的母子关系主要以母亲的参与逐步形塑儿子的性别观为主。这种性别观不仅能够帮助男性重新承认、接受与母亲之间的联系，尊重女性的存在价值，此外，颇为重要的一点是，这种新型的性别观还能帮助男性认清男性气质的神话，重新认识男性身上所潜藏的同情、关爱以及感性等常被划分为女性气质的成分。在女性主义学者们看来，男权神话不仅否定与忽视女性的存在价值，也不利于男性自身的价值实现。现代文明社会所形塑的男性气质"包含了很多诸如权力、财富、体貌与性能力等外在因素，甚至从根本上背离传统男性气概的本质"[②]，由此，不受制于男权神话，不仅需要男性自身的反省力与实践力，也需要女性，尤其是母亲的积极引导。

---

① Thomas, Alison. "Swimming Against the Tide: Feminists' Accounts of Raising Sons". In Andrea O'Reilly (ed.). *Mothers and Sons: Feminism, Masculinity, and the Struggle to Raise Our Sons*. New York: Routledge, 2001: 130.

② 隋红升. 男性气概. 外国文学, 2015(5): 122.

作为母亲的斯苔拉所践行的是女性主义母道，即以女性原则为标准引导儿子重塑新型的性别观。从该层面上讲，作者麦克米兰的母道主张回应着里奇的先进观点。里奇对母道的肯定却常被忽视，被关于制度化母性的讨论所覆盖，由此，麦克米兰作为新生代非裔美国女性作家以文本叙述的方式重新呈现母道的价值与意义，具有鲜明的文本意识。另外，值得讨论的一点是，麦克米兰具有非裔美国作家一贯的反思态度。虽然她在呈现母道力量方面与西方母性研究学者具有一致性，然而，细察可见，她对母性理论学者们所强调的逃离男权文化的单一主张亦有所保留。在《斯苔拉》中，斯苔拉虽为单身母亲，独自抚养儿子，进入里奇等母性学者所称的逃离父权的母性世界(motherhood out of patriarchy)，但她并没有把儿子隔绝于男性世界之外，相反，她鼓励儿子积极融入社会，健康成长。也就是说，因为斯苔拉具有新型的女性主义观，她没有采取激进派女性主义者简单逆转式的方式，把儿子禁锢在唯女性至上的世界中，而是培养儿子男女和谐相处的自觉意识。斯苔拉的母道经历表明，女性主义母道不仅有助于为母亲/女性赋权，同时也有利于培养儿子新型的性别观念，巧妙化解母性研究学者深感畏惧的母子矛盾关系。从深层次上讲，斯苔拉由于践行理性的女性主义母道，不再受制于父权思维，既不会行使权力导向的控制性行为，也不会唯男性为上，从而最终营造出健康的性别关系与家庭氛围，有助于儿子的健康成长。

综上，女性主义母道需以母亲自觉的女性意识为前提，通过具体的母道实践为母亲赋权，并引导子女实现成长与发展。欧瑞利曾强调："只有当母道成为一个场域、一种重要角色以及彰显女性力量的身份时，女性主义母道的价值才能最大化地得以体现。"[①]由此，斯苔拉的母道经历兼具理论建构与实践指导的双重意义。下面一节将继续讨论女性主义母道的辐射性影响，即对母性文化的传承与发扬，以此拓展赋权性母道的内涵与外延。

---

① O'Reilly, Andrea. "Mothering Against Motherhood and the Possibility of Empowered Maternity for Mothers and Their Children". In Andrea O'Reilly (ed.). *From Motherhood to Mothering: The Legacy of Adrienne Rich's "Of Woman Born"*. Albany: State University of New York Press, 2004: 160.

第三节　以母道取代母性的辐射性影响

西方母性研究发展至今,在剖析制度化母性的压迫性本质与解构策略方面成绩斐然,在论证母道的赋权力量与能动性表征方面却仍存有空间。21世纪以来,不少母性研究学者转而探讨母道本身的价值,其中以加拿大母性研究学者欧瑞利的研究最为典型。以欧瑞利为代表的母性研究学者以后结构哲学为思想武装,辩证看待母道的具体内涵与能动表征,以重新解读里奇的理论观点为契机,提出女性主义母道的鲜明概念。以"母道"取代"母性"成为21世纪母性研究的焦点所在。本节将继续文本细读的方式,审视斯苔拉如何以母道取代母性,即如何以母道为逃逸路径冲破父权与种族的双重束缚,展现母道文化的价值。这里还将借助"母性艺术"话题,探讨女性主义母道在肯定与弘扬母性文化方面的辐射性影响。

建构女性主义母道的首要前提是冲破制度化母性的外在束缚,解构父权文化对母性行为的规约限制。其次,女性主义母道提倡践行真实的母道(authentic mothering),即拉迪克始终强调的以女性情感与女性思维为基点的母性行为。在《斯苔拉》中,斯苔拉所践行的母道即以女性思维为主导,不仅表现在对女性自身价值的尊重与对子女的恰当引导上,还体现在她对母性工作的继承与发扬之中。起初,斯苔拉是位证券分析专家,年薪很高,却深感压力与危机,"我循规蹈矩地做一些事情已做了太长时间,我居然没有发现我像是一直生活在茧子里,或是别的什么里面,就好像我一直梦游般活着"(HSG 238)。尽管斯苔拉为了保住这份工作付出了许多,却依然因为自己的性别身份与种族身份而"莫名其妙"地丢掉了工作。新来的上司仅因觉得20万美元的年薪对一个黑人女性不太合适就轻而易举地剥夺了她工作的权利。可以说,斯苔拉的失业是种族主义者与男性中心论者对黑人女性价值和才能的粗暴否定,"我望着窗外愣了好长好长时间。我的眼泪在眼眶里打转,但我不想让它流出来"(HSG 160)。然而,失去工作并没有让斯苔拉难过太久,相反,她却有种如释重负的感觉,"不知是怎么回事,我仿佛肩头卸下了一副重担……17年来第一次毫无疑问地完全自由了"(HSG 161)。

这种如释重负的感觉源于斯苔拉挣脱了平日里强大的工作压力,而这种压力一方面是因为高负荷的工作强度,另一方面也是因为她时刻担心自己由于黑人女性的身份而随时会被"取代位置"(HSG 169)。在父权、种族叠加影响的现实语境中,高收入的证券工作对斯苔拉而言是把"双刃剑",一方面赋予其消解权威的机会,另一方面也在无形中成为束缚其自由发展的外在力量。所以,当斯苔拉被夺去工作机会之时,她的心情无比复杂,愤怒中又有点庆幸。斯苔拉遭遇失业后的工作选择成为作者反思母道价值的又一个切入口。麦克米兰转而让斯苔拉在母性工作中挖掘自我潜能,进一步呈现母道的辐射性影响。

斯苔拉曾在芝加哥艺术学院获得艺术硕士学位,但是为了谋生,她隐藏了这份技能,认为艺术设计并非理想的谋生手段。在传统的性别分工观念影响下,艺术设计与证券分析构成一组颇具代表性的二元对立项,前者被归类为女性、私人与情感的,而后者才属于男性、公众与理性的。斯苔拉退出男性世界可被视为一种女性成长的仪式性事件,也是其母道行为的影响见证。女性主义母道在概念上等同于拉迪克所推崇的"真实性母道"。真实性母道对应于非真实性母道,后者遵循父权文化对母性的行为规约,践行父权所认可的母道经验,压抑母性潜能。真实性母道则以正视母性力量为起点,尊重女性文化,并积极利用女性特质成就母性工作。就此而言,可以说斯苔拉所践行的母道属于真实性母道,以此彰显母亲/女性价值。后来,斯苔拉无意中设计的一件 T 恤被放在好友梅莎的展览馆里后,受到了不少顾客青睐;她自己设计的家具独一无二,被温斯顿赞许为"雕刻品、工艺品"(HSG 314)。此外,雕刻家鲁迪愿意和斯苔拉建立起良好的商业合作关系。这一切预示着斯苔拉将在她所真正喜欢的工作领域中重新开辟自己的一片天地。值得一提的是,斯苔拉所将从事的艺术工作源于她的母亲身份和母性生活灵感。麦克米兰的这一故事设计暗示着母亲/女性在工作领域的身份建构不仅取决于女性自身的独立自主,同时也要与母性文化保持紧密的关系。

家居艺术常被视为母性文化的表征。法裔美国艺术家路易斯·布尔乔亚[①]在其诸多艺术品中以母亲日常用品为创作素材,展现母性文化的丰富魅力。麦

---

① 布尔乔亚艺术展于 2018 年 11 月在上海龙美术馆举行,反响很大。其代表作《妈妈》《心》《细胞》等皆表达对母亲的复杂情感。贯穿布尔乔亚作品始终的是一条维系情感的线,其灵感来源于母亲平日里的编织与缝补等工作内容。

克米兰笔下的斯苔拉同样从母性文化中汲取营养,发挥自己的艺术设计能力,在成就自我价值的同时,享受母性文化的独特魅力。反向而言,基于母性文化的母道行为又能提升母亲/女性的自我认同。斯苔拉重拾设计工作不仅助其获得极大的事业成就感,更使她坚信女性工作的价值。梅莎对斯苔拉用钢丝编织而成的 T 恤大加赞扬:"你在这方面比你自己想象的要出色多了,姑娘。这是一件了不起的作品,现在你应该意识到这一点了!"(HSG 263)故事结尾处,斯苔拉的事业信心比以往任何时刻都更为坚定。

在阐释女性主义母道的具体所指时,母性研究学者欧瑞利、戈登以及劳拉·乌曼斯基(Laura Umansky)一致认为女性主义母道与赋权性母道[①]在概念上有异有同,女性主义母道格外强调母亲个体的独立意识及其对母道行为的影响,包括所建构的新型性别观对个人行为与子女成长的形塑作用。《斯苔拉》中的新生代母亲形象斯苔拉具有典型的女性独立意识,在爱情、工作以及种族生活等多个层面敢于冲破固有的行为规约,逐层勾勒母亲的主体性。此外,斯苔拉能够身体力行,引导儿子形成健康的性别观念,更为鲜明地彰显女性主义母道的实践价值。斯苔拉最终选择以母性艺术成就事业,也呈现出女性主义母道在弘扬母性文化方面的辐射性影响。

此外,从理论层面上讲,建构女性主义母道还有助于女性主义理论与实践的深入。欧瑞利在剖析女性主义母道之后转而探讨"以母性为中心的女性主义"(matricentric feminism)[②],挖掘母道之于女性主义理论与实践的重要价值。女性主义理论与实践具有较长的发展历史,其影响力始终有增无减,主要致力于揭示与解决男女性别不平等的问题。相对于女性主义,母性研究所受到的关注远远不够,即母性对于女性主义理论的扩展价值也未得到最大化的挖掘。麦克米兰通过文本叙述,借助斯苔拉的生活经历不仅呈现出女性意识带给母道实践的积极影响,同时也展现了以母道为中心的活动如何反向作用于女性成长。斯苔拉在母性艺术活动中重获自我的情节便是一个突出的例证。由此,麦克米兰在文本中对"以母道取代母性"的巧妙设计也兼具理论与实践的双重意义。

---

① 关于"赋权性母道"的具体内涵与表征方式,下面两章将会予以深入探讨与论证。

② O'Reilly, Andrea. *Matricentric Feminism*:*Theory*,*Activism and Practice*. Bradford:Demeter Press, 2016:xvi.

总体而论,《斯苔拉》以后民权时期黑人中产阶级女性斯苔拉的母道经历为叙述重心,呈现母性研究学者所积极倡导的女性主义母道的具体表征及其影响。斯苔拉以母道为中心的经验更多属于个人层面的赋权行为,接近于白人主流母亲群体的解放路径,反映出黑人中产阶级母亲群体的生活样态。相比之下,内勒的《妈妈·戴》则聚焦黑人母道的种族特质,以再现黑人圣母文化的叙述方式,细致呈现母道在赋权个人、营造社区文化以及发挥政治潜能等多层面的积极力量。

第八章 《妈妈·戴》中的圣母文化与种族赋权性

　　有别于莫里森、麦克米兰等其他当代非裔美国作家,内勒擅长塑造母性乌托邦来呈现非洲传统文化对美国黑人母性与母道的影响。在非洲传统文化中,母性占据了宗教、哲学以及社会体制等方面的核心地位。黑人圣母是集神秘与力量于一体的形象化身,直接影响社区文化的营造与种族群体的身份建构。本节从追溯黑人圣母文化的独特内涵出发,借助科林斯与克里斯蒂安等学者关于黑人母性传统价值的剖析,以《妈妈·戴》为细读文本,审视内勒对母性与母道的独特定位与拓展性诠释。

　　《妈妈·戴》是内勒的第三部作品。小说的创作背景与主题都与恢复南方民间美学的运动密切相关,所讲述的故事主要发生在美国纽约以及东南海岸的一个名叫威罗·斯普林斯的神秘小岛。内勒在该作品中采取了多视角的叙述方式,男女主人公乔治与可可·戴分别从各自的角度讲述人生经历,以及彼此相处中的感情与困惑等。在两人回忆性对话的间隙处,内勒采取第一人称复数形式的视角交代小岛上居民的观察感受。整个故事主要以乔治与可可来到小岛之前与之后的两部分组成,时间处于 1980 年到 1985 年之间,最后以 1999 年可可怀念为救治她而丧命的乔治结束。小说中影响可可与乔治命运走向的一位神秘人物则是戴家族的祖先,即黑人女性索菲亚。非洲黑人女性索菲亚如何让欧洲白人丈夫韦德把海岛转让给自己的七个儿子是一个无人能解答的谜。尽管有多种猜测,但终究无法改变戴家族在海岛上的权威性。故事开始时,代表并践行着这一权威的戴家族后人便是小说的题目人物——妈妈·戴(Mama Day),即米兰达·戴(Miranda Day)。妈妈·戴是小岛社区的精神领袖,依靠其超凡的"利用自然的能力"(如用草药治病、拯救生命等)以及对传统文化的坚守赢得了社区人们的尊敬,是黑人圣母最典型的形象再现。

黑人圣母兼具繁衍生命与破坏自然的正反两种力量,这种辩证的母道经验尤为值得探讨。内勒通过描述戴家族中索菲亚、妈妈·戴、可可这三代黑人圣母的经历,呈现了黑人圣母文化的辩证内涵:一方面,圣母文化带给黑人社区积极正面的引导力量,是社区自足发展的精神保障;另一方面,黑人圣母所产生的破坏力蕴含着对种族制度、性别歧视与文化偏见等不对等关系的揭示与消解。在美国黑人社会体系中,受非洲传统文化的影响,母性与母道一直备受推崇,其所产生的解放与赋权力量不容忽视。总体上,黑人圣母文化语境中的母道经验与西方母性理论关于具有赋权意义的母道经验有着相似的理论与实践价值,同时也构成对后者的补充与拓展。具体而言,本章将重点围绕黑人圣母形象的再现、圣母文化与社区文化营造以及圣母文化的种族政治潜能三个子话题展开分析论证。如果说《斯苔拉》重点诠释了母道对于母亲个体与子女发展的赋权意义,那么,《妈妈·戴》的母道论证将旨在突显母道在营造社区文化以及引发社会变革方面的重要价值。从个体到群体的赋权延展进一步说明母道在非裔美国文化中始终保持着核心地位,母道书写成为当代非裔美国文学的突出特征。

第一节　黑人圣母形象的再现

学者卢希亚·伯恩鲍姆(Lucia Birnbaum)在评论众多文化中的圣母形象时指出:"古老欧洲对本族圣母的崇拜是与非洲、中东和亚洲的黑皮肤女神结合在一起的,而且延续到与黑人圣母相连的本族信仰和仪式的基督时代。"[①]此外,伯恩鲍姆相信黑人圣母"也许被当作一种暗喻,是对大地被认为是女性身体而且所有文化都是平等的年代的记忆,这种记忆在受土地禁锢的当地文化传统中得以

---

①　Birnbaum, Lucia. *Black Madonnas: Feminism, Religion, and Politics in Italy*. New York: New York University Press, 1994: 3.

传播"①。黑人圣母成为重要的文化能指,是理解、诠释非裔美国文化的解码钥匙,也是审视《妈妈·戴》中的黑人母亲形象与美国黑人母道能动性的重要参照点。本节将主要结合小说中的一些具体物象,包括手、百衲被、草药等来分析内勒是如何再现圣母形象的。

小说以戴家族的历史发展为叙述主线,讲述了从 1823 年至 1999 年的家族史,塑造出索菲亚、妈妈·戴、阿比盖尔以及可可等多位具有超凡能力与神秘力量的圣母形象。她们坚强、勇敢、善良、智慧,对社区的人满怀爱心,是大家的精神引导者和实际保护者。此外,她们神秘且能力超凡,与常人有别。在乔治来到小岛时,妈妈·戴已是一位 90 岁的老妇,妹妹阿比盖尔也已经 85 岁,她们分别是可可的姨祖母与祖母。然而,乔治却无论如何也不能把她们和年老联系起来:她们脸上的皮肤依旧光滑,仅有一些年轻人也会有的鱼尾纹;她们的手掌柔软、有力,"这些女人长成这样,应该不会有死亡的那一天吧!这个想法很荒诞,却是我当时的直观感受"(*MMD* 177)。② 比起外表所呈现出的神秘色彩,妈妈·戴姐妹的生存能力则更能彰显她们身上所体现出的黑人圣母精神。

妈妈·戴黑人圣母般的超凡能力体现在她能依靠大自然的力量解决人类生理以及精神方面的问题困惑。使用岛上的草药医治病人,抑或缓解人们的精神压力是美国黑人原始能力的重要表现。社区的年轻女性波尼斯由于身体条件而一直未能受孕,对生育的渴望让她一度不听从妈妈·戴的建议而服用偷拿的受孕药,结果生命危在旦夕。此时,妈妈·戴伸出援手,依靠自己多年的生存经验,在深夜时分采集草药缓解波尼斯的疼痛,以为医生进行医治争取宝贵的时间。

米兰达小心地扒下香樱树的树皮,然后切下与她小指最上面一段长度相似的一截。她必须小心,十分小心地对付这个东西,因为它既能治人的病,也能要人的命。现在没有时间把它晾干,制成浆汁。她用双臂把波尼斯抱起,先让她吃下一块薄荷糖……"现在,波尼斯,我要你把

① Birnbaum, Lucia. *Black Madonnas*:*Feminism*,*Religion*,*and Politics in Italy*. New York:New York University Press, 1994:4.

② Naylor, Gloria. *Mama Day*. New York:Vintage Books, 1988. 本书中该小说的中文均为笔者所译。

这块树皮含在嘴里,不停地咀嚼。它很苦,但千万不要吐出来,也不能停止咀嚼,因为一旦停止,它会把你的嘴巴烧坏。"(*MMD* 82)

妈妈·戴的草药治疗让当地名医史密斯菲尔德也深感佩服,"米兰达女士,你这次又抢了我的病人,我这样的乡村医生永远也比不上您,您可以兼治病人的身体与灵魂"(*MMD* 84)。的确,较之于医生的科学治疗,妈妈·戴所给予波尼斯的是精神层面上的引导与帮助。妈妈·戴以非洲人传统朴实的价值观让波尼斯相信只要耐心等待,就有生育子女的希望。最终,波尼斯在妈妈·戴的精神引导下,静心迎来了儿子的诞生。生育在美国黑人文化中同样意义重大,并有助于彰显圣母文化。学者米尔恰·伊里亚德(Mircea Eliade)曾分析道:"在非洲部落中,老一辈的母亲传递给女儿们生育的意义不仅在于繁衍,更是因为生育活动表明女性是世界的创造者。"①妈妈·戴的圣母能量在波尼斯的生育活动中得以清晰呈现。

小说中最能体现美国黑人圣母文化力量的情节是妈妈·戴借助"巫术"救助戴家族唯一的继承人——可可。社区女性露比因嫉妒可可完美的爱情与婚姻而对其下毒手,假借为可可编梳发辫之际将毒药渗入后者的身体内。乔治根本无法理解海岛居民的生存之道,他想尽快把可可带到纽约接受科学的治疗。然而,在此不久前发生的史无前例的大飓风已把连接海岛与大陆的大桥彻底摧毁,乔治的计划受阻。妈妈·戴不得不选择使用"巫术",即要求与乔治联手救治可可。妈妈·戴冒着生命危险来到家族历史所在地(the Other Place)寻找祖辈留下来的暗示,最后她找来祖先韦德模糊不清的手稿和保罗的拐杖,并要求乔治按照她的指示去做。其中一个重要环节是用"手"去感受祖先的力量,手手相连汇聚能量。学者多萝西·比勒(Dorothea Buehler)认为,"在《圣经》文化中,手不仅传递出确定性与所有权,同时也象征着保护、创造、治愈,尤其是人类与神灵之间的合

---

① 转引自 Beane, Wendell C. & William G. Doty. *Myths, Rites, Symbols: A Mircea Eliade Reader* (*Vol. 2*). New York: Harper, 1976: 152.

约关系"①。从非洲传统文化的角度来讲,用手碰触对方也意蕴深远,"是非裔美国精神文化的核心元素,尤其是在一些黑人教堂里,'以手触碰(laying on of hands)'是一个关于非洲起源的重要仪式,重现祖先对通过占卜者或者中间媒介与祖先进行精神沟通的虔诚信仰"②。妈妈·戴借助古老的非洲仪式,通过手的触摸得到祖先的庇护与启示,并把这种力量传递下去。除了神秘地救治可可的疾病,妈妈·戴的手在故事中还被称为"赐福之手":"在社区中,她的手曾把许许多多的婴儿带到这个世界上。那是赐福之手,人们通常都这么说。"(MMD 88)

妈妈·戴的手神秘而有力,相比之下,祖母阿比盖尔的手则是温暖、呵护的。面对生命垂危的可可,阿比盖尔用自己的双手抚摸她,缓解她无法忍受的疼痛,并给予其解脱的希望,"她一直唱着歌,把我的头靠在她的胸前,轻轻地抚摸着我的头发,然后抬起我的下巴,望着我"(MMD 287)。妈妈·戴和阿比盖尔是美国黑人圣母形象的再现,她们淳朴而智慧,坚守黑人传统的文化价值观以及生存之道。她们又是传统文化的传播者,正如学者尼拉·伊瓦-戴维斯(Nira Yuval-Davis)所言,"妇女不仅是民族的生物性的再生产者,还是民族文化的再生产者"③。她们一针一线所缝制的百衲被可被视为民族文化的重要能指符号。

可以说,妈妈·戴姐妹是连接过去与未来的文化使者,通过缝制百衲被把黑人传统文化融进年轻一辈的日常生活之中,使其得到继承与传播。作为送给可可的结婚礼物,妈妈·戴姐妹亲手缝衲的被子承载着家族的历史以及美国黑人的传统文化。妈妈·戴和阿比盖尔细心挑选绳线的颜色,用心设计被子的图案,精心地把戴家族成员旧衣服的碎片缝衲在一起,以此完整再现家族的历史。

————————

① Buehler, Dorothea. *"There's a Way to Alter the Pain"*: *Biblical Revision and African Tradition in the Fictional Cosmology of Gloria Naylor's "Mama Day" and "Bailey's Café"*. Frankfurt: Peter Lang, 2012: 95.

② Thompson, Dorothy Perry. "African Womanist Revision in Gloria Naylor's *Mama Day and Bailey's Cafe*". In Margot Anne Kelley (ed.). *Gloria Naylor's Early Novels*. Gainesville: University Press of Florida, 1999: 97.

③ 伊瓦-戴维斯. 妇女、族裔身份和赋权:走向横向政治. 秦立彦, 译//陈顺馨,戴锦华. 妇女、民族与女性主义. 北京:中央编译出版社,2004:42.

从边缘处开始用金线缝制出的圆圈图案与扩展出的橙色、红色、蓝色、绿色图案相互重叠，到中心处继续使用金线。爸爸曾在星期天才穿的衬衫上的一块布和阿比盖尔的衬裙花边、霍普（Hope）毕业礼服的衣领，格蕾斯（Grace）参加洗礼时所戴手套的掌心部分等搭配在一起……妈妈·戴的针穿梭在匹斯（Peace）毛毯碎片、可可小时候用过的以及她自己的花园围裙的口袋布块之间……叔叔的灯芯绒布料、曾叔父的棉布料……母亲的格子衬衫……这一片，那一片……等被子完全缝好时，已经分辨不出哪里是开端，哪里是结尾，好像它并不是被缝纫出来的，而是不知从哪里生长而出的。（MMD 137）

　　百衲被是非裔美国文学中经常出现的一个文学意象，是彰显黑人文化的重要符号。艾丽斯·沃克（Alice Walker）在她的短篇小说《外婆的日常家当》（"Everyday Use：For Your Grandmama"）中同样以细腻的笔触描写了百衲被的漂亮图案以及文化功能。[1] 在百衲被的使用功能上，内勒与沃克等非裔美国作家又有着极为一致的态度立场，即坚持将百衲被用于日常生活，强调黑人文化在生活实践中的继承与传播。在《妈妈·戴》中，当可可收到祖母们寄来的新婚礼物时，心情激动而又复杂：

　　当我把百衲被完全摊开时，发现足足有七平方英尺大，我们一时之间被完全震撼到了。你（乔治）希望开辟一片墙，专门挂起这条被子。但是，被子做来是要用的，当然，我也知道她们也不是仅仅为了我才缝纫它的。我慢慢地抚摸被面上五颜六色的环形图案。她们希望我能为戴家族繁衍后代。（MMD 147）

　　百衲被的丰富内涵在黑人女性之间无言的交流之中得以充分呈现，正如学者玛戈·安·凯利（Margot Anne Kelley）所言，"百衲被是维系祖母、母亲以及女儿之间的情感纽带，提供她们相互讲述的机会，构成记录家庭琐事、重现女性

---

　　① Walker, Alice. *In Love and Trouble：Stories of Black Women*. New York：Open Road Integrated Media, 1973.

经历的重要媒介"①。妈妈·戴和阿比盖尔通过无声的缝制,向可可讲述家庭的历史,传授美国黑人独有的文化传统,引导可可铭记过去,并努力创造未来。戴家族新一代女性可可最终成长为真正意义上的圣母形象,无论是外在形象还是内心精神层面都透露出她已经能够完成圣母文化传承的使命担当。可可是戴家族最后的子孙,她纯正的黑人血统让妈妈·戴与阿比盖尔祖母深感骄傲与充满希望:

> 宝贝女孩(Baby Girl)②身上流淌的是我们曾祖母纯正的黑人血液……那是能够吞噬宇宙间所有光亮,甚至太阳的黑。现在的孩子根本不知道正是我们身上的白种血液才让生活在斯普林斯的他们的皮肤呈现出棕色。但是纯正的黑色可以吞没所有混色——而且,是纯正黑人的圣母赐予了我们宝贝女孩。(MMD 48)

可可除了具有黑人圣母般的纯正血液,她最后还在妈妈·戴的精神启迪下拥有了圣母智慧。戴家族的多位女性,包括索菲亚、格蕾斯、匹斯等都为了得到"安宁"③而拼尽全力,甚至不惜丢掉性命。乔治因救治可可而过世,为此可可一直背负着巨大的感情债,久久不能释怀。后来,在和妈妈·戴交流后,可可才学会放下已经失去的东西,"她不再为她已经失去的所感伤,开始思考到底什么是失去,她会继续思考下去,直到自己真正成为戴家族的一员,不让母亲们失望"(MMD 308)。

学者威特曾强调,"作为戴家族的最后一位成员,可可终于走进了家族的秘密,深深理解了家族所遭遇的苦痛。她获得了母亲、祖母以及曾祖母等都未能得到的东西——安宁(peace)"④。随着乔治"耶稣殉道"般的离世,妈妈·戴的百衲

---

① Kelley, Margot Anne. "Sister's Choices: Quilting Aesthetics in Contemporary African-American Women's Fiction". In Cheryl B. Torsney & Judy Elsley (eds.). *Quilt Culture: Tracing the Pattern*. Columbia: University of Missouri Press, 1994: 49-67.

② Baby Girl 是阿比盖尔祖母与米兰达姨祖母对可可的亲切昵称。

③ 在小说中,Peace 既是戴家族一位女性的名字,同时又意指家族的共同期待——安宁。

④ Whitt, Margaret Earley. *Understanding Gloria Naylor*. Columbia: University of South Carolina Press, 1999: 152.

被终于缝制完整,戴家族的生存精神将继续发扬下去。作者内勒通过再现黑人圣母形象,透视黑人母性文化的历史性与传承性,并展示母道的影响渊源与代际承继。下面一节将进一步阐释母道的价值,从圣母文化与社区文化营造的关系分析入手,肯定黑人母道的赋权意义。

第二节　黑人圣母与社区文化营造

圣母形象再现是小说《妈妈·戴》的重要书写特征,不仅使故事情节引人入胜,充满神秘色彩,同时也成为作者内勒反思母道意涵的独特依托点。本节将继续展开对圣母文化的分析诠释,以"黑人圣母与社区文化营造"为线,结合文本细读与历史语境分析,深入论证圣母文化之于非裔美国母亲群体身份建构、自我赋权以及社区发展的独特意义。故事中的典型圣母形象妈妈·戴虽不具有生物学母亲的身份资格,却成为整个社区的精神领导与生活导师。她成为黑人文化过去、现在与将来的重要承接使者,又是社区的人对抗种族不公的心灵依靠。"圣母"妈妈·戴所扮演的社区母亲角色成为其获得自我存在与社区文化发展的重要身份依托,也极强地体现出非裔美国母道的多元建构模式。

科林斯曾结合非洲传统文化对母性的定位来探讨非裔美国女性的母道实践及其丰富内涵。科林斯指出:"尽管存有不同的变体,有点共识却一直持续着,即在西非,母亲/女性在家庭网络中始终发挥着核心作用。"[①]黑人母亲独特地位的形成有其特殊的种族与历史原因。首先,"男主外、女主内"的家庭模式从来不适用于黑人家庭,黑人母亲也不仅依靠黑人男性养家,而是与丈夫共同抑或单独赚钱养家。其次,在西非族群中,母亲一直具有独特的文化内涵和精神价值。延续血脉是西非哲学的重要组成部分,由此母亲成为人们尊重与敬仰的对象。再次,在母子/女血缘纽带备受强调的同时,养育子女也成为一种集体活动,随之相互帮助、通力合作、以女性为中心的"母道"网络便建立起来。在科林斯看来,基于

---

① Collins, Patricia Hill. "The Meaning of Motherhood in Black Culture and Black Mother-Daughter Relationship". In Patricia Bell-Scott (ed.). *Double Stitch*: *Black Women Write about Mothers and Daughters*. Boston: Beacon Press, 1991: 44.

西非传统的母性观在非裔美国人群中影响深远，发挥着超出想象的重要作用。而且，这种传统的母性观也常常与发展变化中的政治、经济等因素交织起来，共同作用，形成了非裔美国人母性独特的文化内涵和价值取向。[①] 在这种母性文化的滋养下，"社区母亲"顺势而生，成为非裔美国群体中的一个重要文化身份。

社区母亲的出现不仅与美国黑人的生存现实有关，同时亦有独特的文化渊源。具体而言，社区母亲不但会在日常生活中发挥实际的养育职责，协调亲生母亲与子女之间的紧张关系，或者在亲生母亲缺位时直接抚养黑人子女，此外，她们还会起到重要的文化传承作用。科林斯曾把社区母亲的功能定位在"滋养心灵"（mothering the mind）。社区母亲与黑人子女之间会形成一种"导师—学生"的辩证关系。伯纳德·坎登斯（Bernard Candance）等人高度肯定了科林斯对母道的积极定位，并主张将其理论化，因为这种母道智慧包含经验分享、互动交流、社区营造以及情感维系，同时又是非洲传统价值的缩影所在。[②] 在《妈妈·戴》中，妈妈·戴以其独特的母道实践成功再现了黑人圣母文化，扮演着社区母亲的身份角色。

妈妈·戴的社区母亲身份体现在对孙女可可的抚养与引导上。故事中的可可接受过高等教育，独立自主，然而，黑人女性的身份始终使她很难在纽约找到一份可以谋生的工作。纽约对可可而言一直是个很陌生的地方，根本无法容纳她的存在。渴望得到认同的可可只能在祖母们的母道抚慰中建构自我存在。妈妈·戴姐妹经常通过写信、寄家乡特产的方式让远在异乡的可可感受到家庭的温情。每年8月，可可也都会回到斯普林斯度假，这成为戴家族一成不变的生活习惯，是维持家庭情感的重要保障。在纽约生活的可可使用的是另外一个名字——奥菲利亚，而回到祖母们身边时才变回她们眼中的宝贝女孩——可可。"可可"这一名字让她成为家庭永远无法分割的一部分，用她自己的话来讲，"我与她们之间的联系如此牢固，即使是仇恨与愤怒都无法将我们分开，她们知道我

①　Collins, Patricia Hill. "The Meaning of Motherhood in Black Culture and Black Mother-Daughter Relationship". In Patricia Bell-Scott (ed.). *Double Stitch*: *Black Women Write about Mothers and Daughters*. Boston: Beacon Press, 1991: 42-60.

②　Candance, Bernard, et al. "'She Who Learns Teaches': Othermothering in the Academy". *Journal of the Association for Research on Mothering*, 2000(Fall/Winter): 66-84.

永远都是她们的女孩"(MMD 177)。妈妈·戴姐妹在养育与引导子女的过程中使得自身的社区母亲身份更为清晰。

妈妈·戴与阿比盖尔分别是可可的姨祖母和祖母,并非她的亲生母亲,从父权文化的规约制度来讲,她们根本不具备合法的母亲身份,由此也无法拥有母亲的相应权利。然而,与《慈悲》中的索罗与莉娜①一样,她们都通过非传统的母道经验赋权自我。有所不同的是,妈妈·戴姐妹通过发挥社区母亲角色践行母道经验。可可的父母已经过世,抚养后代的重担责无旁贷地落在了祖母们身上。她们竭尽所能把可可培养成独立而坚强的女性,放手让可可去追求自己的梦想与爱情。在和男友乔治交往的过程中,可可起初由于缺乏安全感而经常任性与偏执,而每月与祖母们的通信交流让可可能够吐露心扉,反思自己,逐渐形成了健康积极的心态。妈妈·戴也惊喜地发现,"她(可可)在结婚之后性格温和了许多。温和的是外表,她的内心依旧坚强。人们常担心女性会在婚后完全失去自我……女人不应该把自我的实现寄托在男人身上,而应该反过来"(MMD 203)。祖母们对可可的影响是潜移默化且深远有力的。

可可是祖母们的生活希望与生命寄托。为了把她从鲁比的诅咒中解脱出来,祖母们更是拼尽了全力。妈妈·戴连续几天不吃不睡,拄着拐杖来到海岛最偏僻的地方——戴家族祖先的安息之处,寻找先灵的指示,而阿比盖尔则时刻不停地唱着祖先的歌——《永不放弃》("No Ways Tired")。祖母们的努力最终感动了一直无法认同巫术的乔治。他选择参与其中,最终付出自己的生命救活了可可,"当我把流血的手轻轻地放在你的手臂上时,我知道你将得到完整的安宁"(MMD 302)。大家所做的一切是可可建构完整自我的前提保障,同时也帮助可可逐渐参透祖先的生存诉求与反抗精神。上文已经分析到,索菲亚、妈妈·戴都是黑人圣母形象的现实再现,圣母文化的传承需要一代代黑人女性的参与,可可就展示了新一代圣母的形象。祖母们的巫术治疗以及乔治殉难般的拯救是可可重获自我的仪式性事件。

在白人世界中一直无法获得认可的黑人女性终于在斯普林斯小岛上找到了生命的根基,涅槃重生的可可再一次返回白人世界时,对社会的观察也变得更具

---

① 关于《慈悲》中索罗与莉娜的非传统母道经验将在下一章展开细致分析。

有客观性。昔日的纽约变得脏乱、嘈杂，透露出可可不再盲目地追随白人的价值观与生活方式，开始以真实的眼光感受世界，确立自我。经历过伤痛与重生的可可最后选择离开斯普林斯，搬往美国南方城市查尔斯顿生活，"在熟悉的土地上我可以汲取能量来填充内心的空虚……尽管你(乔治)留给我的钱足以让我安度余生，我仍然选择工作……我不犯以往的错"(MMD 209)。可可对生命的感悟更加通透与真切，对爱的理解更为深刻。她不再纠结于不曾留下乔治的画像与相片，告诉儿子乔治的模样就是"爱的样子"(MMD 310)。学者苏珊娜•尤哈茨(Suzanne Juhasz)认为，"可可最终转化为妈妈•戴般的圣母形象得益于她对母性文化的参透与践行，母性的引导体现为女儿在母性的滋养下自身成长为合格的母亲"[①]。至此，妈妈•戴姐妹在引导可可成长发展过程中的母道作用得到了充分而有效的发挥。

妈妈•戴姐妹的社区母亲文化作用不仅体现在她们对家族成员可可的教育引导上，同时还表现在她们在整个社区中所发挥出的母道引导作用。从家族到社区扩展开去的母道影响更能彰显圣母文化的价值意义。故事中，据妈妈•戴自己的回忆，家族长辈都认为她自小拥有一双可以降福于他人的手，所以她后来自然而然地成为社区的接生婆，众多婴儿经其手而降临到世上。在践行服务社区的母道行为中，妈妈•戴放弃了自己做母亲的权利，"降福于人的双手，人们都说。降福给所有的人，除了她自己。为他人接生，直到自己过了生育的年纪"(MMD 89)。生活的重担、命运的不公并没有让妈妈•戴由此消沉，相反，她积极利用自己的超凡能力照顾他人，不仅包括家族成员，还有社区的人。即使对可可的丈夫乔治，妈妈•戴姐妹也表现出了强烈的母性关怀，这让从小失去双亲，成长于孤儿院的乔治一度感到十分幸福，"我真的很享受这一切"(MMD 179)。

把妈妈•戴塑造成社区母亲，表明作者内勒对母道外延所指与潜能的肯定与推崇。学者安妮斯•普拉特(Annis Pratt)指出，社区母亲的母性智慧往往只能在远离美国主流社会的地方才能充分发挥出来，非裔美国女性从母性前辈处学会草药医疗与烹饪等生存技巧，得益于非洲传统母性文化的有效传承。普拉

① Juhasz, Suzanne. *Reading from the Heart*：*Women*，*Literature*，*and the Search for True Love*. New York：Viking，1994：161.

特认为较之于美国父权文化,非洲传统文化明显推崇女性价值。① 经细察可见,妈妈·戴(Mama Day)这个名字自有寓意,喻指母性(maternity),兼具母性引导与母性养育的双重内涵。小说中,妈妈·戴并非因生理学母亲的身份或践行具体的母性职责而被社区的人称为"妈妈",相反,正是她所发挥的引导作用赢得了大家的承认与尊重。对照而言,欧美白人社会通常也会使用"妈妈"来称呼年长的女性,然而,其内涵与非裔美国社群中的远远不同,主要因为像妈妈·戴一样的母性人物在族群中所具有的功能典型且独特,即受人尊重与遵从。② 妈妈·戴利用生存知识与经验帮助与引导社区的人,践行着学者尤哈茨所推崇的"全心奉献"与"大地母亲"的神圣角色。③ 学者达芙妮·拉莫斯(Daphne Lamothe)也曾评价道:"妈妈·戴的社区母亲身份有力消解了传统的性别神话。她不曾结婚,并未生育,却担当其整个社区的母亲,她是'所有人的妈妈'。这是一种神圣的称号,不仅因为她照顾大家,还因为她身上的多重角色,包括接生婆、治愈者以及社区领袖,这一切都拓宽了传统母性观的固有定位。"④

在《妈妈·戴》中,社区母亲发挥着社区精神领袖的重要作用,并以此营造健康积极的社区文化,以对抗种族问题引发的社会不公。可以说,具有高超叙事能力的内勒在小说中不仅呈现了妈妈·戴作为社区母亲的积极一面,同时还从种族身份出发,充分展现了圣母文化的政治潜能,即母道中蕴含的"破坏性"特质,以及对种族歧视的挑战力量。黑人圣母自身所蕴含的辩证所指使其接近于大地母亲的原型意象,在解构圣母玛利亚式母性被动性的同时,赋予黑人母亲挑战种族权威、重塑种族身份的宝贵机会。

---

① Pratt, Annis, et al. *Archetypal Patterns in Women's Fiction*. Brighton, Sussex: The Harvester Press Limited, 1981: 32-33.

② Levin, Amy. "Metaphor and Maternity in *Mama Day*". In Margot Anne Kelley (ed.), *Gloria Naylor's Early Novels*. Gainesville: University of Florida Press, 1990: 72.

③ Juhasz, Suzanne. *Reading from the Heart: Women, Literature, and the Search for True Love*. New York: Viking, 1994: 205.

④ Lamothe, Daphne. "Gloria Naylor's *Mama Day*: Bridging Roots and Routes". *African American Review*, 2005(2): 82.

第三节 圣母文化的种族政治潜能

《妈妈·戴》中的戴家族是非裔美国母亲群体的典型代表,家族的女性神秘而智慧,孕育生命并传承圣母文化。如果说妈妈·戴姐妹所代表的是母性的无私奉献,那么祖先索菲亚所传递的则是母性的破坏性力量。内勒的母道书写显然冲破了传统单一的母性建构模式,立体呈现母性的双面性。本节将从对白人圣母与黑人圣母的原型对比分析入手,论证黑人圣母的悖论特质及其蕴含的种族政治潜能。此外,下文将会结合小说创作的时代背景以及 20 世纪 80 年代前后非裔美国文学的创作倾向来审视黑人圣母文化重新被强调的动因,以及理解圣母文化(母道)之于非裔美国人身份重构与文化重塑的重要意义。

学者克里斯蒂安指出:"对大多数的非洲人而言,母性象征着创造性与持续性。"[1]戴家族的祖先索菲亚是斯普林斯小岛的创造者与保护者,然而,作为原始母亲的索菲亚却无比神秘,兼具孕育与破坏的双重特质。即使是充满智慧的社区母亲妈妈·戴也始终没能参透索菲亚的身份力量,她把解码家族谜语的任务传递给了可可:

> 我无法告诉你关于索菲亚更多的事情,因为我从来不知道这个名字背后的真正含义。现在轮到格蕾丝的孩子去寻找答案了。索菲亚所生的七个儿子都是她丈夫的吗?好吧,这也留给她去解答吧……将有一次……我不会再陪着她……她只能自己去发现戴家族的真正起源。但是,她一定可以找到答案的。(MMD 308)

显然,作为母亲的索菲亚不符合基督教文化所推崇的理想母亲形象。虽然她孕育生命,繁衍后代,却不够忠诚,占据丈夫财产的方式也并不光明正大。可

---

① Christian, Barbara. "An Angle of Seeing: Motherhood in Buchi Emecheta's *Joys of Motherhood* and Alice Walker's *Meridian*". In Barbara Christian (ed.). *Black Feminist Criticism*. New York: Pergamon, 1985: 214.

以说,索菲亚兼具善与恶的悖论特质,更为符合"大地母亲"的原型,一方面具有积极向上的正面能量,另一方面又拥有负面罪恶的消极力量。① 小说中,索菲亚的出场也极为震撼:

> 她穿过闪电,丝毫不受干扰;她一手抓住电光,使用其热量去煮烧药锅。她将月光作为药膏,将星星作为襁褓包,为宇宙间的生灵疗伤。这无关对错,无关真理还是谎言,而是一位奴隶女性的生活。要想走进她的故事,你只需跨过那座桥。(MMD 3)

索菲亚的神秘主要体现在她既是孕育者又是破坏者的双重身份。她繁衍后代,却也能取代她的丈夫成为岛屿的主宰者。索菲亚的母道反抗不仅具有解构父权文化的政治力量,从种族角度讲还更有解放黑人的种族潜能。据内勒自己的讲述,关于索菲亚与斯普林斯岛的设计灵感来源于非裔美国人的民间传说——伊博登陆(Ibo Landing)。据说,在 1858 年,一艘名为"漫游者"(Wanderer)的贩卖奴隶的船只停泊在美国南卡罗来纳州附近的伊博小岛上。当这些作为准奴隶的黑人一上岸,看到他们新的居住地,便转身离开,赤脚趟过海洋返回非洲大陆。显然,这个传说构成"中间通道"(Middle Passage)②的反叙事,"离开与归来"也成为美国黑人民间传说的重要母题。后来,基于这种传统,非裔美国人的反抗意识与生存能动性得以形成,也就是说,非裔美国人不再默然接受被压迫的命运,而以民族特有的方式进行反抗。小说中的斯普林斯是伊博小岛的空间再现,而戴家族则是体现非裔美国人反抗能动性的种群缩影。无论是在民间传说,还是在小说文本中,激发黑人自主性以及保护黑人传统文化的引导力量当属黑人圣母。在戴家族中,祖先索菲亚是圣母形象的最初原型,她想尽办法把岛上的土地传给自己的 7 个儿子,并使这片土地免遭美国大陆的侵害与

---

① Jung, Carl G. *Four Archetypes*: *Mother*, *Rebirth*, *Spirit*, *Trickster*. Princeton: Princeton University Press, 1970: 15.

② "中间通道"主要是指 16—19 世纪奴隶贸易船从欧洲至非洲,之后到美洲,再回到欧洲的"黑三角"航行中从非洲西海岸横渡大西洋的那段旅程。不计其数的黑奴死于这种贩卖航行中。

控制。后来一代代的戴家族成员延续着祖先的心愿,坚守斯普林斯这座小岛的种族纯粹性。

斯普林斯是非裔美国人进行种族抗争的物理场域,也是彰显母道力量的精神空间。斯普林斯小岛仅仅通过一座桥与大陆相连,并不隶属于任何一个州,是黑人社区自主自治的重要场所。这里没有治安官、法院,也没有政府,人人都坚信在这样一个"充满欢乐,自动服从和尊敬他人,贵人造福"(MMD 248)的社会中,所有的政府体制都没有存在的必要。当大陆的房地产开发商想要买下岛内沿海岸线的土地时,"如果妈妈·戴说不,每个人都会说不"(MMD 6)。作为第一个拥有岛屿的黑人的后代,妈妈·戴是岛屿与岛上居民的庇护者,延续着祖先索菲亚的种族夙愿。如果结合内勒创作该作品的时代背景,可以发现斯普林斯岛的存在是内勒对于如何保存黑人文化自足的思考。在 20 世纪 80 年代,美国佐治亚州以及南卡罗来纳州的海岸线一带,许多黑人遭遇不公待遇。白人要求生活于此的黑人让出海岸线地带,开发度假地以赚取利润,一旦黑人不从,白人便想办法提高税收逼迫他们离开。美国黑人艰苦的生活现实促使包括内勒在内的非裔美国作家以文本叙述的方式揭示种族不公,并通过讲述美国黑人的母道文化,赋予黑人生存下去的希望以及采用反抗行为的动力。

母道是作者内勒表达种族对抗的重要路径,她还借助戴家族女性的母道经验揭示出母亲权力的悖论性两面,即孕育生命与摧毁生命。里奇曾指出:"母亲权力表现在两个方面,一是孕育、滋养生命的生物性潜能,另外则是男权文化投射在女性身上的权力,无论是对圣母文化的崇拜还是对母性控制的恐惧,其中都暗含着男性对母亲权力的想象。"①由是观之,可以说,戴家族的女性既是保存与传承黑人传统文化的无私母亲(以妈妈·戴与阿比盖尔为主要代表),也是极具破坏力的恐怖母亲(以索菲亚为例)。上面一节已经对圣母文化的积极面向进行了讨论,这里转向结合索菲亚的母道影响阐释所谓的"破坏性母道"的真实内涵。

索菲亚所代表的是一种无处不在的反抗力量,挑战父权与种族的双重权威。故事中没有关于索菲亚的正面描述,却处处表明她的存在,暴风雨、拐杖、旧的家族记录本中都隐藏着她的身影。内勒以魔幻的叙述手法强化索菲亚的神秘力

① Rich, Adrienne. *Of Woman Born: Motherhood as Experience and Institution*. 2nd ed. New York: W. W. Norton and Company Inc., 1986: 13.

量,这种神秘力量不仅寄托着岛屿居民的反抗期待,同时也投射出白人主流社会对黑人圣母的妖魔化心理。内勒对母道的辩证书写正是她对种族不公的直面揭示,白人主流社会眼中的恶魔化母道则是黑人社区重塑种族身份的起点所在。换个角度来看,小说中的黑人圣母并非真实存在的,而是一种文学想象的再现方式。正如学者查尔斯·E.威尔逊(Charles E. Wilson)所言,《妈妈·戴》"既不是一部乌托邦小说,也不是一部反乌托邦小说"①。曾艳钰也认为,"奈勒对这种文学想象模型的强调给种族社会的问题提出一个独特的解决方法——从其可能的历史状况中挖掘出其文化价值"②。的确,与莫里森小说颇为相似的一点是,内勒的作品也经常采用魔幻现实主义的写作方式,呈现给读者诸多难以解开的谜,以及巨大的想象空间。然而,无论形式如何,真假与否,她们的文学作品总能引导读者思考美国黑人的种族命运与身份问题。此外,她们的文学叙述通过聚焦母道经验,审视母道所能够发挥出的政治潜能,包括赋权母亲、营造社区文化以及解构种族中心论等方面的巨大能量。至此,母道书写的文学力量也得以充分彰显。

《斯苔拉》与《妈妈·戴》从赋权母亲自我、重塑子女性别观念、营造社区文化以及发挥政治潜能等不同侧面对母道的能动性予以呈现,鲜明体现出当代非裔美国文学中的母道价值。对母道的积极书写不仅有助于展现非裔美国母亲群体独特的生存体验,同时也有利于表明其以母道对抗多种制度控制性影响的决心与努力。麦克米兰与内勒继承了非裔美国文学中的母性书写传统,结合不同阶层与不同地域的母亲群体描述黑人母亲如何利用母道重构母性身份、母子/女关系以及种族文化。较之于麦克米兰与内勒对黑人母亲群体的格外关注,莫里森则能拓宽其讨论视域,把不同群体的母亲纳入描述范围,从更广的视角谈论母道的赋权意义,彰显当代非裔美国作家的人文关怀意识。下面一章将以莫里森的小说《慈悲》为细读文本,深化对母道价值的多维解读,进一步肯定当代非裔美国文学母道书写的价值意义。

---

① Wilson, Charles E. *Gloria Naylor: A Critical Companion*. Westport: Greenwood Press, 2001: 102.

② 曾艳钰. 再现后现代主义语境下的种族与性别——评当代美国黑人后现代女作家歌劳莉亚·奈勒. 当代外国文学,2007(4):52.

第九章　流动的赋权性母道:《慈悲》^①

在阐述母道赋权能动性的具体表征与影响时,母性研究学者往往会采取不同的术语表达,其中"女性主义母道"与"赋权性母道"的使用频率最高。母性研究学者欧瑞利在辨析两者之间的细微差异时指出:"前者强调以女性意识为主导践行母道,以赢取母亲在家庭内部的平等权利为主要特征,而后者则把母道视为重要的赋权场域,以促成家庭内部的性别新观念建构以及家庭外部的社会变革。"^②赋权性母道在概念所指上显然更为宽泛,有助于解释莫里森小说《慈悲》中多元流动的母道经验。本章以"流动的赋权性母道"为题,结合文本细读,进一步审视当代非裔美国文学中的母道内涵与赋权能动性。

在被誉为"2008 年度美国十佳小说"之一的《慈悲》中,莫里森把故事背景置于北美殖民时代初期,描绘出一幅母亲群像图:卖女为奴的无名黑人母亲(unnamed black mother)、反母性的白人母亲伊玲、未婚生育的混血女子索罗以及践行替养母道的印第安女性莉娜。多元化的母亲形象折射出流动复杂的母道经验。具体而言,莫里森通过塑造多元化的母亲形象、描述具有解构力量的母性反抗与母道经验以及肯定母性的传承力量等方式多维度地展现了母道的流动性与赋权性。无名黑人母亲与白人母亲伊玲以反母性的母道行为对母性背后的种族、性别、宗教等压制性力量进行挑战与消解,体现出母道自身的抵制性。索罗与莉娜以未婚生育、担任替养母亲的方式展现自主开放的母亲身份与母道经验,

---

① 本章的部分观点出现在笔者所发表的以下论文中:毛艳华. 流动的母性——莫里森《慈悲》对母亲身份的反思. 国外文学,2018(2):92-98. 但本书中的分析侧重点有所不同。论文主要谈论母性的流动性,而本书则重点探讨母道经验的赋权性与能动性,以及对西方母性理论发展的对话性影响。

② O'Reilly, Andrea. *Feminist Mothering*. Albany: State University of New York Press, 2008: 7.

冲破了母性单一、本质化的建构模式。多位母亲的不同经历汇集成新一代女性弗洛伦斯成长的母道力量,发扬了母道的传承精神。由此,本章将借助赋权性母道概念展开文本批评,首先从正义的反母性行为、非传统的母道经验两方面论证流动性母道的解构力量与赋权意义,进而围绕母道文化的传承探讨流动性母道带给子女的积极影响。本章将指出,莫里森以后现代的叙事技巧,展开对母道经验的多元化描述与辩证思考:母道作为重要的赋权场域,能够赋予母亲挑战父权、种族以及宗教等多重体制的机会,同时能把母道的自我赋权延展到社会领域,实现不同女性族群之间的交流对话与身份共建。多元、动态、延展性的母道书写便是母道经验的流动性所在。

第一节　反母性行为中的母道赋权

按照亚里士多德的观点,女性的身体只是一种容器,是为男人传宗接代的中间介质。黑人女性在被商品化的过程中则是奴隶主生产更多奴隶的工具,是"免费的再生产的财产"(*BL* 291)。在非人性的奴役过程中,黑人母亲往往会做出一些反母性的行为,比如《宠儿》中塞丝杀害女儿、《秀拉》中伊娃火烧儿子以及《最蓝的眼睛》中波琳对女儿的厌弃等等。同样,对于白人母亲而言,性别和宗教的强势规约也使得反母性行为屡次发生,比如古希腊故事《美狄亚》("Medea")中美狄亚杀子报复丈夫的背叛以及《榆树下的欲望》(*Desire Under the Elms*,1924)中爱碧杀子来证明自己的清白。在《慈悲》中,无名黑人母亲选择卖女为奴,导致弗洛伦斯始终被一种不安全感所困扰,伊玲日夜鞭打女儿简致其流血不止。莫里森把反母性行为典型化、集中化,揭示出母性作为一种制度对母亲/女性的压制,以及母亲/女性通过自主践行母道的方式对制度化母性所进行的反抗。反母性意味着母道行为不符合社会文化的规约,借此,母道的解放性赋权力量得以彰显。

无名黑人母亲卖女为奴的反母性行为所揭示的是性别压迫和奴隶制度对女性的双重控制。首先,这一行为违背了男权社会对母亲的期待:无私奉献、爱护子女、任劳任怨等等。《慈悲》中对卖女为奴事件进行直接描述的总共有三人:无名黑人母亲、弗洛伦斯和买下弗洛伦斯的白人雅各布。除去母女二人对这一事件所形成的误解与隔阂,雅各布的描述则颇能说明 17 世纪末北美大陆所盛行的男权思想。看到"散发着丁香气味的女人扑通一下跪在地上,还闭上了眼睛"(AM 28)①,雅各布选择买下弗洛伦斯。雅各布是位比较开明的白人,"心里没有野兽"(AM 180),是可以托付的对象。然而,雅各布同样表现出了潜意识中对反母性行为的不解甚至是厌恶。他把弗洛伦斯看成"被母亲抛弃的可怜孩子",声称"只要处于成年人的监管之下,他们的命运就不至于那么凄惨,哪怕他们在父母或主人的心目中还不如一头奶牛重要"(AM 34)。可见,雅各布虽然应无名黑人母亲的哀求买下了弗洛伦斯,却还是把无名黑人母亲看成一位残忍、决绝的反母性的母亲,他的言语之中透露出对无名黑人母亲的谴责,而没有对卖女为奴背后的深层原因——奴隶制度进行指责,这也为他后来从事奴隶买卖而受到致命惩罚埋下了伏笔。

其次,无名黑人母亲在小说最后对自己的反母性行为进行了解释,揭示出压制母性的另一主要因素——奴隶制度。无名黑人母亲从非洲被贩卖到美洲,被转卖、被轮奸、饱受白人蹂躏的经历让她宁愿选择骨肉分离也不愿女儿走自己的老路。"我不知道谁是你的爸爸。四下太黑,我看不清他们任何人……他们说他们被要求强行进入我们。完全没有保护。在这种地方做女人,就是做一个永远长不好的裸露伤口。即使结了疤,底下也永远生着脓。"(AM 180)当她看到弗洛伦斯已经发育,并引起了白人主子的注意时,她出于对女儿的保护而选择卖女,只为女儿能够免遭自己所经历过的凌辱。可以看出,无名黑人母亲以一种反母性的母道行为对当时的奴隶制度进行了有力的控诉,甚至反抗。学者保拉·艾克德(Paula Eckard)曾强调:"较之于男性奴隶,女性奴隶由于具备生育能力,受伤害的概率更大。"②胡克斯也认为,"在充满种族歧视的环境中,黑人的生命不被重视,奴隶母亲为了保护孩子会不惜一切代价对奴隶制度进行反抗"③。

---

① 本书中涉及小说 *A Mercy* 的译文参考了以下版本(部分文字做了更改):莫里森. 恩惠. 胡允桓,译. 海口:南海出版公司,2013.

② Eckard, Paula. *Maternal Body and Voice in Toni Morrison, Bobbie Ann Mason, and Lee Smith*. Columbia: University of Missouri Press, 2002:18.

③ Hooks, Bell. *Yearning: Race, Gender, and Cultural Politics*. Boston: South End Press, 1990:44.

此外，莫里森并没有仅仅描述黑人母亲反母性行为的赋权意义，还把白人母亲纳入讨论视域，揭示母性与宗教之间复杂的互动关系，拓宽对母道赋权性的阐释，展现母性话题的共通性。寡妇伊玲是弗洛伦斯在寻找铁匠途中所遇到的一位白人母亲。她的女儿简由于一只眼睛天生斜视，被当地基督徒们视为魔鬼的化身，面临被驱逐的危险。为了保护女儿，伊玲做出了令读者不解的举动——日夜抽打简致其流血不止。然而，伊玲行为背后的理由更让读者感到震撼："女儿的那只眼睛斜视是因为上帝就那样造的，并没有什么特异功能。瞧瞧，她说，瞧瞧她的伤。上帝的孩子在流血。我们流血。魔鬼从不。"（AM 81）出于对女儿的爱，伊玲像无名黑人母亲一样采取了反母性的行为。她们宁愿被人谴责为坏母亲也要保护自己的子女。前殖民时代的美洲大陆依然承袭着中世纪的宗教观，其中的"圣母崇拜"要求母亲能够牺牲子女而保持对上帝的忠诚信仰。"从母性殉道者的经历中可以看出，母爱必须屈从于宗教信仰，即使情愿把孩子作为宗教祭品，这样的母亲仍然被看作是好母亲。"[①]以此宗教观为标准来审视伊玲的行为，可以说她不仅是鞭打女儿的残忍母亲，更是违背宗教信仰的坏母亲。层层悖论的叠加促使读者对伊玲的行为进行辩证审视。伊玲采取生理上的反母性行为（抽打女儿）来挑战宗教对母性的压制（献出女儿以证明自身的虔诚信仰），以此保全女儿的性命，与无名黑人母亲的母道行为初衷如出一辙。

母性作为一种制度本身就具有一定的压制性，呈现出男权社会对母性职责的期待。而且，当男权意识与其他制度交织起来，对母性施加影响时，母性则体现出更为严重的受压制性，从而引发复杂的反母性行为。无名黑人母亲与伊玲的反母性行为不仅揭示出多种制度对母性的影响，同时还引导读者对母性进行重新审视。从理论层面上讲，抛开其有利或不利的后果不论，反母性是母亲自觉践行母道经验的体现，是揭示与挑战多种体制对母性行为进行本质化规约的具象化表征。正如前面章节所述，制度化母性从不同层面对女性的母道行为进行规约与限制，不仅要求母亲毫无保留地奉献，以无私的爱照顾子女与家庭，同时还剥夺了母亲的权利与自主能动性。以此来审视无名黑人母亲与伊玲的行为，可以说她们都不能被称为父权文化所要求的合格母亲，而只能被视为反母性的

---

① 张亚婷.《坎特伯雷故事集》中"不合适"的母亲. 国外文学，2013(2)：132.

"坏母亲"。无名黑人母亲选择卖女为奴,而伊玲日夜抽打女儿致其流血不止,远远不符合父权文化所要求的无私奉献的母性行为。然而,从赋权性母道的概念来重新审视她们的反母性行为,则会发现其具有不容忽视的赋权意义。

借助赋权性母道的概念,笔者把无名黑人母亲与伊玲的反母道行为诠释为"正义"的,如此分析源于反母性行为的复杂成因与解放意义。首先,无名黑人母亲与伊玲的反母性行为都构成对母亲先天无私,宁愿牺牲自我也要保全子女的父权规约的有力解构。其次,她们的反母性行为鲜明地彰显出母亲的自主能动性,她们不再是制度的恪守者,相反,她们自主选择了适合特殊情况的母道行为。无名黑人母亲以卖女保全女儿,规避被白人主子凌辱的风险;伊玲选择鞭打女儿,实则不让女儿成为无辜的宗教祭祀品。两位母亲都在极为有限的条件之下最大化地践行着能够赋权自我以及保护子女的母道经验,成为里奇所肯定与颂扬的"女斗士":"处于逆境中的母亲所采取的生活方式是她能传授给女儿的最重要的东西。一位自信的女人,一位生活的斗士,一位不断努力创造生存空间的母亲事实上已为女儿展示了生活的可能性。"①她们不仅把控践行母道的自主权,同时也把这种母道经验传授给女儿,充分展现母道经验的赋权意义。再者,无名黑人母亲与伊玲的反母性行为也在某种程度上拓展了里奇等西方母性研究学者对制度化母性以及赋权意义的母道经验的分析,因为她们反母性行为的批判矛头不仅指向父权制度,也揭示出奴隶制度与宗教控制对母性行为的规约与限制,呈现出制度化母性的多元控制元素。

具有高度人文关怀意识的伟大作家莫里森在探讨母性制度与母道经验时,总能以复杂的呈现方式揭示母道的多层意蕴与独特价值。在《慈悲》中,莫里森把故事置于北美殖民时代初期,回到"美国国家叙事的源头,让我们目睹了一个家从无到有的过程"②,而国家与家庭的构筑都离不开母亲的重要参与。然而,在国家仍未成形之时,奴隶制度、宗教规约以及性别歧视已经开始发挥出对母性沉重深远的影响,母亲与母道经验受到多种束缚与限制,导致反母性行为的发生。莫里森对美国大陆仍处于萌芽状态的种族制度、欧洲大陆所传播过来的男

① Rich, Adrienne. *Of Woman Born*: *Motherhood as Experience and Institution*. 2nd ed. New York: W. W. Norton and Company Inc., 1986: 247.

② 胡俊.《一点慈悲》:关于"家"的建构. 外国文学评论,2010(3):200.

权思想与宗教限制都逐一进行了刻画,揭示出母性制度性的多层含义,同时也通过描述无名黑人母亲与白人母亲伊玲的反母性行为,对具有赋权意义的母道经验进行了充分肯定,体现出作者一直以来所具有的反思态度和解构主张。而且,作为非裔美国女性作家,莫里森在极为关注美国黑人女性生存诉求的同时,也对白人女性以及其他少数族群女性的母道经验进行了审视分析,回应并拓展了西方母性研究学者的观点主张。莫里森的文本叙事与母性理论之间具有极强的对话关系,体现并丰富了母性研究的理论观点。

第二节　非传统母道经验的赋权意义

作为母亲重要的人生经历,母道经验以关注母亲—子女关系为核心。那么,问题是,如何利用母道经验实现女性的自我赋权?什么样的母道经验才能够为女性赋权?不具备合法母亲身份的女性(包括未婚妈妈、替养母亲、同性恋母亲等等)在养育子女的过程中能否享受母亲权利?在后现代性别研究的启发下,母性研究学者在辩证审视母性力量的基础上,积极倡导多元、开放的母道经验,消解对母道的传统定位,进而赋权于女性/母亲。上节已经对前两个问题进行了解答,本节将转向第三个问题,即传统意义上不合法的母道经验如何被重新认识,同时又该如何审视其背后的赋权价值。

欧瑞利在界定"赋权性母道"时,格外强调非生物学母亲在践行母道的过程中所引发的社会变革。借助后现代主义对多元文化的强调,以及性别研究跨学科走向的深入,西方母性研究转向探讨生育技术与母亲身份之间的关系,并格外关注替养母亲、社区母亲等一些非传统的母亲身份的建构方式。毋庸置疑,生育技术的变革对传统性别观与母性观提出了极大的挑战,对后现代女性主义以及母性研究而言也是一个崭新的可探讨空间。那些渴望成为母亲的单身女性、同性恋女性会受益于生育技术的介入,获得"做母亲"的权利。同时,通过倡导赋予替养母亲、社区母亲等非生物学母亲人群的母性权利,并使之合法化,母性研究的实践意义得以彰显。从理论层面上讲,这种变革也构成了对生物学母亲身份的挑战,并有助于提倡多元、开放的母亲身份,为更多不具备合法的母亲身份却践行着母道的女性赋权。以殖民时代初期为故事背景的《慈悲》虽然没有涉及借助生育技术手段而获得身份资格的母道经验,但却结合非婚生子、替养母亲的母道叙述展现了多元开放的母道经验,以此彰显不合法母道经验的积极意义。

《慈悲》中,与无名黑人母亲、白人母亲伊玲有所不同的是,混血女子索罗和印第安女性莉娜在正面利用非传统母道经验的过程中完成了身份建构与自我赋权。索罗和莉娜在母道经验中所获得的母性力量使她们有能力克服来自性别、种族甚至阶级层面上的歧视与压迫。同时,她们的未婚母亲(unmarried mother)与替养母亲身份从另一侧面展示出母道赋权的流动性。索罗的经验表明母亲身份并不是传统观念所规定的单一、固定的建构模式,而莉娜的替养母亲经历则解构了母性本质论,展现非生物学母亲身份的建构可能性。在非传统的母道经验中,挑战关于母性既有的认知模式无疑为建构流动的母道提供了良好契机。

索罗的母道行为在当时的社会语境中是不合法的、不被承认的。索罗来历不明,经交易活动被卖到雅各布的庄园。在农场上,索罗一直到处闲逛,和其他人格格不入,在莉娜眼里,“那姑娘像拖着尾巴似的拖着苦难”(AM 65)。索罗不和他人交流,只与她的自我幻影“双胞”(twin)说话。她多次怀孕而不知孩子的父亲是谁,用农场女主人丽贝卡的话来讲,索罗只不过是男人的玩物。然而,举止另类、我行我素的索罗却在完成生育活动的过程中确立了自我身份,并把自己的名字从“索罗”(Sorrow)改为“完整”(Complete)。她看上去的愚蠢、呆滞、精神分裂都在生育孩子的那一刻而终止,而且“确信她自己单独完成了一件极为重要的事”(AM 157)。生育活动赋予了索罗一种自我独立精神以及把自己从过去的悲哀之中解救出来的能力,作为一名母亲的实际身份甚至让索罗有胆量去和丽贝卡进行争辩。而且,伴随着孩子的出生,“双胞”也消失不见,说明索罗最终获得了个体完整性。正如蒙克所言,“她们如此和谐地融合在一起,再也分不清你我。孩子的出生使索罗在身体与精神层面都实现了完整”[1]。

索罗的母道经验冲破了传统观念对母性的规范性要求,以未婚生育的母亲形象解构了关于母性的僵化定位。在17世纪的美洲新大陆,未婚的母亲常常被

---

① Monk, Steve H. "What Is the Literary Function of the Motherhood Motif in Toni Morrison's *A Mercy*?". *Humanities and Social Sciences*, 2013(9): 2.

人设想成女巫。而且,非婚生子还与财产法的要求相违背。"当时的财产法规定,一个女人与她的孩子必须在法律上属于某个男人,如果他们不属于某个男人,他们肯定就是无足轻重的人,法律上规定的每一条条款都将对他们非常不利。"①也就是说,只有后代是"合法的",母性才是"神圣的"。显然,索罗的母亲身份是不合法的,但她却以自己的实际行动颠覆了这种传统的母性观,"如今她开始料理日常杂务,一切围绕着宝宝的需要来安排,对别人的抱怨一概充耳不闻"(AM 148)。索罗坚守自己所认定的母亲身份,并在践行母道的过程中为自我赋权。作者莫里森本人在一次采访中讲道:"当一位女性成为母亲时,她获得了许多宝贵的东西。对我而言,最为宝贵的是一种解放性力量……"②显然,索罗从母道经验中获得了这种解放性力量。

如果说索罗以未婚生育展示母道的非传统性,那么莉娜则以替养母亲的身份解构了母性本质论,进一步呈现母道的流动性与多元性。印第安女人莉娜是雅各布庄园年辈最长的仆人,她的家人死于一场欧洲人带来的瘟疫灾难。面对白人的教化,莉娜起先为了生存,表现出不得已的顺从,但后来的经历让她意识到了来自白人的压迫,于是"决定将母亲在极度痛苦地死去前教给她的那些东西拼凑起来,以使自己变得强大"(AM 53)。对母亲的追忆与对母爱的渴求催生了莉娜身上的"母性饥渴"(mother hunger)。所以,当莉娜第一眼看到弗洛伦斯时,"便爱上了她。不知怎的,那孩子在一定程度上缓解了莉娜对自己曾经拥有的那个家细微而又抹不去的思念。或许是因为她自己不能生育,她才更强烈地想要去爱,去奉献。不管怎样,莉娜就是想要保护她,让她远离堕落"(AM 65)。从此,她们俩一起洗澡、一块睡觉,俨然一对亲密的母女。在某种程度上,莉娜是弗洛伦斯的替养母亲,不仅给予她身体上的呵护,还对其进行思想启蒙。通过讲述母鹰为保护幼鸟而牺牲自我的故事让弗洛伦斯明白母亲不能一直守在子女身旁,子女需要学会自我生存。莉娜甚至还提醒弗洛伦斯要有双坚硬的脚底板,这回应着无名黑人母亲对弗洛伦斯生存能力的期待与要求。

① Rich, Adrienne. *Of Woman Born*: *Motherhood as Experience and Institution*. 2nd ed. New York: W. W. Norton and Company Inc., 1986: 122.

② Taylor-Guthrie, Danille. *Conversations with Toni Morrison*. Jackson: University Press of Mississippi, 1994: 157.

在奴隶制时期,替养母亲是一种常见的现象。科林斯就此进行过分析,"奴隶制剥夺了黑人母亲的婚姻权、公民权甚至人权,黑人女性从来不曾享受全职母亲的权利。当亲生母亲由于各种原因出现缺位之时,社区母亲或替养母亲即担当起照顾年幼儿童的责任"①。在年仅8岁的弗洛伦斯被卖到雅各布庄园之后,莉娜很自然地成了她的替养母亲。莉娜和弗洛伦斯在特殊环境中所建立起的母女关系对双方的存在都意义重大,不仅缓解了弗洛伦斯的母爱饥渴,同时也让莉娜在践行为母之道的过程中实现了自我赋权。"想为人母及想有母亲的渴望使她们俩晕眩,莉娜知道,这渴望至今仍很强烈,它还在骨头中游走穿行。"(AM 68)从理论层面上讲,莉娜以自身的母道经验消解了母性本质论,展现出非生物学母亲的能动力量。母性生理本质论是父权文化的产物,把生育子女视为女性气质的一部分,认为只有生育子女,女性才能成为真正的女性,同时又只有生育过子女的女性才能做母亲。然而,莉娜却以非生物学母亲的身份,通过关爱子女以及享受子女的爱践行母道,为边缘处境中的女性赋权。

此外,渴望成为母亲的莉娜也渴望能够拥有自我。她的自我身份就建立在这种母性担当上,她不仅关爱弗洛伦斯,还以保姆妈妈(mammy)②的身份照顾着整个庄园,但她所做的牺牲并非毫无主体意识的母性行为,"她的忠诚并非对太太或弗洛伦斯的屈服,而是她自我价值的一种体现——守信。又或许是道义"(AM 166)。可见,莉娜并没有把自我淹没在纯粹的母性奉献之中,相反,她积极利用母道成就自我。莉娜自小失去了所有家人,依靠白人活命。虽然她勤劳能干,生存能力强,但她清楚"我跟你们不一样,我在这里背井离乡"(AM 64)。失去家园的莉娜在母道中获得了存活下去的理由:她照顾弗洛伦斯,帮助丽贝卡度过失子之痛,在大雪封道的寒冬"拿起一只篮子和一把斧头,勇敢地踏入齐大腿

① Collins, Patricia Hill. *Black Sexual Politics*: *African Americans*, *Gender and the New Racism*. London: Routledge, 2004: 50.

② "保姆妈妈"属于科林斯所列举的白人主流社会强加于非裔美国母亲群体的四大控制命名之一,指代那些任劳任怨、无私奉献的黑人女仆形象。"愚忠"往往是保姆妈妈的典型特点,比如《最蓝的眼睛》中的波琳完全内化了"白为美"的主流价值观,爱白人主子家的女孩胜过自己的亲生女儿。而《慈悲》中的莉娜却与波琳不同,她没有把自我完全湮没在对白人的毫无保留的归顺之中。莉娜的母道行为显然消解了白人主流社会对"保姆妈妈"的刻板化定位。这种消解亦是彰显母道力量的一种例证。

高的积雪,顶着吹得人头脑发僵的寒风,来到了河边。她从冰层下捞出足够多的鲑鱼供大家食用"(AM 111)。可以说,莉娜在践行母道的过程中逐步确立起了女性的自主身份。

索罗与莉娜在与子女、他人互动的过程中赢得了自主权和建构自我身份的机会。虽然她们不具备合法的母亲身份,但母道经验却赋予她们母性存在的权利,而且,用莫里森的话讲,"只要条件准许,女性就有潜能在身为母亲的情况下同时保全其个体性"①。在充满敌意的生存环境中,她们努力践行自身的母亲身份,以此获得自我存在的价值,并发挥出伟大的母性传承力量。在她们积极正面的母道经验的影响下,弗洛伦斯获得了生存下去的力量与本领,对母亲以及母爱有了更加深入与积极的理解与认知,赢得了建构女性主体的宝贵机会。索罗与莉娜非传统的母道体验不仅帮助她们自己以及弗洛伦斯实现成长与发展,同时也具有理论层面的价值与意义。

西方母性研究学者认为,那些有违于父权制度所承认的母性规约的母道经验具有明显的赋权意义。正如里奇所言,践行真实的(authentic)、激进的(radical)、女权的,或者以母性为中心的(matricentric)母道行为模式的母亲往往被视为"挑战母性制度性的非法分子(outlaws)"②。拉迪克也曾表示,"把母性看作一项工作(work),而不是身份或者天生的生理本能抑或法律关系,母亲在践行母道职责时可能会更加灵活、自由,也更有机会审视自我"③。同样重要的是,以一种新的思维看待母性,可以消解传统的母性建构模式。拉迪克的论述在一定程度上拓宽了里奇关于何为具有赋权意义的母道经验的观点,也就是说,拉迪克把母道经验或母道行为称为"工作"而非"职责",突显了母亲在践行母道过程中的自主性与能动性。而且,母职工作有助于形成思维哲学与生存智慧,以此拉迪克赋予母道经验更为积极正面的诠释定位。作家莫里森则以文本叙述的方式

---

① Parvin, Ghasemi & Hajizadeh Rasool. "Demystifying the Myth of Motherhood: Toni Morrison's Revision of African-American Mother Stereotypes". *International Journal of Social Science and Humanity*, 2012(6): 478.

② Rich, Adrienne. *Of Woman Born: Motherhood as Experience and Institution*. 2nd ed. New York: W. W. Norton and Company Inc., 1986: 195.

③ Ruddick, Sara. *Maternal Thinking: Towards a Politics of Peace*. Boston: Beacon Press, 1989: xii-xiii.

回应着西方母性学者关于母道经验的辩证审视，并结合具体母道案例具象呈现理论的价值意义。

在《慈悲》中，索罗与莉娜皆因不具备父权意义上真正的、合法的母亲身份而避免了束缚女性的母性规约，可以说，这种身份的模糊性反而赋予她们重新建构母道经验的机会与可能性。索罗未婚生育的非法母亲身份以及莉娜的替养母亲身份都不是父权制度所承认的，然而，她们却不可否认地践行着实际的母道经验，并在这种非传统的母道经验中建构新型的母性身份。历史学家艾尔莎·巴克利·布朗(Elsa Barkley Brown)把这种具有反抗与赋权意义的母道经验称为"既完成自我社会化又能在规则之外实现自我的需要"[①]。索罗变得自信与无所畏惧，而莉娜找回了失去家人的归属感，她们在借助母道经验获得女性完整性的同时，也帮助新一代女性弗洛伦斯重新认识母爱和母性。弗洛伦斯从她们身上得到了愉悦而又积极的母性情感，这种情感是成就其自我人格的重要保障。分析至此，可以说，莫里森借助其高超的叙事技巧和细腻的人物刻画诠释出了颇具解构力量的母道哲学，与拉迪克、欧瑞利等后结构女性主义学者的观点不谋而合。

第三节　母道的传承性影响

无名黑人母亲与伊玲的反母性行为在消解制度化母性的过程中彰显了母道的力量，而索罗与莉娜则勇于冲破对母性的传统定位，展现多元开放的母亲身份，母道的流动性就暗藏在这些非传统的母道行为之中。此外，流动、零散的母道经验在弗洛伦斯的叙述之中凝聚成巨大能量，成为她成长的原初动力。无名黑人母亲对自己的抛弃、伊玲对女儿简的抽打刺激着弗洛伦斯正视并领悟种族、宗教等制度面前母亲的反抗力量，而索罗的母性成长和莉娜的母性关怀则成为弗洛伦斯重拾对母爱的信心的前提保障。可以说，弗洛伦斯从这些母亲身上同时领悟到了母道反抗和母道关怀的正反两种力量，并通过诉说的方式呈现出这

---

① Brown, Elsa Barkley. "Healing Our Mothers' Lives". *SAGE*: *A Scholarly Journal on Black Women*, 1986, 6(1): 7.

种情感领悟和认知提升,最终获得女性自主性,体现出传承中的母道流动性。

由于"卖女为奴"事件,弗洛伦斯一直心存对母亲的不解和憎恨。"求你了,先生。别要我。要她吧。要我女儿吧"(AM 27)成为弗洛伦斯挥之不去的梦魇。无名黑人母亲的反母性行为是弗洛伦斯存有人格缺陷的主要原因。由被母亲抛弃的恐惧转变成对母爱的极度渴望使得弗洛伦斯一直处于讨好别人以赢得呵护的生存状态之中,"她对每一点喜爱都深深感恩,哪怕只是拍拍脑袋,抑或赞许的微笑"(AM 61)。这种讨好他人的习惯曾让弗洛伦斯一度迷失在对自由黑人铁匠的依赖之中。当然,毫无自我的依赖显然无助于建构女性的独立自我。后来,在雅各布染上天花离世之后,女主人丽贝卡也未能幸免,染上天花,生命垂危。为了救丽贝卡的命,弗洛伦斯踏上了寻找铁匠的征途。这不仅是弗洛伦斯建构自我的过程,同时也是达成与母亲和解的契机所在。在旅途中,弗洛伦斯经历了白人对她身体的粗暴检查、铁匠对她的无情抛弃等唤醒她自我意识的事件。归途中,弗洛伦斯终于脱下了母亲当年不允许她穿上的鞋子,"妈妈,你现在可以开心了,因为我的脚底板和柏树一样坚硬了"(AM 61)。至此,母女二人达成了象征层面的和解。弗洛伦斯随之摆脱了依附他人的存在状态,具备了身体与精神上的独立与自主。

无名黑人母亲与弗洛伦斯之间更多的是心灵上的和解与回应,因为直到小说结尾,她们母女二人都没有进行过面对面的交流。相反,白人伊玲和女儿简之间的故事则是弗洛伦斯直面的事实,是促使她理解母亲、走近母亲的外在契机。伊玲明白那些宗教徒是想打着上帝的旗号赶走她们母女,以霸占她们的土地获取经济利益,所以她通过不停地鞭打女儿来保护后者:"我们流血。魔鬼从不。"(AM 81)伊玲俨然一位女斗士,以反母性的方式保护自己的女儿,而这种态度让弗洛伦斯进一步明白母亲在保护子女的过程中所做出的努力和抗衡。伊玲与女儿简之间的对话也一直萦绕在弗洛伦斯的脑海之中,引导她反思自己与母亲之间的关系,找寻当年母亲卖女为奴行为的真实原因。伊玲与简的故事成为弗洛伦斯重新审视她与母亲之间关系的一个重要起点,她开始重新看待自己对母亲的恨,思考梦中的母亲到底想要向她解释什么。逐渐地,弗洛伦斯意识到母亲想要她明白作为黑人女性,她们随时会遭遇危险,"没有那封信,我就是个被人抛弃的虚弱的小牛犊,一只没有壳的海龟,一个没有主人标志的奴仆"(AM 121)。离开伊玲母女之后,弗洛伦斯向母亲走近了一步,并表示"此刻我一无所惧。太阳渐渐离去,把黑暗丢在后面,而那黑暗就是我"(AM 121)。弗洛伦斯的坚强与独立得益于她从伊玲母女故事中所获得的精神能量与反思。

　　弗洛伦斯从无名黑人母亲和伊玲那里获得的是母亲反抗的力量,沉重且刻骨铭心。相比之下,她从索罗和莉娜身上所得到的则是愉悦而又积极的母性情感,是成就自我人格的重要保障。小说中,面对完成生育活动的索罗,弗洛伦斯被她强大的母性力量所深深吸引,"我喜欢她对她女儿的尽心尽意。她不再被叫作'悲哀'①了。她把她的名字改了,并且计划着逃跑。她想让我跟她一起走"(AM 168)。索罗的经验也帮助弗洛伦斯克服了被母亲抛弃后所产生的母性恐惧,因为曾经"哺育着贪婪婴儿的母亲让我害怕"(AM 5)。贪婪的婴儿对应的是弗洛伦斯的弟弟的,她一直认为母亲是因为偏爱弟弟而抛弃了自己,她对贪婪的婴儿(弟弟)怀着深深的妒忌与敌意。在弗洛伦斯的自述中,我们可以发现她经常被同一个可怕的梦所惊醒,就是母亲怀抱着弟弟,而不是自己,"我知道当她们做出选择时眼神是什么样的。她们抬起双眼死盯着我,说的什么我完全都听不见。说着对我来说十分重要的事,手里却握着小男孩的手"(AM 5)。这种被抛弃的愤怒情绪完全控制了弗洛伦斯,使她的关注焦点不在于母亲说的是什么,只知道母亲手里握着的是小男孩的手。而且,弗洛伦斯从来都是用"小男孩"来指称自己的弟弟,而没有直呼他为"弟弟",透露出她的嫉妒心理以及家庭亲情的疏离。这种情绪在她目睹与感受到索罗的母爱后得到了极大缓解,而弗洛伦斯的个人成长也随之向前迈进了一步。

　　莉娜给予弗洛伦斯的则是更为直接、更为浓烈的母爱,朝夕相处让她们俩俨然成了一对亲密的母女。除了提供身体上的保护之外,莉娜还传授给弗洛伦斯更为宝贵的生存经验。正如里奇所言的,"母亲与女儿一直都在交流着某种知识——它超越了女性遗留下来的一种书面学问的传承——这种知识是潜意识的、看不见的和超语言的"②。在寻找铁匠的路上,孤身一人的弗洛伦斯依靠莉

---

　　① 本书把小说人物 Sorrow 的名字直接音译为"索罗",但此处的引文参照胡允桓的译本,使用"悲哀"的译法,以便突显小说人物的成长变化。

　　② Rich, Adrienne. *Of Woman Born: Motherhood as Experience and Institution*. 2nd ed. New York: W. W. Norton and Company Inc., 1986:247.

娜所传授给她的生存技能渡过了重重难关。面对陌生与危险的户外环境,弗洛伦斯想到的是莉娜的爱和坚强。"脚下是新生的小草,浓密,茂盛,柔软得好似小羊身上的毛。我弯腰去摸,想起莉娜多么喜欢解开我的头发。这么做让她开怀大笑,她说这证明我的确是只小羊羔。我问她,那你呢?她回答是一匹马,还甩了甩她的鬃毛。"(AM 114)莉娜就像那匹保护小羊羔的母马,时刻庇佑着弗洛伦斯,引导她走向成熟与独立。除了传授生存技能之外,莉娜所给予弗洛伦斯的还有思想上的启迪,从某种程度上讲,莉娜替无名黑人母亲完成了母性职责与母道引导。

在《生于女性》中,里奇强调"男权文化以二元对立的方式把女性与自然归为客体,认为女性与自然不具备认知与想象的能力"①。而莉娜作为印第安女性、一位替养母亲,却充分展现出她智慧的一面,教育弗洛伦斯要学会独立、坚强,尤其是要拥有自己,回应着无名黑人母亲对弗洛伦斯的规劝,"把对自我的支配权交给他人是一件邪恶的事"(AM 184)。莉娜的教导质朴、务实,与无名黑人母亲以女性视角感悟生活方面具有高度的一致性。根据弗洛伦斯自己的回忆,"莉娜说,这样下去的话我的脚就会变得很没用,就会太娇嫩,难以适应生活,而且永远都不会拥有生存所必需的那种比皮革还要坚硬结实的脚掌"(AM 5)。经历过亲生母亲的无奈抛弃、伊玲的反母性行为、索罗的母性启发以及莉娜的母性关怀,弗洛伦斯获得了对母性更为积极而辩证的认知。她开始正视自己的黑人奴隶身份,脱掉鞋子,拥有了一双坚硬的脚底板。

被亲生母亲"无情"抛弃的经历让弗洛伦斯与母亲之间关系紧张、情感疏远②,而此时替养母亲便发挥出了极为重要的作用,她们引导黑人女儿理解母性的真实内涵。学者芮妮塔·威姆斯(Renita Weems)指出,困于母女异化关系的黑人女儿往往会转向老师、邻居、朋友以及替养母亲寻求帮助,"虽然她们没有任

① Rich,Adrienne. *Of Woman Born: Motherhood as Experience and Institution*. 2nd ed. New York: W. W. Norton and Company Inc.,1986:62.

② 莫里森在《最蓝的眼睛》《秀拉》《宠儿》《家》以及《慈悲》等多部小说中探讨过母女关系话题。母女纽带的断裂与重续是莫里森处理母性话题的重要切入口。细察可见,莫里森笔下的杀女、卖女、厌女行为揭示出母女关系破裂的普遍性,而母女关系的和解又都是形而上的、象征性的,暗示着母性重塑的艰辛与重要意义。

何义务一定要帮助我,但他们从来不吝啬与我交流,给我关爱"[1]。莉娜作为弗洛伦斯的替养母亲,引导后者正视女性的价值与独立精神,正如学者弗吉尼亚·比恩·路特(Virginia Beane Rutter)所强调的,"母女交流是传授、讨论以及分享女性经验的重要场域,这种交流越有效,女儿的成长将越健康。母亲应该关注培养女儿的自尊自爱意识,唯有如此,才不会引发母女关系的断裂"[2]。

曾经由于对母爱的极度渴望和自身存在的不安全感,弗洛伦斯把自己完全交给铁匠,结果被铁匠指责为"脑瓜空空,举止粗野"(AM 156)。最终,她正视自己的身份,在母性思想的启发下活出了自我。小说中,弗洛伦斯的成长是通过诉说与书写的方式呈现出来的。获得了独立意识的弗洛伦斯在雅各布新房子的墙壁上刻写出自己的成长经历:

> 你要是活着或者什么时候康复了,你将不得不弯下腰来读我的诉说,在一些地方也许还得趴下。不便之处还请见谅。有时指甲尖会滑开,词句的结构就乱了套……我只是在油灯熄灭的时候才停止诉说。然后我就睡在我的文字当中。诉说在继续,没有梦,等我醒来,很费一番工夫才离开……(AM 174)

弗洛伦斯的诉说对象正是铁匠,她曾经如此依赖他,犯下母亲所说的最大的罪恶之事。而铁匠不过是弗洛伦斯自己建构的男性神话,是她切断与母亲的联系之后选择投奔的父权文化,而这种神话本身就是虚妄的。弗洛伦斯所经历的第二次抛弃(第一次是被母亲抛弃,第二次是被铁匠抛弃)成为她真正成长的良好契机,也是她重续母女纽带的起点所在。离开铁匠,弗洛伦斯拥有了前所未有的自我独立意识,"失去了你——那个我一直认为是我的生命和让我远离伤害的那个人,也是那个认真地看了我几眼就把我逐出门外的人——之后,我脚下的路才变得清晰起来"(AM 184)。成长了的弗洛伦斯并未记恨于铁匠,相反,她理智

① Weems, Renita. "'Hush. Mama's Gotta Go Bye Bye': A Personal Narrative". *SAGE: A Scholarly Journal to Black Women*, 1984(Fall): 21.

② Rutter, Virginia Beane. *Celebrating Girls: Nurturing and Empowering Our Daughters*. Berkeley: Conari Press, 1996: 9-10.

地向他诉说，以语言的力量对男权文化进行着回应，这同时也表明语言与诉说对于女性成长的重要意义。胡克斯曾强调："语言是找回自我的一个场域，在这里我们可以与过去和解，重新开始。我们的语言不再是毫无意义的，而是一种行动，一种反抗行动。"①

弗洛伦斯的女性成长显然得益于母道的直面影响，而非男性的规训。母道文化的价值再次得以彰显。学者内奥米·露丝·洛温斯基（Naomi Ruth Lowinsky）在谈及母性的传承力量时指出：

> 母性传统（motherline）主要在以下几个方面赋予女性成长的机会：一是在女性面对生活诸多选择时，能够依靠母性传统定义自我；二是女性可以在母性传统的影响下正视女性身体的价值与潜能；三是当女性返回母性传统文化中即会发现母辈曾遭遇过类似的问题；四是在原型母亲的形象影响下，女性会参透母性智慧，即女性的身体与灵魂是一体的以及世界上所有生命都是密切关联的；五是女性会从母性智慧中确定自身的女性视角，并以此理解男性与女性之间的相似性与不同所在。②

弗洛伦斯的女性顿悟与自我成长皆受益于这种宝贵的母性传统，即无名黑人母亲、伊玲、索罗与丽娜所给予的多重母道引导。母道的积极影响不仅体现在弗洛伦斯的女性成长上，从广义上讲更是非裔美国人身份重构的催化剂。故事中弗洛伦斯脱掉象征白人女性气质的高跟鞋，拥有了一双坚硬的脚底板，至此，母道价值得到了最大化彰显，黑人的种族身份赢得了重构的机会。

学者刘易斯曾表示，"对任何一位作家而言，其笔下的母性都不可能仅仅被描述为女性的一种经历，而重点在于揭示由种族、性别等多种因素交互影响下的

① Hooks, Bell. *Talking Back*：*Thinking Feminist*，*Thinking Black*. Boston：South End Press，1999：34.

② Lowinsky, Naomi Ruth. *The Motherline*：*Every Woman's Journey to Find Her Female Roots*. Los Angeles：Jeremy Press，1992：13.

女性心理发展过程"①。作为荣获诺贝尔文学奖的伟大作家,莫里森总能以细腻的笔触描述母亲在性别、种族以及宗教面前所产生的情感变化和艰难抉择。《慈悲》中的无名黑人母亲与伊玲直面性别、宗教与种族对母性的交互式压制力量,以反母性的行为予以了无声而有力的揭示与反抗。同时,莫里森也极为关注母道经验对女性自我赋权的意义所在,以非婚生子的索罗与作为替养母亲的莉娜为例消解了传统单一、本质化的母性建构模式。真实的母道体验与反母性行为从正反两方面影响了弗洛伦斯对母性的深层次理解,最终实现了她的自我成长。总之,本节所强调的流动的赋权性母道就鲜明地体现在对制度化母性的揭示与消解、践行母道体验以实现女性的自我赋权和子女的健康发展之中。

---

① Lewis, Desiree. "Myths of Motherhood and Power: The Construction of 'Black Woman' in Literature". *English in Africa*, 1992(1): 42.

小　结

母性研究先驱学者里奇在 1986 年《生于女性》再版时曾在序言中清晰地修正了自己的前期观点,其中有一点与母道赋权性有关:

> 在人类历史记载中,母性常被描述为束缚女性发展的外在力量,然而,如果把目光转向非西方主流社会却可以发现母道的赋权价值……美国印第安部落、非洲与非裔美国族群的文化中都有母道赋权的传统。尤其是在非裔美国文化体系中,母道一直是赋权的重要场域。[①]

里奇关于非裔美国母道文化的观点在 21 世纪初期才引起欧瑞利等一批学者的关注,并成为学者们界定与阐释赋权性母道的重要文本参照点。母道书写一直贯穿于整个非裔美国文学发展史之中,细致呈现母道赋权的多样性与辐射性,是对西方母性研究理论发展的重要文本启示。《斯苔拉》《妈妈·戴》与《慈悲》三部小说分别结合非裔美国母亲群体的不同生活侧面展现母道赋权的具体表征与价值意义。中产阶级黑人母亲斯苔拉能够以女性主义母道成就自我,并引导儿子塑造健康的性别观念。《妈妈·戴》立足于非洲传统的母性文化,以圣母形象的成功再现,展现母道在营造社会文化与发挥政治潜能等方面的积极意义。社区母亲是圣母形象的一种具体外现,也是非裔美国母亲群体践行赋权性母道的特殊方式之一。与社区母亲存在回应的是替养母亲。这种起源于奴隶制时期的母亲身份,在莫里森的《慈悲》中再次得以积极呈现。丽娜与弗洛伦斯之间的独特关系不仅体现出替养母亲丽娜依附于母亲身份所建构的独立自我,同

---

① Rich, Adrienne. *Of Woman Born: Motherhood as Experience and Institution*. 2nd ed. New York: W. W. Norton and Company Inc., 1986: xxv.

时也帮助弗洛伦斯逐步勾勒出健康的种族身份。此外,莫里森把不同族裔的母亲作为描述对象,在揭示母道经验消解性别、种族甚至宗教等交互式体制的同时,积极呈现反母性母道行为、非婚生育以及替养母亲等非传统的母道经验带给母亲与子女的正面影响。

　　总体上,赋权性母道虽是西方母性理论的最新研究走向,却是贯穿非裔美国文学始终的创作主题。细致挖掘非裔美国文学中的母道书写不仅有助于强调其突出的文学价值,还有利于丰富与拓展母性研究的理论意义。

余　论

　　本书通过系统研究当代非裔美国文学中的母性书写得出三点重要结论。第一，对于非裔美国母亲群体而言，作为制度的母性呈现出性别、种族、阶级以及宗教等多重体制的交互压制性，她们所采取的消解策略复杂而多元，且具有跳出二元对立逻辑的辩证性。第二，作为主体身份，非裔美国母亲群体遭遇了类似于又有别于白人母亲群体的迷失问题。种族语境下社会权利的严重缺失常使黑人母亲在家庭中找寻存在价值，把自我主体消解在与他人，尤其是与子女的互动关系中。在彰显与重构母亲主体的过程中，黑人母亲表现出了一贯的坚决与辩证态度。在成为身体与情感的主体的同时，黑人母亲努力达成母亲自我与母性职责之间的平衡关系。第三，作为经验，母道始终是当代非裔美国文学中的书写主题。当代非裔美国作家不仅揭示出母道的种族内涵与文化属性，同时还以具体的文本叙述逐层彰显母道赋权自我、引导子女发展、营造社区文化以及发挥种族政治潜能等方面的重要价值与意义。

　　制度化母性是影响与形塑非裔美国母亲身份特征的外在力量，其所涵盖的多重制度构成强有力的控制之网，常引发黑人母亲的生存危机。莫里森的《秀拉》《宠儿》与威尔逊的《篱笆》细致呈现了制度化母性之于美国黑人母亲的多维影响。莫里森在小说《秀拉》中从隐喻层面讲述"弑母"故事，揭示了导致母亲存在危机的父权文化与种族制度。"弑母"故事揭示的是父权文化对母亲话语权的无情剥离。此外，种族文化的深远影响下，黑人母亲被迫把生存当作首要任务，母女情感沟通遇到阻碍。由此，女性内部的"弑母"现象频繁上演。莫里森以文本叙述渐次揭示出制度化母性的复杂而多面的影响。小说《宠儿》的文本复杂性则体现在对"杀婴"话题的多维展现与辩证思考上。一是杀婴行为拆解了母性本能的神话；二是极端的母性行为折射出母亲对自主选择权的不懈追求；三是黑人母亲的杀婴选择具有不同于白人母亲类似行为的寓意,即对"做母亲"甚至"做人"基本权利的渴求。莫里森巧妙地揭示出制度化母性兼具保护与束缚的悖论式内涵,以此在回应西方母性学者具有价值的理论观点的同时,也对其仅强调制度化母性压制性的做法予以了反思。莫里森的母性叙事寓意深刻,却仍多是对如何消解制度化母性进行形而上的描述,而威尔逊则借助剧作《篱笆》对黑人母亲挑战与解构制度化母性的具体策略进行了呈现。威尔逊的文本贡献在于强调一方面要消解制度化母性的外在束缚,另一方面需要在肯定母亲身份的同时,发挥母亲/女性的身份能动性,通过内外合力才能真正冲破制度化母性的多重束缚。当代非裔美国文学在制度化母性议题的剖析上与西方母性研究学者之间具有明显的对话关系。

受制于制度化母性深远而复杂的影响,黑人母亲的主体性长期处于缺失状态。更为复杂的是,剥离母亲主体的不仅包括外在的显性制度,还有隐性的母性经历,即母子/女关系互动。内勒的《布鲁斯特街的女人们》通过具体的母性叙述,探讨了种族语境下社会与家庭权利极度缺失的黑人母亲是如何把自我主体迷失在母性经历之中的。过度依赖母子/女关系来成就自我的黑人母亲又极易忽视甚至否定母亲的主体欲求,进而表明恢复母亲身体与情感欲求是重构母亲主体的重要条件。在《妈妈》中,作者麦克米兰积极肯定了黑人母亲在成为身体与情感主体的过程中对主体身份的渴求与重塑,同时又以具体的母性叙述对依赖于释放母亲身体欲望、抛弃母性职责而建构起的母亲主体性进行了反思式处理。如何处理母亲主体与母性职责之间的抵牾关系是麦克米兰对母亲主体性展开辩证思考的关键所在,这种思考有助于防止人们滑入"做母亲/不做母亲"的二元对立式陷阱。汉斯贝利的剧作《阳光下的葡萄干》通过刻画自我提升中的母性重构,一方面挑战与消解了"女家长"刻板形象对黑人母亲主体性的僵化定位,另一方面也表明母亲主体性并非僵化、固定的,而是一种生成中的过程。当代非裔美国作家关于母亲主体性的文本叙述同样具有一定的理论思辨与实践启示价值。

此外,当代非裔美国文学中的母性书写不仅审视了非裔美国母亲群体在消解种族、性别以及阶级等多重控制性力量时所彰显出的斗争精神,同时还思考了非裔美国母亲群体是如何跳出权力斗争的思维定式,以母道为场域逐步实现自我赋权的。较之于欧美激进派女性主义者的斗争策略,当代非裔美国作家总能聚焦黑人母亲群体的生存现实展现母道经验的赋权面向,尤其能跳出二元对立的激进逻辑,采取相对温和,甚至超越的应对态度。欧瑞利在评论莫里森小说中的母性时曾指出:

> 每当我被问到这个问题时,我都不知道如何回应。我自己也是位母亲,尽管我的经历与莫里森笔下的母性经历有很大不同,然而,比起欧美女性主义者的母性观,莫里森小说世界中的母性态度让我感到更为自在。[①]

欧瑞利所强调的"自在"恰是当代非裔美国文学中母道经验书写的情感表征。当代非裔美国文学对母道的积极书写与对母性的解构式批判,在展现母道关怀力量的过程中营造出一种不容忽视的舒适感。从奴隶制时期到后民权时期,母道在非裔美国族群中始终发挥着重要作用,成为赋权母亲/女性、引导黑人子女成长发展、营造健康的社区文化以及发挥种族政治潜能等多个方面的力量源泉。

相对于母道研究的理论晚起现象,当代非裔美国作家在文本叙述中始终积极呈现母道实践的价值。在《斯苔拉》中,麦克米兰展现了女性主义母道经验在赋权母亲/女性自我、建构健康母子关系以及弘扬母性文化等具体侧面的积极意义。内勒的《妈妈》以追溯圣母文化的方式再现圣母形象,逐层阐释以圣母文化为思想精髓的母道经验价值,即如何依靠母道经验实现社区文化传承,以及引发社会变革为黑人群体发声的。从个体到群体的赋权延展进一步说明母道在非裔美国文化中始终保持着核心地位。具有高度人文关怀意识的莫里森在《慈悲》中对母道经验进行了多元化描述与辩证思考:母道作为重要的赋权场域,能够赋予母亲挑战父权、种族以及宗教等多重体制的机会,同时也有助于把母道的赋权功能延展到社会领域,实现不同女性族群之间的交流对话与身份共建。可以说,当代美国黑人的母性叙事正是对欧美白人女性学者所经常忽视的母道价值的积极

---

① O'Reilly, Andrea. *Toni Morrison and Motherhood: A Politics of the Heart.* Albany: State University of New York Press, 2004: 13.

书写,具有理论建构与政治实践的双重意义。当然,更为重要的是,对母爱的宣扬、对母性关怀的肯定、对母道赋权的书写更有助于引起读者与评论者阅读文本时的自在感,这也是开展本研究的最大动力。

母性书写是当代非裔美国文学创作的重要一维,与性别、种族、阶级、宗教等多个话题存在紧密的关联。本书系统呈现了黑人母性的复杂性、多元性以及与其他母亲群体的共通性,并重在肯定当代美国黑人的母性书写与母性理论研究之间积极的对话互动关系,创新有三。第一,本书在广泛研读与系统梳理西方母性理论观点的基础上,有理据地提炼出制度化母性、母亲主体性与母道赋权性三大核心议题,使母性研究更为聚焦化、清晰化,具有一定的理论创新性。第二,本书聚焦西方母性研究的核心议题,采取"理论—文本—理论"的论证思路,多维度呈现当代非裔美国文学中的母性书写与西方母性研究理论之间的对话关系,冲破以往文学批评的单向模式,体现出本研究的理论性与思想性。第三,本书突破了传统的"男权—女权"式的二元对立思维模式,使母性研究不再局限于性别、种族、阶级等权力范畴,而是从人文角度进行定义与建构,结合身体、情感以及伦理等要素进行分析,实现母性研究的新突破。

至此,笔者对当代非裔美国文学中的母性书写研究暂且告一段落。尽管在研究过程中已用尽全力,而遗憾的是,鉴于研究对象的丰富性与动态性,也由于笔者自身能力有限,这项研究中仍不乏遗憾与不足,比如:虽已选取多位最具代表性作家的文学作品来总结论证当代非裔美国文学中的母性书写的总体特征,但仍不可能实现研究的全面性与整体性;在母性研究议题上,本书也仅聚焦于最能说明问题的关键点,而没能囊括所有的母性研究话题;通过比较非裔美国母亲群体与欧美白人母亲群体的异同遭遇,能在一定程度上论证母性话题的共通性,但对这方面的探讨仍不够充足。所以,限于时间要求,只能抛砖引玉,期盼各位研究者日后的深入研究,也希望接下来自己能在母性研究的广度与深度上更进一步。

参考文献

Abbott, John S. C. *The Mother at Home, or the Principles of Maternal Duty*. New York: American Tract Society, 1833.

Alaimo, Stacy & Suan Hekman. *Material Feminisms*. Bloomington: Indiana University Press, 2008.

Alcott, Louisa May. *Little Women*. New York: A. L. Burt, 1911.

Almond, Barbara. *The Monster Within: The Hidden Side of Motherhood*. Berkeley: University of California Press, 2010.

Anderson, Mary Louise. "Mary Louise Anderson on the Play's Portrayal of Women". In Bloom, Harold (ed.). *Bloom's Guides: Lorraine Hansberry's "A Raisin in the Sun"*. New York: Infobase Publishing, 2009: 61.

Andrews, Larry R. "Black Sisterhood in Naylor's Novels". In Henry Louis Gates (ed.). *Gloria Naylor: Critical Perspective Past and Present*. New York: Amistad, 1993: 285-302.

Badinter, Elisabeth. *The Myth of Motherhood: A Historical View of the Maternal Instinct*. Trans. Roger DeGaris. London: Souvenir, 1981.

Baraka, Amiri. "*A Raisin in the Sun*'s Enduring Passion". In Robert Nemiroff (ed.). "*A Raisin in the Sun*" and "*The Sign in Sidney Brustein's Window*". New York: Plume, 1987.

Beane, Wendell C. & William G. Doty. *Myths, Rites, Symbols: A Mircea Eliade Reader (Vol. 2)*. New York: Harper, 1976.

Beauvoir, Simone de. *The Second Sex*. Trans. H. M. Parshley. Harmondsworth: Penguin Books Ltd., 1972.

Bell-Scott, Patricia, et al. *Double Stitch: Black Women Write about Mothers and Daughters*. New York: Harper Perennial, 1993.

Benjamin, Jessica. *The Bonds of Love: Psychoanalysis, Feminism, and the Problem of Dominion*. New York: Pantheon Books, 1988.

Birnbaum, Lucia. *Black Madonnas: Feminism, Religion, and Politics in Italy*. New York: New York University Press, 1994.

Bloom, Harold. *Bloom's Guides: Lorraine Hansberry's "A Raisin in the Sun"*. New York: Infobase Publishing, 2009.

Bloom, Harold. *Bloom's Modern Critical Views: August Wilson*. New York: Infobase Publishing, 2009.

Brown, Elsa Barkley. "Healing Our Mothers' Lives". *SAGE: A Scholarly Journal on Black Women*, 1986, 6(1): 4-11.

Brownmiller, Susan. *Against Our Will: Men, Women and Rape*. New York: Simon and Schuster, 1975.

Brownmiller, Susan. *Femininity*. New York: Ballantine Books, 1985.

Buehler, Dorothea. *"There's a Way to Alter the Pain": Biblical Revision and African Tradition in the Fictional Cosmology of Gloria Naylor's "Mama Day" and "Bailey's Café"*. Frankfurt: Peter Lang, 2012.

Butler, Judith. *Bodies That Matter: On the Discursive Limits of Sex*. London: Routledge, 1993.

Candance, Bernard, et al. "'She Who Learns Teaches': Othermothering in the Academy". *Journal of the Association for Research on Mothering*, 2002(Fall/Winter): 66-84.

Caplan, Paula J. "Making Mother-Blaming Visible: The Emperor's New Clothes". In Jane Price Knowles & Ellen Cole (eds.). *Woman-Defined Motherhood*. New York: Routledge, 2013: 56-74.

Cheney, Anne. *Lorrain Hansberry*. Boston: Twayne, 1984.

Chodorow, Nancy. *The Reproduction of Mothering: Psychoanalysis and the Sociology of Gender*. Berkeley: University of California Press, 1978.

Chodorow, Nancy. *Feminism and Psychoanalytic Theory*. New Haven: Yale University Press, 1989.

Christian, Barbara. "An Angle of Seeing: Motherhood in Buchi Emecheta's *Joys of Motherhood* and Alice Walker's *Meridian*". In Barbara Christian (ed.). *Black Feminist Criticism*. New York: Pergamon, 1985: 348-373.

Christian, Barbara. "Gloria Naylor's Geography: Community, Glass, and Patriarchy in *The*

Women of Brewster Place and *Linden Hills*". In Henry Louis, Jr. (ed.). *Reading Black, Reading Feminist*. New York: Meridian Books, 1990.

Cixous, Hélène. "The Laugh of the Medusa". Trans. Keith Cohen & Paula Cohen. *Signs: Journal of Women in Culture and Society*, 1976(Summer): 875-893.

Collins, Patricia Hill. "The Meaning of Motherhood in Black Culture and Black Mother-Daughter Relationship". In Patricia Bell-Scott (ed.). *Double Stitch: Black Women Write about Mothers and Daughters*. Boston: Beacon Press, 1991: 42-60.

Collins, Patricia Hill. "Shifting the Center: Race, Class and Feminist Theorizing about Motherhood". In Barbara Katz Rothma, et al. (eds.). *Representations of Motherhood*. New Haven: Yale University Press, 1994: 56-74.

Collins, Patricia Hill. *Black Feminist Thought, Knowledge, Consciousness, and the Politics of Empowerment*. New York: Routledge, 2000.

Collins, Patricia Hill. *Black Sexual Politics: African Americans, Gender and the New Racism*. New York: Routledge, 2004.

David, Angela. "Reflections on the Black Woman's Role". *The Black Scholar*, 1970(3): 198-211.

Davies, Carole Boyce. *Black Women, Writing and Identity: Migrations of the Subject*. New York: Routledge, 1994.

Donchin, Anne. "The Future of Mothering: Reproductive Technology and Feminist Theory". *Hypatia*, 1986(Fall): 121-137.

Eckard, Paula. *Maternal Body and Voice in Toni Morrison, Bobbie Ann Mason, and Lee Smith*. Columbia: University of Missouri Press, 2002.

Evans, Dylan. *An Introductory Dictionary of Lacanian Psychoanalysis*. London: Routledge, 1996.

Forcey, Linda. *Mothers of Sons: Toward an Understanding of Responsibility*. New York: Praeger, 1987.

Freud, Sigmund. *The Standard Edition of the Complete Psychological Works of Sigmund Freud*. Trans. James Strachey. London: Hogarth Press, 1964.

Ghasemi, Parvin & Hajizadeh Rasool. "Demystifying the Myth of Motherhood: Toni Morrison's Revision of African-American Mother Stereotypes". *International Journal of Social Science and Humanity*, 2012(6): 477-479.

Gilroy, Paul. *The Black Atlantic: Modernity and Double Consciousness*. Cambridge, MA:

Harvard University Press, 1993.

Gloria, Naylor. *Mama Day*. New York: Vintage Books, 1988.

Gordon, Tuula. *Feminist Mothers*. Houndmills: Macmillan Education Ltd., 1990.

Green, Fiona Joy. "Feminist Mothers: Successfully Negotiating the Tensions Between Motherhood and Mothering". In Andrea O'Reilly (ed.). *Mother Outlaws: Theories and Practices of Empowered Mothering*. Toronto: Women's Press, 2004: 31-42.

Hansberry, Lorraine. *A Raisin in the Sun*. New York: Vintage Books, 1994.

Harris, Trudier. "*A Raisin in the Sun*: The Strong Black Woman as Acceptable Tyrant". In Trudier Harris (ed.). *From Saints, Sinners, Saviors: Strong Black Women in African American Literature*. New York: Palgrave, 2001: 21-40.

Hays, Sharon. *The Cultural Contradictions of Motherhood*. New Haven: Yale University Press, 1996.

Honderich, Ted. *The Oxford Companion to Philosophy*. Oxford: Oxford University Press, 1995.

Hooks, Bell. *Feminist Theory: From Margin to Center*. Boston: South End, 1984.

Hooks, Bell. *Yearning: Race, Gender, and Cultural Politics*. Boston: South End Press, 1990.

Hooks, Bell. *Remembered Rapture: The Writer at Work*. New York: Henry Holt and Company, 1999.

Hooks, Bell. *Talking Back: Thinking Feminist, Thinking Black*. Boston: South End Press, 1999.

Hooks, Bell. *All about Love: New Visions*. New York: William Morrow & Company, 2000.

Huffer, Lynne. *Maternal Pasts, Feminist Futures: Nostalgia, Ethics, and the Question of Difference*. Stanford: Stanford University Press, 1998.

Hurston, Zora. *Their Eyes Were Watching God*. New York: Harper Collins Publisher, 2006.

Irigaray, Luce. "And the One Doesn't Stir Without the Other". Trans. Hélène Vivienne Wenzel. *Signs: Journal of Women in Culture and Society*, 1981(7): 60-67.

Irigaray, Luce. *Speculum of the Other Woman*. Trans. Gillian C. Gill. Ithaca: Cornell University Press, 1985.

Irigaray, Luce. *This Sex Which Is Not One*. Trans. Catherine Porter & Carolyn Burke. Ithaca: Cornell University Press, 1985.

Irigaray, Luce. "The Bodily Encounter with the Mother". Trans. David Macey. In Margaret Whitford (ed.). *The Irigaray Reader*. Cambridge: Blackwell, 1991: 34-46.

Irigaray, Luce. "Women-Mothers, the Silent Substratum of the Social Order". Trans. David Macey. In Margaret Whitford (ed.). *The Irigaray Reader*. Cambridge: Blackwell, 1991: 181-192.

Irigaray, Luce. *An Ethics of Sexual Difference*. Trans. Carolyn Burke & Gillian C. Gill. London: The Athlone Press, 1993.

Irigaray, Luce. *Je, Tu, Nous: Toward a Culture of Difference*. Trans. Alison Martin. New York: Routledge, 1993.

Irigaray, Luce. *Sexes and Genealogies*. Trans. Gillian C. Gill. New York: Columbia University Press, 1993.

Irigaray, Luce. *Thinking the Difference*. Trans. Karin Montin. London: The Athlone Press, 1994.

Irigaray, Luce. *I Love to You: Sketch for a Felicity Within History*. Trans. Alison Martin. New York: Routledge, 1996.

James, Rosetta. *CliffsNotes on Hanserry's "A Raisin in the Sun"*. New York: CliffsNotes Inc., 1992.

Jeremiah, Emily. "Murderous Mothers: Adrienne Rich's *Of Woman Born* and Toni Morrison's *Beloved*". In Andrea O'Reilly (ed.). *From Motherhood to Mothering: The Legacy of Adrienne Rich's "Of Woman Born"*. Albany: State University of New York Press, 2004: 59-71.

Jones, Jacqueline. *Labor of Love, Labor of Sorrow: Black Women, Work, and the Family from Slavery to the Present*. New York: Basic Books, 2009.

Juhasz, Suzanne. *Reading from the Heart: Women, Literature, and the Search for True Love*. New York: Viking, 1994.

Jung, Carl G. *Four Archetypes: Mother, Rebirth, Spirit, Trickster*. Princeton: Princeton University Press, 1970.

Kelley, Margot Anne. "Sister's Choices: Quilting Aesthetics in Contemporary African-American Women's Fiction." In Cheryl B. Torsney & Judy Elsley (eds.). *Quilt Culture: Tracing the Pattern*. Columbia: University of Missouri Press, 1994: 49-67.

King, Joyce Elaine & Carolyn Ann Mitchell. *Black Mothers to Sons: Juxtaposing African American Literature with Social Practice*. New York: Peter Lang, 1995.

Kristeva, Julia. *About Chinese Women*. Trans. Anita Barrows. New York: Marion Boyars Publishers, 1977.

Kristeva, Julia. *Desire in Language: A Semiotic Approach to Literature and Art*. Trans. Thomas Gora, et al. New York: Columbia University Press, 1980.

Kristeva, Julia. *Powers of Horror: An Essay on Abjection*. Trans. Leon S. Roudiez. New York: Columbia University Press, 1982.

Lamothe, Daphne. "Gloria Naylor's *Mama Day*: Bridging Roots and Routes". *African American Review*, 2005(2): 71-89.

Levin, Amy. "Metaphor and Maternity in *Mama Day*". In Margot Anne Kelley (ed.). *Gloria Naylor's Early Novels*. Gainesville: University of Florida Press, 1990: 70-88.

Lewis, Desiree. "Myths of Motherhood and Power: The Construction of 'Black Woman' in Literature". *English in Africa*, 1992(1): 35-51.

Lowinsky, Naomi Ruth. *The Motherline: Every Woman's Journey to Find Her Female Roots*. Los Angeles: Jeremy Press, 1992.

Maxine, Montgomery L. *Conversations with Gloria Naylor*. Jackson: University Press of Mississippi, 2004.

McCartin, Mary Wearn. *Negotiating Motherhood in Nineteenth-Century American Literature*. New York: Routledge, 2007.

McMillan, Terry. *Mama*. New York: Washington Square Press, 1987.

McMillan, Terry. *How Stella Got Her Groove Back*. New York: Penguin Publishing Group, 1996.

Menson-Furr, Ladrica. *August Wilson's "Fences"*. London: Continuum International Publishing Group, 2008.

Meyer, Cheryl & Michelle Oberman. *Mothers Who Kill Their Children*. New York: New York University Press, 2001.

Mitchell, Juliet. *Psychoanalysis and Feminism: A Radical Reassessment of Freudian Psychoanalysis*. New York: Basic Books, 2000.

Monk, Steve H. "What Is the Literary Function of the Motherhood Motif in Toni Morrison's *A Mercy*?". *Humanities and Social Sciences*, 2013(9): 1-6.

Morgan, Robin. "Every Mother's Son". In Jess Wells (ed.). *Lesbians Raising Sons*. Los Angeles: Alison Books, 1997: 38-59.

Morrison, Toni. "Rootedness: The Ancestor as Foundation". In Mari Evans (ed.). *Black*

Women Writers (1950—1980). New York: Doubleday, 1984: 339-345.

Morrison, Toni. Beloved. New York: Alfred A. Knopf, 1987.

Morrison, Toni. The Bluest Eye. New York: Plume/Penguin Books USA Inc., 1994.

Morrison, Toni. Sula. New York: Vintage Books, 2004.

Morrison, Toni. A Mercy. New York: Random House Inc., 2008.

Morrison, Toni. What Moves at the Margin: Selected Nonfiction. Jackson: Mississippi University Press, 2008: 64.

Morrison, Toni. God Help the Child. New York: Vintage, 2015.

Morrison, Toni. The Origin of Others. Cambridge, MA: Harvard University Press, 2017.

Mowatt, Rasul & Bryanna French. "Black/Female/Body Hypervisibility and Invisibility: A Black Feminist Augmentation of Feminist Leisure Research". Journal Leisure Research, 2013, 45(5): 644-656.

Moynihan, Patrick. "The Negro Family: The Case for National Action". Articles on African-American Gender Relations. New York: Hephaestus Books, 2011:56-61.

Naylor, Gloria. The Women of Brewster Place. New York: Penguin Books, 1983.

Naylor, Gloria. "A Conversation: Gloria Naylor and Toni Morrison". The Southern Review, 1985(21): 557-593.

Naylor, Gloria. Mama Day. New York: Vintage Books, 1988.

O'Reilly, Andrea. From Motherhood to Mothering: The Legacy of Adrienne Rich's "Of Woman Born". Albany: State University of New York Press, 2004.

O'Reilly, Andrea. Mother Outlaws: Theories and Practices of Empowered Mothering. Toronto: Women's Press, 2004.

O'Reilly, Andrea. Toni Morrison and Motherhood: A Politics of the Heart. Albany: State University of New York, 2004.

O'Reilly, Andrea. Feminist Mothering. Albany: State University of New York Press, 2008.

O'Reilly, Andrea. Encyclopedia of Motherhood (1—3). Los Angeles: SAGE, 2010.

O'Reilly, Andrea. Matricentric Feminism: Theory, Activism and Practice. Bradford: Demeter Press, 2016.

Oliveira, Natalia F. & Michelle Medeiros. "Is It All About Money? Women Characters and Family Bonds in Lorraine Hansberry's A Raisin in the Sun and Toni Morrison's Song of Solomon". Revista Scripta Uniandrade, 2015, 13(2): 151-163.

Parvin, Ghasemi & Hajizadeh Rasool. "Demystifying the Myth of Motherhood: Toni

Morrison's Revision of African-American Mother Stereotypes". *International Journal of Social Science and Humanity*, 2012(6): 477-479.

Pratt, Annis, et al. *Archetypal Patterns in Women's Fiction*. Brighton, Sussex: The Harvester Press Limited, 1981: 32-33.

Putnam, Amanda. "Mothering Violence: Ferocious Female Resistance in Toni Morrison's *The Bluest Eye*, *Sula*, *Beloved* and *A Mercy*". *Black Women, Gender + Families*, 2015 (5):25-43.

Quindlen, Anna. "Playing God on No Sleep". *Newsweek*, 2001-07-02(64).

Rapping, Elayne. "The Future of Motherhood: Some Unfashionably Visionary Thoughts". In Karen V. Hansen & Ilene J. Philipson (eds.). *Women, Class, and the Feminist Imagination: A Socialist-Feminist Reader*. Philadelphia: Temple University Press, 1990: 537-548.

Rich, Adrienne. *Of Woman Born: Motherhood as Experience and Institution*. New York: W. W. Norton and Company Inc. , 1976.

Rich, Adrienne. *Of Woman Born: Motherhood as Experience and Institution*. 2nd ed. New York: W. W. Norton and Company Inc. , 1986.

Roberts, Dorothy E. *Killing the Black Body: Race, Reproduction and the Meaning of Liberty*. New York: Pantheon Books, 1997.

Rothman, Barbara Katz. *Recreating Motherhood: Ideology and Technology in a Patriarchal Society*. New York: W. W. Norton and Company Inc. , 1989.

Ruddick, Sara. "Maternal Thinking". *Feminist Studies*, 1980, 6(2): 342-369.

Ruddick, Sara. *Maternal Thinking: Towards a Politics of Peace*. Boston: Beacon Press, 1989.

Rutter, Virginia Beane. *Celebrating Girls: Nurturing and Empowering Our Daughters*. Berkeley: Conari Press, 1996.

Stanton, Domna C. "Difference on Trial: A Critique of the Maternal Metaphor in Cixous, Irigaray and Kristeva". In N. K. Miller (ed.). *The Poetics of Gender*. New York: Columbia University Press, 1986.

Staples, Robert. *Black Families at the Crossroads: Challenges and Prospects*. San Francisco: Jossey-Bass, 1993.

Steve, H. Monk. "What Is the Literary Function of the Motherhood Motif in Toni Morrison's *A Mercy*?". *Humanities and Social Sciences*, 2013(9): 1-6.

Taylor-Guthrie, Danille. *Conversations with Toni Morrison*. Jackson: University Press of Mississippi, 1994.

Thomas, Alison. "Swimming Against the Tide: Feminists' Accounts of Raising Sons". In Andrea O'Reilly (ed.). *Mothers and Sons: Feminism, Masculinity, and the Struggle to Raise Our Sons*. New York: Routledge, 2001: 121-141.

Thompson, Dorothy Perry. "African Womanist Revision in Gloria Naylor's *Mama Day* and *Bailey's Cafe*". In Margot Anne Kelley (ed.). *Gloria Naylor's Early Novels*. Gainesville: University Press of Florida, 1999: 89-109.

Walker, Alice. *In Love and Trouble: Stories of Black Women*. New York: Open Road Integrated Media, 1973.

Wearn, Mary McCartin. *Negotiating Motherhood in Nineteenth-Century American Literature*. New York: Routledge, 2007.

Weems, Renita. "'Hush, Mama's Gotta Go Bye Bye': A Personal Narrative". *SAGE: A Scholarly Journal to Black Women*, 1984(Fall): 21-29.

Weil, Simone. "Human Personality". In George A. Panichas (ed.). *The Simone Weil Reader*. New York: Moyer Bell, 1977: 328-339.

Whitt, Margaret Earley. *Understanding Gloria Naylor*. Columbia: University of South Carolina Press, 1999.

Wilfred, Samuels & Clenora Hudson-Weems. *Toni Morrison*. Boston: Twayne, 1990.

Wilkerson, Margaret B. "The Sighted Eyes and Feeling Heart of Lorraine Hansberry". *Black American Literature Forum: Black Theatre Issue*, 1983(Spring): 8-13.

Wilson, August. *Fences*. New York: Theatre Communications Group, 2007.

Wilson, Charles E. *Gloria Naylor: A Critical Companion*. Westport: Greenwood Press, 2001.

Witt, Judith. *Abortion, Choice and Contemporary Fiction: The Armageddon of the Maternal Instinct*. Chicago: The University of Chicago, 1990.

Wyatt, Jean. "Giving Body to the Word: The Maternal Symbolic in Toni Morrison's *Beloved*". *PMLA*, 1993(3): 474-488.

都岚岚. 朱迪斯·巴特勒的性别操演理论探幽//王宁. 文学理论前沿. 北京: 北京大学出版社, 2010:203-225.

胡俊.《一点慈悲》:关于"家"的建构. 外国文学评论,2010(3):200-210.

黄坚,张亮亮. 奥古斯特·威尔逊戏剧中的母亲形象解读. 戏剧之家,2014(3):67-69.

李芳. 美国当代女性小说家的母性书写. 北京:北京外国语大学,2013.

李芳. 母亲的主体性——《秀拉》的女性主义伦理思想. 外国文学,2013(3):69-75.

李芳. 母性空间的呼唤——托妮·莫里森的母性书写. 上海对外经贸大学学报,2015(6):73-81.

李芳. 当代西方女性批评与女性文学的母性建构. 西南大学学报(社会科学版),2016(2):147-154.

李芳.《宠儿》中的母性伦理思想. 外国文学,2018(1):52-58.

李敏. "新时代运动"背景下的美国黑人女性灵性书写——以《寡妇颂歌》与《布鲁斯特街的女人们》为例. 东岳论丛,2016(4):133-138.

刘岩. 西方现代戏剧中的母亲身份研究. 北京:中国书籍出版社,2004.

刘岩. 母亲身份研究读本. 武汉:武汉大学出版社,2007.

刘岩. 差异之美:伊里加蕾的女性主义理论研究. 北京:北京大学出版社,2010.

刘岩,等. 性别. 北京:外语教学与研究出版社,2019.

毛艳华. 黑人女性身份建构研究——以《斯苔拉如何回到最佳状态》为例. 浙江万里学院学报,2016(5):82-86.

毛艳华. 流动的母性——莫里森《慈悲》对母亲身份的反思. 国外文学,2018(2):92-98.

孟庆梅,姚玉杰. 历史语境下的莫里森母性诉说之文化解析. 西北大学学报(哲学社会科学版),2012(3):192-194.

莫里森. 宠儿. 潘岳,雷格,译. 海口:南海出版公司,2006.

莫里森. 恩惠. 胡允桓,译. 海口:南海出版公司,2013.

莫里森. 秀拉. 胡允桓,译. 海口:南海出版公司,2014.

聂珍钊. 文学伦理学批评导论. 北京:北京大学出版社,2014.

庞好农. 从《家》探析莫里森笔下的心理创伤书写. 山东外语教学,2016(6):66-72.

尚必武. 被误读的母爱:莫里森《慈悲》中的叙事判断. 外国文学研究,2010(4):60-69.

苏红军,柏棣. 西方后学语境中的女权主义. 桂林:广西师范大学出版社,2006.

隋红升. 男性气概. 外国文学,2015(5):119-131.

隋红升,毛艳华. 麦克米兰《妈妈》中黑人母性的重构策略. 浙江工商大学学报,2017(2):24-31.

孙麟. 基于当代(后现代)黑人女性主义视角再论黑人母亲身份. 上海:上海外国语大学,2012.

孙麟. 美国黑人母亲的身份变迁——基于黑人女性主义视角. 世界民族,2018(3):55-63.

孙隆基. 美国的弑母文化. 南京:江苏人民出版社,2010.

王蕾. 托尼·莫里森文学视野中的黑人母性书写. 妇女研究论丛,2017(2):104-111.

王守仁,吴新云. 超越种族:莫里森新作《慈悲》中的"奴役"解析. 当代外国文学,2009(2):35-44.

王守仁,吴新云. 国家·社区·房子——莫里森小说《家》对美国黑人生存空间的想象. 当代外国文学,2013(1):111-119.

王守仁,吴新云. 走出童年创伤的阴影,获得心灵的自由和安宁——读莫里森新作《上帝救助孩子》. 当代外国文学,2016(1):107-113.

王晓路. 表征理论与美国少数族裔书写. 南开学报,2005(4):33-38.

吴新云. 压抑的符码 权力的文本——美国黑人妇女刻板形象分析. 妇女研究论丛,2009(1):61-70.

肖巍. "关怀伦理学"一席谈——访萨拉·拉迪克教授. 哲学动态,1995(8):38-40.

伊瓦-戴维斯. 妇女、族裔身份和赋权:走向横向政治. 秦立彦,译//陈顺馨,戴锦华. 妇女、民族与女性主义. 北京:中央编译出版社,2004.

殷振文. 母性与语言:克里斯蒂娃的空间理论. 外国文学,2019(3):151-160.

曾艳钰. 再现后现代语境下的种族与性别——评当代美国黑人后现代作家歌劳莉亚·奈勒. 当代外国文学,2007(4):47-55.

张慧云. 莫里森对"母亲"及"母亲身份"的非裔美国文化诠释. 社科纵横,2015(2):114-116.

张亚婷. 母亲与谋杀:中世纪晚期英国文学中的母性研究. 北京:北京外国语大学,2009.

张亚婷. 《坎特伯雷故事集》中"不合适"的母亲. 国外文学,2013(2):127-133.

张亚婷. 中世纪英国文学中的母性研究. 北京:中央编译出版社,2014.

索 引

A

爱 5

B

巴特勒 11

百衲被 151

保姆妈妈 5

卑污 10

悖论 22

本质论 13

波伏娃 2

《布鲁斯特街的女人们》 2

C

操演 11

《宠儿》 4

《慈悲》 4

D

《第二性》 9

对话 1

E

二元对立 13

F

反思 2

非裔美国文学 1

父权文化 3

赋权 1

赋权性母道 144

G

关怀伦理学 92

关注 4

H

哈弗 10

汉斯贝利 21

赫斯顿 3

黑人 1

后现代 7

胡克斯 3

互文本 21

K

科林斯　3

克里斯蒂娃　10

控制性命名　5

J

阶级　1

阶级偏见　4

解构　5

L

拉迪克　45

《篱笆》　21

里奇　1

伦理　6

K

空间　16

M

《妈妈》　5

《妈妈·戴》　5

麦克米兰　5

民权运动　4

莫里森　3

母道　8

母道经验　8

母女纽带　14

母亲　1

母亲身份　2

《母亲身份研究读本》　18

母亲主体性　8

母性　1

《母性百科全书》　7

母性伦理　22

母性气质　2

母性缺失　19

母性书写　1

母性思维　45

母性乌托邦　28

母职　9

N

内勒　20

奴隶制　3

女家长　5

女性谱系　41

女性书写　10

女性主义　2

女性主义母道　23

O

欧瑞利　7

Q

乔德罗　9

情感　4

权力关系　47

权利　2

S

杀婴　22

社区母亲　16

社区文化　23

身份　1

身体　3

生成　23

生物学母亲　16

生育技术　11

圣母崇拜　168

圣母文化　30

弑母　14

T

替养母亲　15

W

《外婆的日常家当》　154

威尔逊　20

韦伊　85

沃克　154

物质女性主义　11

X

西苏　10

象征界　86

性别　1

性别操演　11

性别身份　123

性别问题　4

性别研究　2

《秀拉》　5

Y

《阳光下的葡萄干》　5

伊里加蕾　10

愉悦　10

欲望　14

原型　5

Z

制度化母性　1

种族　1

主体间性　14

主体性　8

《最蓝的眼睛》　87

图书在版编目(CIP)数据

当代非裔美国文学中的母性书写 / 毛艳华著. —杭州：浙江大学出版社，2021.5
ISBN 978-7-308-20702-7

Ⅰ.①当… Ⅱ.①毛… Ⅲ.①美国黑人－妇女文学－文学研究－美国－现代 Ⅳ.①I712.065

中国版本图书馆 CIP 数据核字(2020)第 204466 号

当代非裔美国文学中的母性书写

毛艳华 著

策　　划	董　唯
责任编辑	董　唯
责任校对	黄静芬
封面设计	周　灵
出版发行	浙江大学出版社
	（杭州市天目山路 148 号　邮政编码 310007）
	（网址：http://www.zjupress.com）
排　　版	浙江时代出版服务有限公司
印　　刷	广东虎彩云印刷有限公司绍兴分公司
开　　本	710mm×1000mm　1/16
印　　张	13.25
字　　数	229 千
版 印 次	2021 年 5 月第 1 版　2021 年 5 月第 1 次印刷
书　　号	ISBN 978-7-308-20702-7
定　　价	49.00 元